读客外国小说文库

激发个人成长

太年轻

[美]加·泽文 著　　张亦琦 译

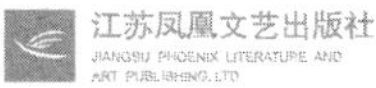

YOUNG JANE YOUNG

Gabrielle Zevin

我不认得

自己这双手

然而我知道

从前也有我这样的女人

有过这样一双手

——《惊奇》阿德莱德·克莱普赛[1]

1　阿德莱德·克莱普赛（Adelaide Crapsey，1878—1914），美国女诗人，受俳句等日本诗歌启发，创造了美式五行诗。（若无特殊说明，本书注释均为译注。）

目　录

I

此时此刻就是你最年轻的一刻

瑞 秋

1

我的好朋友罗兹·霍洛维茨与她的新任丈夫是通过交友网站相识的。罗兹比我大三岁，比我重二十二公斤，在外人看来算不得风韵犹存，因此我也打算试试看——尽管平时我尽量避免上网。罗兹的上一任丈夫患结肠癌去世，而她则开始享受生活了。倒不是说她现任丈夫是什么人中龙凤——他名叫托尼，以前在新泽西州做汽车玻璃生意——而是说是罗兹把他好好打扮了一番，又带他到布鲁明黛商场买了几件衬衫，现在他们经常一起到犹太社区活动中心参加各种兴趣班——西班牙语会话、交际舞、情侣按摩、手工皂制作、蜡烛制作，等等。我倒不急于找个丈夫，因为再结婚会徒增很多麻烦。可我也不想一个人孤独终老，再说，能有个人陪我参加兴趣班也不错。我总觉得网络交友是年轻人才玩的东西，可是罗兹说并非如此。“即便如此，”她说，“瑞秋，此时此刻就是你最年轻的一刻啊。”

我问她有哪些建议，她告诉我，不要用看上去比本人更年轻的照片。在网上人人都会撒谎，可讽刺的是，在网上最不应该做的事就是撒谎。于是我说："罗兹，亲爱的，真实生活跟这又有什么两样呢？"

我约见的第一个男人叫哈罗德，我半开玩笑地问他是不是生来就叫这个名字，因为这名字听起来像个老头。不过哈罗德没有领会我的幽默感，他略带恼火地说："你没听说过《哈罗德与紫色蜡笔》[1]吗？哈罗德是个小孩啊，瑞秋。"总之，这场约会没了后文。

我约见的第二个男人叫安德鲁，他的指甲很脏，搞得我没心思注意他的人品。点的黄油红糖可丽饼我也吃不下，因为——天啊，他的指甲实在太让人分心了。我真想知道他来赴约之前都干了些什么，是参加园艺竞赛吗？还是把上一个跟他约会的女人埋掉？他说："瑞秋·夏皮罗，你吃得太少了！"我考虑过把可丽饼打包带走，可是真的有这个必要吗？可丽饼不经放，重新加热后就变得黏糊糊、软绵绵的，就算硬着头皮吃下去也是糟糕的经历——因为你会一直想，可丽饼本来多好吃啊！

又过了几个星期，安德鲁打电话来问我想不想再约会一次，我赶快说：不必了，谢谢你。他问我为什么，我不希望自己显得过于斤斤计较，所以并不想把手指甲的事告诉他。或许我对这件事的确有心结，因为我前夫的指甲一向干净整齐，可他仍然是个烂人。就在我思考该怎么和他说的时候，他说："算了，我明白

1　1955年由克罗克特·约翰逊创作的童书。

了，你不必扯谎来唬我。”

我说：“说实话，我觉得我们之间没有擦出火花，而且以我们的年龄，”我六十四岁，“实在经不起再浪费时间了。”

于是他说：“告诉你吧，你本人比照片上老十岁。”给了我临别的最后一击。

我知道他是故意把话说得这么难听，不过保险起见，我还是把照片拿给罗兹看了。在我印象里，这张照片是近期照的，但仔细回忆后，我想起这是布什第二届总统任期结束时照的。罗兹说照片上的我的确显得年轻一些，但这样正适合我，不至于年龄悬殊得过分。她说如果我选对了餐厅，再配上合适的灯光，就能跟照片上一模一样。我说那跟布兰奇·杜波依斯[1]往台灯上罩围巾有什么两样。后来罗兹在我家阳台上用手机帮我重拍了一张照片，这件事就这么过去了。

我约见的第三个男人叫路易斯，他戴着精致的钛合金镜框眼镜，见到我的第一句话就是：“哇，你比照片上更漂亮。”这不禁让我怀疑自己在选照片这件事上是不是矫枉过正了。尽管如此，我还是很快便对他产生了好感。他是一位美国犹太文学教授，在迈阿密大学任教，他说他以前常跑马拉松，后来髋骨出了毛病，所以现在只跑半程马拉松。他问我平时做不做运动，我说做，我教老年人做普拉提，说到这里——说不定我可以帮他缓解屈肌的

1 美国剧作家田纳西·威廉斯创作的话剧《欲望号街车》里的女主角。

病痛？我记得他说了句“我相信你一定可以”之类的话。再后来，为了证明我并不是绣花枕头，我们谈到了读书。我说我非常喜欢菲利普·罗斯[1]。恐怕所有跟我背景相似、年龄相仿的女人都会有这种陈腔滥调。可他却说，不，菲利普·罗斯非常优秀。他曾经做过一场关于菲利普·罗斯作品的公开课，结果菲利普·罗斯本人也来了，而且还坐在第一排！菲利普·罗斯听完了整堂课，中间还不时点头，两条长腿交叉，又分开，又再次交叉。下课后，他一言未发，直接起身离开了。

“他觉得怎么样？”我问，“他生气了吗？”

路易斯说他也不知道，这件事将永远是他心中的未解谜团。

我说：“菲利普·罗斯的腿很长吗？”

他说：“不如我的腿长，小瑞。”

偶尔调调情，倒也不失为一件乐事。

接着他问起我有没有孩子。我说有个女儿，叫阿维娃。他说在希伯来语中阿维娃的含义好像是春天，或者是纯洁，真是个美好的名字。我说我知道，正因如此，我和前夫才选了这个名字。他又说，这个名字不常见，我不认识叫阿维娃的人，只听说过那个给国会议员莱文惹麻烦的女孩。你还记得那件闹得沸沸扬扬的丑事吗？

“嗯。”我说。

1　菲利普·罗斯（Philip Roth），生于1933年，美国国家图书奖得主，作品多探索犹太人与美国人的身份认知与生活。

他说："那件事不仅败坏了南佛罗里达和整个犹太裔人群的名声，还抹黑了政治人物，对整个文明社会来说都是一件丑事。"

他说："你真的不记得了吗？2001年那会儿这里的新闻节目整天都在播这件事，直到九一一事件发生后人们才把她淡忘了。"

他说："我实在想不起她姓什么了。你真的不记得她了吗？告诉你，小瑞，她就跟莫妮卡·莱温斯基[1]没两样。那个女孩明知他有家室还要勾引他。依我看，她要么为了权，要么为了名，或者是缺乏安全感。她长得就是一副风流样，身材丰满——就是那种人人都会夸她长了一张漂亮脸蛋的人——勾搭上莱文这样的男人让她觉得自己很神气。我对这种人一点也不同情，她到底姓什么来着？"

他说："真是太可惜了，莱文一直是个不错的国会议员。要不是那个小姑娘坏了事，他说不定会成为第一位犹太裔总统。"

他说："你知道我最同情谁吗？她的家长。"

他说："不知道那个女孩后来怎么了。你说，谁还愿意雇用她？谁还愿意娶她呢？"

他说："格罗斯曼！阿维娃·格罗斯曼！就是这个名字！"

于是我说："就是这个名字。"

我找借口去了趟卫生间，回来后，我让服务生把没吃完的海鲜饭打了包——这里的海鲜饭很好吃，一人份又实在太大了。有

1　莫妮卡·莱温斯基（Monica Lewinsky），生于1973年。1995—1996年间于白宫实习时，与时任总统比尔·克林顿关系暧昧。后发展为克林顿–莱温斯基丑闻事件。

些餐厅会在藏红花上偷工减料，但是大虾餐厅不会这样做。海鲜饭不能用微波炉加热，但放在炉灶上热一下还是很不错的。我说，我们平摊饭钱吧，路易斯说他正要付账。但我的态度十分坚决，因为只有当我打算跟一个男人再次约会时，我才会让他请客。罗兹常说我这种做法不知该算女权主义，还是与女权主义背道而驰。不过在我看来，这只是基本的礼节。

我们一起往停车场走，他说："刚才在饭店里是怎么了？是我说错话了吗？我感觉气氛一直很融洽，可是突然就变了样。"

我说："我只是不喜欢你而已。"说完便上了车。

2

我住的公寓位于海滩地带，有三间卧室。我在家里就能听见海浪的声音，对家中的一切都很满意——这就是独居最大的好处。即便你嫁给一位常常不在家的人，比如医生，他也会插手诸如家居装饰的事。而他的意见通常是“我想要一张更有男子汉气概的床”，或者“一定要装遮光窗帘，你知道我的工作日程很不规律”，还有“这个的确很漂亮，可它不耐脏啊”。而现在，我的沙发是白色的，窗帘是白色的，羽绒被是白色的，厨房台面是白色的，衣服是白色的，一切都是白色的。而且，不，它不会脏，因为我用得很小心。我买房子的时候房价临近低谷——尽管生活有诸多不顺意，但在房地产这方面我运气总是很好——如今这套公寓的价格已是我买下时的三倍。倘若我把它卖掉，可以赚上一大笔，不过说实话，卖掉了我又能去哪儿呢？你倒是说说，我还能去哪儿?

阿维娃小时候，我还没离婚，那时我们住在城市另一头，在一幢意式托斯卡纳风格的小别墅里。别墅位于茂林会所——一个封闭式的社区。如今我不在那里居住，我终于可以直言相告，那几扇大门一直让我心里不舒服——住在博卡拉顿，我们该提防谁呢？不管怎么做，茂林会所里还是时常有人遭抢劫。那些大门就是用来招贼的。越是门禁森严，外人就越觉得里面有东西值得这样大费周章地防护。不过我正是在茂林会所结识了罗兹，可以说不论我经历了什么样的波折，她一直是我最好的朋友。我们也是在那里与莱文一家相识的。他们搬进来的时候阿维娃十四岁，在读高一。

我们与亚伦·莱文相识的时候，他还是个声望不高的州众议员。他的妻子艾伯丝才是家里的经济支柱——她是南佛罗里达医疗集团的内部法律顾问。罗兹给亚伦·莱文起了个绰号——“犹太超人”。说实话，他长得的确很像超人。他只穿着运动鞋身高就有两米，一头黑色卷发，蓝绿色的眼睛，脸上总带着开朗、和善又憨厚的笑容。他是个能文能武的男人，既穿得起礼服衬衫，也穿得起安纳波利斯的海军制服——那副肩膀足以胜任这样的角色。他比我和罗兹小几岁，但年龄差距不大，所以罗兹常开玩笑，说我们两人中至少有一个应该试试勾引他。

他的妻子艾伯丝则总是一副闷闷不乐的样子。她上半身清瘦，下半身却很粗壮——小腿和屁股很粗，膝盖也肉乎乎的。不知她要花费多少精力才能让那一头棕色卷发长期保持笔直的金色“波波头”发型。罗兹总是说：“气候这么潮湿，哎哟，梳那个发型简直是疯了。”

说实话，我也曾试着跟艾伯丝交朋友，可她就是不为所动（不仅我如此，罗兹也试过）。我和迈克请他们到家里吃过两次晚饭。第一次我忙了一整天，做了牛胸肉。尽管开着空调，穿着DKNY露肩连衣裙，我还是汗湿了衣衫。第二次我做了枫糖浆烤三文鱼。这道菜不难做，先腌十五分钟，再烤三十分钟就大功告成了。可艾伯丝从来没有回请过我们，我也就领会了她的意思。再后来，阿维娃读高三时，亚伦·莱文要参加国会竞选，他们一家便搬去了迈阿密，我以为自己从此不会再与他们有瓜葛。人这一辈子会遇到很多个邻居，但只有少数几个才能成为罗兹·霍洛维茨那样的朋友。

然而在我脑海萦绕了一整天的并不是罗兹，而是莱文夫妇，直到电话铃响的那一刻，我还在想着他们。打电话的是公立学校的一位历史老师，问我是不是艾斯德尔·夏皮罗的女儿。她一直想联系妈妈，问她能否到她所在的高中为幸存者纪念日致辞，可是妈妈既没回短信也不接电话。我向她解释，大约六个月前，妈妈患上了严重的中风，所以不行，艾斯德尔·夏皮罗没法出席幸存者纪念日。今年他们只能找其他的犹太人大屠杀幸存者了。

历史老师哭了起来——那副唯唯诺诺的样子让人心生厌烦——她说要把幸存者聚齐越来越难了，即使在博卡拉顿也不例外——这里百分之九十二的居民都是犹太人，除了以色列以外，这里是全世界犹太民族气氛最浓的地方。她说，二十年前她发起幸存者纪念日活动时，幸存者还很好找，可是现在还剩下多少人呢？就算你躲得过癌症，躲得过犹太人大屠杀，死神早晚也会追上你。

这天下午，我到疗养院去探望妈妈，那里总是弥漫着一股学校食堂与死亡的混合气味。妈妈的手绵软无力，左半边面孔耷拉着。依我看，没什么好遮掩的，她就是一副中了风的样子。

我告诉她，有个唯唯诺诺的中学老师在找她，妈妈努力地想说话，但只发出了几个元音，没有辅音——或许是我这个女儿不称职，反正我没听懂。我告诉她，这次约会原本非常愉快，可那个男人突然开始对阿维娃说三道四，结果不欢而散。妈妈的表情让人难以捉摸。我说，我很想念阿维娃。我知道母亲无法回答我，所以才这样说。

我正要离开疗养院的时候，妈妈的妹妹梅米来了。梅米是我见过最乐观开朗的人，但有时候她这个人不太可信。这么说其实有点不公平。与其说是梅米不可信，倒不如说是我不相信所有的乐天派和所谓的幸福感。梅米张开胖乎乎、松垮垮的手臂抱住我（小时候，我和弟弟把这样的手臂称作“哈达萨臂”[1]），告诉我母亲曾问起过阿维娃。

我问：“她究竟是怎么问的，梅米？”因为妈妈根本不能说话。

1　如今，即使在犹太人中，“哈达萨臂（Hadassah arms）”也不常用。这是一种对女性松松垮垮的上臂的刻薄表达——因为哈达萨，一个犹太复国运动组织的主要人员是老年女性。

“她说了她的名字。她说‘啊——喂——哇’。”梅米坚定地说。

“整整说了三个字？”我不太相信。再说，妈妈说的词听着全都像“阿维娃”。

梅米说她不想跟我争论这些，我们的当务之急是为八十五岁的妈妈策划生日聚会。梅米还没想好在哪里举办聚会。在这里？尽管妈妈住在这儿，但这里并不是她的家。去别处？妈妈的身体不知能否经得起折腾。梅米自然觉得换个环境聚会更好，找个风景好的地方——去博卡拉顿艺术博物馆，或者去米兹纳公园那个有早午餐的饭店，或者去我的公寓。“你的公寓实在太美了。”梅米说。

我说：“梅米阿姨，你真的觉得妈妈想要办聚会吗？”

梅米说：“世界上再也找不到比你母亲更喜欢聚会的人了。”

我不禁怀疑梅米和我说的是不是同一个人。我曾经问过母亲，她和爸爸过得幸不幸福。“他很会赚钱，对你和你弟弟也很好。至于幸福，”母亲说，“那是什么？”可以说，这是我第一百万次意识到，做一个女人的妹妹与做她的女儿是完全不同的经历。

我说：“梅米，你真的认为现在是办聚会的好时候吗？”

梅米看着我的神情，仿佛我是她见过最可怜的人。“瑞秋·夏皮罗，”她说，“任何时候都是办聚会的好时候。”

3

我和迈克还没离婚的时候，曾有一次开车到迈阿密大学跟阿维娃一起吃晚饭，她说她有件大事要告诉我们。拖延了好几个学期之后，她终于决定了要修什么专业：西班牙语文学和政治学。

迈克说，这个专业听上去很了不起。不过他对阿维娃总是一味宠溺，只有我才会问她毕业以后打算干什么，因为这个专业听着像是个花架子。在我脑海中，女儿仿佛永远住在她儿时的房间，不会长大。

阿维娃说："我想从政。"她解释说，选修西班牙语文学是因为我们这一带赢得选举的人都说一口流利的西班牙语。至于政治学，她觉得这是明摆着的事。

"政坛可不是个清净之地。"迈克说。

"我知道，爸爸。"阿维娃说着在他脸颊上亲了一口。接着她问迈克跟莱文议员还有没有联系。虽然莱文一家搬离我们隔壁已经有段日子了，但大约一年前，迈克为议员的母亲做了心脏手术。阿维娃希望能借这层交情谋得一份入门的工作或实习机会。

迈克说他明天就给议员打个电话，他也的确是这样做的。凡是与阿维娃有关的事，迈克都会记在心上——她是爸爸的心肝宝贝。我总觉得“美籍犹太裔小公主”这样的称呼十分刺耳，但事实的确如此。总之，迈克与莱文通话之后，莱文把一位同事的联系方式给了迈克，于是阿维娃就去为议员先生工作了。

那段时间，我在博卡拉顿犹太学校担任副校长，这所学校招收从幼儿园到十二年级的学生。这个职位我已经做了十年，而那年秋天，我没有时常开车到迈阿密看望阿维娃，原因之一是有人发现我的上司——校长费舍先生与一名毕业班的女生有染。尽管那个女孩已经年满十八周岁，但是校长作为一名成年人，又是教育行业的从业者，还是应该管住自己的下半身。伊莱·费舍决意要保住自己的工作，信心坚定到了愚蠢的程度，他想让我在董事会面前为他求情。“你了解我的，”费舍说，“求你了，瑞秋。”

我的确很了解他，正因如此我才告诉董事会，他们应该立即解雇费舍。在他们寻觅继任者的同时，我成了博卡拉顿犹太学校的校长——第一个担任这个职位的女性，不过这其实也没什么。

费舍回来收拾东西的那天，我送给他一个奶油巧克力双色派。这既是一份请求和解的礼物，也是我用来探查他离职进展的借口，因为我想让他尽快离开我未来的办公室。他打开白色塑料袋，端起奶油巧克力双色派，扔飞盘一样朝我的脑袋砸过来。“叛徒！”他大声吼道。我及时躲开了。那个派是我在国王糕饼店买的——六寸大，口感很像法式小蛋糕。他可真是个傻子。

等我在复活节时见到阿维娃，她瘦了不少，但是气色很好，心情也不错，所以我推测她工作得很顺心。或许阿维娃终于找到了属于自己的舞台，说不定政坛真的就是她的舞台？我不禁幻想自己参加她的就职典礼，用一块红白蓝相间的爱马仕丝绸手帕擦拭眼角的情形。阿维娃从小就是个聪明伶俐、精力充沛的女孩，但她的聪慧和精力总是很分散，像四射的阳光，又像散落满地的玻璃球——难不成年轻人就是这样的？我问她：“看来你很喜欢在议员先生手下工作？”

阿维娃笑了：“我不是直接在他手下工作，算不上。”

“那你平时都做什么？”

“很无聊。”她说。

“我不觉得无聊！这可是你第一份正式工作！”

“我没有工资可拿，”她说，“所以这不算正式工作。”

“不管怎么说，还是很激动人心，”我说，“跟我说说，好女儿，你平时都干什么？”

“我负责买百吉饼。”她说。

“好吧，还有呢？”

“他们派我去打印店。”

“那你都学到了什么？”我说。

“学了怎么双面复印，”她说，“怎么煮咖啡。”

“阿维娃，别闹了，至少跟我说件正经的新鲜事，我好讲给罗兹听。”

“我做这份工作可不是为了让你给罗兹·霍洛维茨讲故事的。”

“给我讲讲议员先生吧。”

“妈妈，”她不耐烦地说，“没什么可讲的。他在华盛顿，而我基本都跟竞选团队一起工作。一切工作都是为了筹集经费，而每个人都烦透了筹集经费。不过大家对竞选充满信心，也对议员先生充满信心，所以我觉得这也没什么问题。”

“那你喜欢吗？”

她深吸了一口气：“妈妈，”她说，“我爱他。”

起初，我还以为她说的是工作，说她爱上了政治。但我很快便发觉，她说的不是这个。

“才刚开始没多久，”她说，“但我想我爱上他了，真的。”

“他是谁？”我问。

她摇摇头：“他很英俊，是个犹太人，我不想说太多。”

“你们是在学校认识的吗？”

“我不想说太多。”

“好吧，”我说，“那你至少告诉我，他是不是也爱你？”

阿维娃脸红的样子很可爱，像她婴儿时期发烧的样子：“也许爱吧。”

她对我有所隐瞒。她想隐瞒的事情其实很明显，可我当时并没往那个方向想。她只有二十岁，还是个孩子，父母的乖乖女。我并不相信我的阿维娃会卷入那样不堪的事件。我对她十分信任。

“他多大了？”我问。我最糟糕的设想只是他年龄大而已。

“比我大。”她说。

“大多少？”

“没有爸爸年纪大。”

“好吧，这也算是一点安慰。”我说。

“妈妈，他已经结婚了。”阿维娃说。

天啊，我心想。

“可是他并不幸福。”她说。

“亲爱的，我郑重地提醒你——求求你，不要掺和到别人的婚姻当中。”

“我知道，”她说，“我知道。”

“你知道什么？无论现在还是将来，你最重要的资本就是清白的名誉。”

阿维娃哭了：“所以我才想告诉你。我实在太惭愧了。”

“你必须跟他做个了断，阿维娃。绝不能继续下去了。”

“我知道。”她说。

“别再跟我说‘我知道’！‘知道’一点儿用也没有。你得说‘我会这么做’，然后就开始行动。趁现在事情还没闹大，除了我没人知道。”

“好吧，妈妈。我会这么做的。请你保证不要告诉爸爸。”

进入光明节的第四五天，我开车到迈阿密，想确认阿维娃已经跟那个已婚男人一刀两断了。我心事重重，往阿维娃的寝室带了太多东西。我带了一个光明节的电烛台、一网袋的巧克力金币、在布鲁明黛买的擦脸毛巾（每条毛巾额外付了七美元，在店里绣了字），还有国王糕饼店的两块奶油巧克力双色派——她小时候最喜欢吃这个。

“怎么样了？”我说。

“妈妈，”她说，“他的婚姻早就名存实亡，只是他暂时还不能跟妻子分手。现在的时机不对。”

“唉，阿维娃，”我说，“有家室的男人都这么说。他绝对不会跟妻子分手的，永远都不会。”

“不，”阿维娃说，“我说的是实话。他现在不能离婚，真的有个重要的理由。”

“是吗，”我说，“什么理由？”

“我不能告诉你。”她说。

“为什么？我也想听听这个重要的理由。”

“妈妈。”她说。

“我一点具体情况都不知道，怎么帮你出主意？”

“要是我把理由告诉你，你就知道他是谁了。”阿维娃说。

“那可不一定。”我说。

“你肯定知道。”她说。

“你倒是说说，就算我知道他是谁又能怎样？我谁也不会说的。只要是与你有关的事，我一向守口如瓶。”

“理由就是——”她顿了顿，“理由就是他现在正忙着连任竞选。”

“天啊，”我说，“求求你赶快跟他做个了断。阿维娃，你不能这样下去。你为他妻子考虑——”

“她特别差劲，”阿维娃说，“你自己也常常这么说。”

“那你也该为他那几个儿子考虑。为他的选民，为那些给他投了票的人考虑。为他的前途考虑。也该为你自己考虑，为你的名声考虑啊！要是这些还不够，也该为爸爸、我和你的外婆考虑一下！”

“别小题大做了。谁也不会发现的。我们会保持秘密来往，直到他可以离婚为止。”阿维娃说。

“求你了，阿维娃，听妈妈的话。不能再这样下去了。哪怕你狠不下心与他分手，最起码先冷静一段时间，等他离婚后再说。如果你们的感情是真的，就算等到明年也不会淡的。”

阿维娃若有所思地点点头，我想自己可能终于说动她了。她在我面颊上亲了一口：“别担心，我会小心的。”眼睁睁看着自己的孩子加入邪教团体恐怕就是这样的感受。

那天夜里我难以入眠。第二天请了病假没去上班——我从不生病，所以也从不请病假，尽管我当时已经四十八岁。我去看望妈妈，想征询她的意见。

“妈妈，”我说，“阿维娃出事了。”我把形势向母亲描述了一番。

“阿维娃是个聪明人，”过了许久，妈妈说道，“但她还年轻，有些事情是她难以预料的。你去找莱文的妻子。你认识那个女人，有过交情，可以约她见面。让议员的妻子跟他讲讲道理。”

“可是，这样我不就辜负了阿维娃的信任吗？”

“长痛不如短痛，现在痛是为她好。”

“那要把我的打算告诉阿维娃吗？”

“这完全由你决定，但换作是我就不会告诉她。她现在听不进道理，也不可能从你的角度看问题。再说，不论你这样做算不算出卖她，在她看来都算是出卖。要是你不告诉她，也许她永远都不会发现。”

我即将与迈克结婚时，母亲陪我去买婚鞋。我记得自己当时在想，为什么要这样大费周章？我必须要穿白色的鞋子吗？不过后来我看见了一双鞋，鞋面镶满水钻，三英寸的细高跟。“妈妈，”我说，“你看这双鞋多漂亮。”

“嗯。”她说。

“怎么了？”我说，“多美啊。”

“好看归好看，”她说，“但你的裙子一直拖到地面，谁也看不见你的鞋，还不如穿一双舒服的。”

“可我自己心里清楚穿的是什么鞋啊。”我说。

她撇撇嘴，那是她的标志性表情。

“我穿七号半。”我对售货员说。

我穿上鞋子，脚的确有点痛，但是还可以接受。

“你的腿美极了。”售货员说。

“没人能看见她的腿，”妈妈说，“你还能走路吗？”

我走了几步。

“瞧你那颤颤巍巍的步子，像个瘸子一样。”她说。

“我觉得自己像变身的灰姑娘一样，”我说，“我要买这双鞋。”

“这双鞋是一笔不错的投资。”售货员说。

母亲哼了一声。

“这双鞋你能穿一辈子。”售货员又说。

“这双鞋会在你的鞋柜里待一辈子，”妈妈说，“你保证不会再穿第二次。”

“买了这双鞋，就会有穿它的机会。”售货员说。

“不用你付钱。”我对母亲说着，把自己的信用卡放在柜台上。

回到车上，我母亲说：“瑞秋——”

“别再揪住鞋子不放了。已经完事了。我已经买下了。”

我说。

“不，不是这件事。我自己也不知道为什么我对这双鞋这样反感。你若是喜欢，就应该买下。我想说的是——”她顿了顿，很快又说道，“你不是非嫁给他不可。”

“什么？”

“你知道的，我是想说，你可以嫁给他，也可以不嫁给他。”她的语气轻描淡写，像是在说晚饭可以吃三明治，也可以喝汤，她都无所谓。

“你的意思是你不喜欢他？”我问。

“不，我对他没意见，”她说，“但我越想越觉得，应该让你知道，取消一场婚礼并不比办一场婚礼更难。”

“什么？”

“我想说，这件事的确很吸引人，”她说，“事情一旦开了头，再停下来就很难。想想希特勒，瑞秋。”

这世上没有任何人能比希特勒更让妈妈不齿的人了。她极少提起他，但凡真的提起他，那一定事关重大。“我不明白你这话是什么意思，妈妈。”

“或许在某一时刻，那个人渣也曾经对‘最终解决方案’产生过怀疑。倒也不一定，因为他不是个善于自省的人，总之谁也无法确定。可是当犹太人被屠杀了一两百万的时候，在他病态的内心深处，或许也曾偷偷地想过：‘够了。这样什么问题也解决不了，反而制造了更多问题！真不知我当初为什么会觉得这是个好主意。’可当时他的计划已经开始实施，于是就……”

“你真的要把迈克与希特勒相提并论吗？”

“不，在这个比喻里，你才是希特勒，你的婚礼就是‘最终解决方案’，而我则是有良心的德国人，不愿意袖手旁观。”

“妈妈！”

“别这么较真。我只是打个比方。大家讲故事都是为了讲道理。”

“你可不是！你不会这么做，起码不会拿希特勒讲道理！”

“你冷静一点，瑞秋。”

“你为什么要说这些？你是不是知道什么跟迈克有关的事？”毕竟这个女人曾经说过，她不知道什么是幸福。我实在想不出这是怎么回事。

“我什么也不知道。”她说。

“看你的样子就是知道。”

“我什么也不知道，”她说着从包里拿出一个装有柠檬硬糖的铁皮盒——母亲身上永远都带着糖，“你要一块吗？”

“不要。”

她耸耸肩，把盒子放回包里，“我什么也不知道，”她重复了一遍，“但我觉得，他并没有把全部的心思都放在你身上。”

我的手直发抖：“那他把心思放在哪里？”

“我也不知道，”她说，“但你是自由之身，我的女儿，你还有别的选择。你的确买了那双鞋，但你可以穿着它去听歌剧，而不是参加婚礼。这双鞋穿到剧院会非常出彩。我想说的就这么多，”她微微一笑，拍拍我的大腿，“那双鞋非常漂亮。”

我婚礼上穿的正是那双鞋，结果在走出教堂的时候扭伤了脚踝。整场婚宴上我都一瘸一拐，根本没法跳舞。

母亲的建议总是十分可靠。

4

我给艾伯丝的答录机留了一条啰里啰唆的语音留言："艾伯丝，我是你以前的邻居，瑞秋·格罗斯曼——"那时候我还叫瑞秋·格罗斯曼，"茂林乡村会所的瑞秋·格罗斯曼，住在普林斯顿路，博卡拉顿，佛罗里达州，地球，哈哈！说正经的，我近来想起你，还有孩子们——"天啊，这可怎么说，"还有孩子们小时候的情景，所以我想约你吃个午饭，叙叙旧。"

过了一个星期，她也没给我回电话。她为什么要回电话呢？牛胸肉她吃了，三文鱼她也吃了，我们还是没能成为朋友。我决定往她的工作单位打电话。她的秘书让我等了一会儿，听筒里的彩铃是《三大男高音圣诞演唱会》专辑，我记得自己至少听完了两首不同版本的《圣母颂》，她的秘书才来回话："艾伯丝在开会。"

"她真的在开会吗？"我问。

"当然了。"他说。

我开始盘算，是不是应该给她递张匿名字条，把婚外情的事情告诉她。可我怎样才能保证字条只有她一个人看见，而不会落在秘书或其他外人手里呢?

我正在琢磨要不要直接开车到她办公室去——她工作的地方在棕榈滩镇，车程四十五分钟——艾伯丝忽然回了电话。

“瑞秋，你好，”艾伯丝说，“接到你的电话我太惊讶了。你过得怎么样？迈克医生还好吗？阿丽莎呢？”

放在平时，这样的错误准会让我心生芥蒂（我们可是邻居！阿维娃举办成年礼时还邀请了他们家！），不过此时我心里却松了口气，她连阿维娃的名字都不知道，说明她对这场婚外情一无所知。“阿维娃很好，”我说，“她如今在众议员的竞选团队里实习。”

“我竟然不知道，”艾伯丝说，“真是太好了。”

“是啊。”我说。

我知道事不宜迟。

可我总不能只用一通电话就毁掉一个女人的婚姻啊。

“要不要一起吃午饭呢？”我说。

“哦，瑞秋，”她说，“我非常想去！但我实在太忙了，工作的事情很多，议员换届选举也很忙。”

“用不了多长时间，”我说，“哪怕只喝杯饮料也好。”

“我最早也要等到今年夏天才有时间。”艾伯丝说。

我必须得找个借口跟她见面，一个让她无法拒绝的借口。我想起阿维娃说竞选需要筹钱。那就谈钱，我心想。

“是这样的，我给你打电话不只是为了叙旧，而是想跟你讨论举办一次筹款活动，”我说，“不知你听说没有，我最近当上了博卡拉顿犹太学校的校长，我一直在找机会，把犹太民族的杰出人士介绍给我们的学生。所以我想，假如学校举办一次购票入场的夜间演讲会，由议员先生主讲，这样不是很好吗？让我们的学生了解议员先生，家长也可以参加，好好办一场活动，这对我们和议员先生都有好处。由博卡拉顿犹太学校举办的犹太裔领导人之夜，我们能不能谈一谈呢？”

她大笑起来。“只有事关竞选，这些‘饲养员’才肯放我出来，”她语气有些难为情，“下个星期四一起吃午饭怎么样？”她说。

为了这个重要的场合，我在洛曼百货买了一身盛蔷的西装。衣服是黑色的，带有金色的纽扣，镶了白边。衣服的折扣很大——在佛罗里达穿这种布料太厚重了——还算合身。

洛曼百货的试衣间是敞开的，也就是说，其他人也能看见你试穿衣服，并对你的衣服发表意见。

“你穿这件衣服非常漂亮，”一位上了年纪的女士（比现在的我要年轻）对我说，她只穿着内衣、内裤，颈上戴一条粗重的绿松石项链，“非常苗条。”

“这个风格不太适合我，”我说，“你的项链很漂亮。”

“这是我去新墨西哥州的陶斯镇看望儿子时买的。”她说。

“我听说那里很漂亮。”

“就是一片荒漠，”她说，“要是你喜欢沙漠的话，还不错。”

我挥了挥手臂，感觉自己好像穿了一身盔甲。

“这件西装简直是为你量身定做的。”那位上了年纪的女士说道。

我望着镜子中的自己。一个穿西装的女人，土里土气，神情严肃，像是监狱里的女狱管。她跟我一点也不像，这正是我所要的效果。

我赶到饭店时，艾伯丝已经到了，同来的还有一位负责为莱文议员筹款的主管，具体头衔我记不清了。他叫乔治，十分面善，可我却恨不得拿起叉子戳他。她居然带了外人来！我只好虚情假意地开始讨论那场子虚乌有的筹款活动。这顿苦不堪言的午饭吃了四十五分钟之后，艾伯丝说她有事，得先走，让乔治跟我继续讨论筹款事宜。“真是太好了，瑞秋，多亏了你，我才能从办公室出来透透气。”

“你这就要走了？”我说。

“有机会我们一定要再聚。”她的语气再清楚不过，我们不会再见面的。

我望着她离开，等她走过门口的迎宾台时，我站起身，说：“乔治。”

“怎么了？”他说。

“不好意思。我得去一趟卫生间！”我意识到这样详细地说有些反常，但我不想让他猜到我真正的动机。

“好啊，你不用等我批准。”他轻快地说。

我按捺着步伐向卫生间走去，然而刚过迎宾台，脱离了乔治的视线，我立刻向停车场飞奔而去。谢天谢地，她走得不远。我像疯子似的一边跑一边大声叫她的名字：“艾伯丝！艾伯丝！”

滚烫的路面几乎融化成了沥青，我的鞋跟陷进了地面，我跌倒在地，擦破了膝盖。

“瑞秋，”她说，“天啊，你没事吧？”

我连忙站起身：“没事。只是……地面太黏了，”我说，“我真是笨手笨脚的。”

“你真的没事吗？我看好像流血了。”她说。

“是吗？”我笑了起来，好像我的血是个有趣的笑话。

她对我微笑：“我说，这次见面真开心。能跟你相聚我很高兴。我们应该……没错，你真的流血了。我好像有个创可贴。”她在手提包里翻找起来，那个亮面皮包呈五边形，边角包着黄铜，约摸有一个小行李箱那么大。总之，这个皮包可以当武器用。

“你随身还带着创可贴？”我没想到她这种人会随身携带创可贴。

“我有好几个儿子，”她说，“几乎算半个护士。”她继续在包里翻找。

“没事，”我说，“正好应该让伤口透透气。这样血凝结得更快。”

“不，”她说，“这种说法只是以讹传讹。受伤的前五天，应该让伤口保持潮湿，这样愈合得快，又不容易留下疤痕。找到了！”她递给我一个印着恐龙图案的创可贴，“你应该先把伤口清洗一下。”

“我会的。”我说。

“我好像还带了抗菌药膏。”她又开始在包里翻找。

“你这个包简直是魔术师的帽子。”我说。

“哈。”她说。

“好了！”我说，“你不必费心了。”

“好吧，”她说，“我们有空应该再聚。”

于是我说：“是的，的确应该再聚。”

于是她说：“你还有什么事吗？”

我知道，若现在不说，就再也没机会了，可我就是张不开口。这种事情实在没法说得委婉动听，我只好直接说：“你的丈夫跟我的女儿有婚外情，我很抱歉。”

“哦。”她说。短短一个字，那音调让我想起了心脏监测仪上的那条横线：高亢而决绝，透出死亡的意味。她抚平自己身上那套西装——深蓝色，跟我身上这件几乎一模一样，又整理了一下稻草人似的直发——在这片地狱一样的停车场站得越久，她的头发似乎就越蓬乱："你为什么不去找他呢？"

"因为……"因为我母亲让我来找你？我究竟为什么没有去找他呢？"因为我觉得这是女人之间的事。"我说。

"因为你觉得，假如我不施加压力，他就不会分手。"

"对。"

"因为你不想让你女儿知道你出卖了她，"艾伯丝继续说，"因为你想让她爱戴你，把你当成她最好的朋友。"

"对。"

"因为她是个荡妇——"

"拜托，"我说，"她只是个犯了错的孩子。"

"因为她是个荡妇，"她说，"而你是个懦夫。"

"对。"

"因为你想制止这件事，你觉得我知道应该怎么做。"

"对。"

"因为你看看我丈夫，再看看我，你觉得我早就经历过这种事。是不是？"

"我真的很抱歉。"

"抱歉有什么用。我会处理的，"艾伯丝说，"我会告诉乔治压根就没有什么筹款活动。狗屁犹太裔领导人之夜！下次你再想把别人的婚姻搞砸，在他妈的电话里说就行了。"

我满心愧疚，但却轻松了不少。我把自己的负担转移到了别人身上。我回到饭店跟乔治喝了一杯伏特加汤力水。我问他，在莱文夫妇手下工作是什么感觉。

“他们人非常好，”他说，“才貌双全，真是再好不过了。大家都觉得他们是天生一对。相信你也看得出来，对吧？”

5

在遇见那个浑蛋路易斯之后，我决定把网上交友这件事先放一放，安心地给罗兹和卖玻璃的托尼当电灯泡。这位玻璃商人说他很乐意与两位女士相伴，而且说实话，他才是真正的电灯泡，因为我和罗兹的友谊比他们的恋情开始得更早。

罗兹和托尼打算在克拉维斯演艺中心订购百老汇剧目套票，罗兹想让我也一起订。三张联排座位？我说，那我可真成了你们俩的电灯泡了。她说，那又怎样？托尼说他愿意坐在中间。

于是我们每个月都会一起看场剧，托尼和罗兹来接我，先找个地方吃晚饭，然后再去剧院。看完第一场剧——《歌舞线上》以后，托尼就开始叫我“腿女士”。他说我长了两条舞蹈演员的腿。我说我长的是跳普拉提的腿。罗兹则说自己长了两条火鸡腿，脖子也像火鸡一样松松垮垮，大家笑得前仰后合。我们三个人的关系就是这样。或许算不得深情厚谊，但也可谓其乐融融，正适合打发时间。

第三场剧是《卡美洛》，罗兹有点咳嗽，不能去看。罗兹说她不想整场剧都咳个不停。我说这里可是南佛罗里达，音乐剧场里的咳嗽声比音符还多。话虽如此，罗兹还是说，她可不想加入南佛罗里达的老年咳嗽合唱团。

于是托尼单独跟我去看剧，吃晚饭时我们谈起了罗兹。他说自己能遇到她实在是太幸运了，她填补了他生命中的空缺。我则说，这世上找不到比罗兹·霍洛维茨更好的人了。他又说，他很高兴能与罗兹的朋友也成为朋友。

音乐剧唱到一半，当桂妮薇儿[1]唱《爱欲洋溢的五月》时，他的胳膊肘越过了座位之间的扶手。我把它顶了回去。到了第二幕，桂妮薇儿演唱《我曾在沉默中爱恋你》时，那只胳膊肘又回来了。这次我把它一下推回了他的座位。他对我笑笑："抱歉，"他耳语道，"我块头太大，剧院都装不下了。"

往停车位走时，他说："有没有人跟你说过，你长得非常像伊冯娜·德·卡洛[2]？"

"你是说吸血鬼夫人？"我说，"她还在世吗？"

他说在那部剧之前，她还演过许多其他角色："《十诫》里面扮演蛾摩拉[3]的不正是她吗？"

---

1 《卡美洛》剧中，国王亚瑟王的妻子。

2 伊冯娜·德·卡洛（Yvonne De Carlo，1922—2007），长着一头深色头发、一双蓝灰眼睛的她，是20世纪中期好莱坞著名影星，曾扮演过"吸血鬼夫人（Lily Munster）"。

3 《圣经》中的城市，因为城里的居民不遵守上帝戒律，充斥着罪恶，被上帝毁灭。

"蛾摩拉不是个角色，"我说，"是座城市。"

"我很确定她演的就是蛾摩拉，"他说，"那部电影我看一千遍了。"

"那是个城市，"我说，"一座充满暴力、令人作呕的城市，里面的居民对人满怀恶意，大行淫荡之事。"

"什么样的淫荡事？"他说。

我才不会上他的当。"好吧，"我说，"随便。"

"你怎么就不能对我和蔼一些呢，瑞秋？"他说，"我喜欢你对我和颜悦色的样子。"

送我回家时，这位玻璃商人费了好一番口舌，坚持要把我送到门口。"不必了，"我说，"我知道家门口的路该怎么走。"

"对你，就应该提供全套服务。"他说。

"我没事。"我说。

"我答应过罗兹要送你回家。"他说。

我们往家门口走，到了以后我说："晚安，托尼。替我向罗兹问好。"

他抓住我的手腕，把我拉到他身边。他通红肥厚的嘴唇紧紧吸住我的嘴唇不放："你不想邀请我进屋吗？"

"不，"我扭开嘴唇，挣脱手腕，说，"你会错意了。罗兹是我最好的朋友。"

"别装了，"他说，"你跟我眉来眼去已经好几个月了。别抵赖。"

“我绝对没有！”

“女人对我暗送秋波，我觉得我还是看得出来的。对于这种事情我很少出错。”

“这次你真的大错特错了，托尼。”我从包里翻出了钥匙，但手却抖个不停——因为愤怒，而不是恐惧——一直打不开门。

“那你总说要教我普拉提是怎么回事？”他说。

“那是我的工作，”我说，“而且我确实认为，只要加强腹部锻炼就能帮你缓解坐骨神经痛。”

“今晚你就可以帮我锻炼腹部。”他说。

“你该走了。”我说。

“好了，放轻松。”托尼说着，开始用他那凹凸不平的厚手掌摩挲我的肩膀，感觉很不错，但我并不想让他把手放在那儿，“别这么不解风情。对这种事，我跟罗兹早有共识。”

“不可能。她不是那种人。”

“你并不了解罗兹。”玻璃商人说。

“对于罗兹，我一清二楚。即便你们‘有约在先’——且不管我信不信——我也不要你！”

我把钥匙插进锁孔，他想跟在我身后闯进房间。我一把推开他，把他的脚从门槛上踢下去，关上门，插上了插销。

我听见他直喘粗气，过了一会儿，他说：“我希望你不要太幼稚，瑞秋。”他的意思是，他不想让我把这件事告诉罗兹，而且他希望百老汇戏剧之夜能够照常进行。

玻璃商人终于走了，我想给罗兹打电话，把这件事告诉她，但我没有这样做。毕竟没有真的发生什么事。要想生活没烦恼，该管住嘴的时候就得管住嘴。

六十四岁的我仿佛再次回到了高中。

尽管托尼的不忠让人备感压抑，并且让我为朋友感到悲哀，但是我想讲给罗兹听的并不是他的不忠，而是想把这个故事告诉她。

我盯着电话，竭力遏制自己给罗兹打电话的冲动，就在这时，电话铃响了。

“罗兹？”我说。

原来是那个浑蛋路易斯。“我反思了很长时间，”他说，“我知道是怎么回事了。是我说错话了，对不起。我不该那样评价你的照片。”

“什么评价？”我说。

“我不想再重复一次了。”他说。

“恐怕你必须得重复一次。”我说。我完全不知道他在说什么。

“我说，你本人比照片漂亮多了。我那样说真是太蠢了，”他说，“你说，你听到这样的话该怎么回应？你是不是觉得我在诋毁你的判断力？还是你觉得我是在说你的照片难看？你的照片一点儿也不难看，瑞秋，你的照片非常迷人。”

我告诉他，并不是因为这个。

“那是怎么回事？”他很想知道，“一定有问题，我知道一定有问题。”

我对他说：“可能我只是不喜欢你。”

“不可能。”他说。

“晚安，路易斯。”我说。

“等一等，”他说，“不论我做了什么、说了什么，你能不能试着原谅我？”

“晚安，路易斯。”我说。

我还以为文学教授都是聪明人呢。

依我看，他说出那番有关阿维娃的话是件值得庆幸的事。早点搞清一个人的真实面目是件好事。

6

我一直在等阿维娃的电话，等她向我哭诉议员的妻子发现了这段地下情，议员跟她分了手。

但她一直没有打电话来，我想，也许她想独自处理这件事，或许这就是成熟的标志吧。我知道犹太母亲素有专断的名声——正如前文所说，我是菲利普·罗斯的忠实读者——或许我身上的确带有这样的特征。不过说实话，我过去不是那样的人，现在也不是。我有一份充实的工作，也有朋友。我固然深爱我的女儿，但她并不是我生活的全部。

所以我决定交由她自己处理。我买了些瑰珀翠的薰衣草味护手霜寄给她——她最喜欢薰衣草，别的就再没什么了。

我一直没有阿维娃的消息，连一句谢谢也没听见。不过那件事过去一个星期之后，我倒是接到了乔治的电话。“好了，瑞秋，”他说，“夏天就要到了。如果我们想在这个学年结束之前办活动，就应该尽快开始。”

“艾伯丝没跟你说吗？”我说。

“哎呀，”他说，“你该不会是反悔了吧？”

“不是这样的，”我说，“而是……唉，有可能是我理解错了，我以为艾伯丝觉得这次筹款活动并不是个好主意。”

“不会的，我今天早晨刚跟她谈过，”乔治说，“她完全赞成。她说她对这次活动干劲十足。”

“干劲十足？”我说，“艾伯丝说她干劲十足？”

“我不确定她原话是不是这么说的。等一下，瑞秋——好的，我马上就打完了，”乔治对另一个房间的人高声说，“今天这里乱哄哄的。”他向我道歉。

“有什么新鲜事吗？”

“这里总是乱哄哄的。那么，瑞秋，只要你还想办，我们一定全力配合。”

我也不知道自己为什么没有拒绝。从我的角度来说，我当时糊涂了。这就像你在跟人通电话，信号突然变差了，一开始，你假装自己还能听见，指望手机信号能够自己变好，不要让对方发现他在过去五分钟里说的话你一句也没听见。为什么不直接说“我听不见你说什么”呢？有什么好难为情的？

“我想办，”我说，“但我必须跟董事会请示一下。”当然了，我压根没打算请示董事会。他们绝不可能同意我在学校举办政治筹款活动。在博卡拉顿犹太学校，政治就是颗地雷。老天保佑，莱文可千万别提起总理拉宾遇刺之类的事情！

“好，当然可以。五月的第二个星期四怎么样？五月十一日。”

“五月十一日。”我重复了一遍，假装在日历上做了个标记。过几天我会给乔治打电话，就说董事会不愿意批准政治性的筹款活动，事情也就了结了。

让我感到不安的是艾伯丝的所作所为和阿维娃的沉默。

我给阿维娃打了个电话，问她最近怎么样，有没有收到我的护手霜。

“有点稀，”她说，“那支护手霜。我猜你上次买完以后他们把配方改了。”

“不是，”我说，“我上次买的是护手霜，那个比较浓稠。这次我买的是身体乳。”

“我们还没分手，”她说，“我知道你真正想问的是这件事。”

我的确想问这件事，但我也想知道艾伯丝究竟有没有跟议员沟通过：“阿维娃，要是他妻子发现了，你该怎么办呢？”

“她怎么可能发现？”阿维娃说，“谁会告诉她？”

“人们的眼睛可都盯着国会议员呢，”我说，“他可是公众人物。”

“我很谨慎，”阿维娃说，“我们两个都很谨慎。”

“我想让你跟不需要谨慎相处的男人在一起。”我说。

“妈妈，他和别人不一样。为了他，即便这么做也值得。

他——”

“他年龄比你大太多了，阿维娃。他有家室。他有孩子。我没想到把你养这么大，你竟然这么缺乏判断力。”

“这些话我们还要重复多少次？”阿维娃说。

“我想不通他是怎么看上你的。”我说。

“好啊，妈妈。他这样的男人看上我这样的女孩，难道让人很难以置信吗？”

“我不是那个意思。我的意思是，他是个成年人，阿维娃。他跟我同龄。你们两个能有什么共同语言呢？”

“就是因为这个，我才不想给你打电话。”

“万一她真的发现了呢？你会结束这段感情吗？他会吗？”

“我不知道，”她说，“再见，妈妈。”

“阿维娃，我——”我听见了她挂断电话的声音。

大约过了一个星期，学校董事会的主席——巴尼拉比门也没敲就冲进了我的办公室。

“我们为国会众议员莱文举办的筹款活动究竟是怎么回事？一个叫乔治·罗德里格斯的人说他跟你沟通过了。”

过去的一个星期里，乔治给我留了三通留言，我都没睬他——这的确是我的错。做乔治这一行的人对于被人放鸽子早已经见怪不怪，也习惯了竭尽所能争取他人的注意力，所以他自然会越过我，直接去找我的上司。

我笑了笑，想为自己争取一点时间："嗨，没什么。你也知道那些政客有多缠人，他们永远在筹钱。我跟艾伯丝·莱文见面只是为了给她面子——她住在茂林会所时和我是邻居，所以实在推脱不掉——我好像没和你说过，阿维娃现在在议员手下工作。"

"乔治·罗德里格斯可不是这么说的。乔治说是你给他们出了犹太裔领导人之夜的点子，现在这件事已经被排进议员先生的公众日程表了。"

"不可能，"我说，"我特地没有给他们任何明确的答复。我跟他们讨论这件事，完全是出于客气。"

"这些政治人物，"巴尼拉比叹了口气，"唉，媒体已经听说了这件事。依我看，我们是不能脱身了。"

有什么不能的？"为什么不能？"我说。

"要是我们取消活动，在外人看来就是：我们过去支持莱文，而现在不再支持他了。我们既不想表露出对他的支持，也不想表露出不支持他的态度。现在的境地进退两难，瑞秋。这件事我不怪你，但是你跟人见面千万要小心，你现在毕竟是博卡拉顿犹太学校的校长。"

他分明就是在怪我。我多少有些不服气。按照我的描述，这件事并不是我的错。当然了，事实并不像我的描述那样——而且这件事千真万确是我的错——可是他并不知情啊。

巴尼拉比吩咐我筹备这件事，但是要尽量低调。"我们尽量都保住自己的饭碗，瑞秋。"他这样说。

巴尼拉比一走，我马上给乔治打了个电话。

“我都有点伤心了。我还以为你是故意避着我不见呢。”他说。

当天晚上，阿维娃给我打了个电话。“你到底想干什么？”她对我大喊。

“我从小是怎么教育你的，你眼里怎么只有自己？”我说，“地球不是围着你转的。议员他搞出这档事来，你以为我想在自己的学校办这场筹款吗？这件事与我无关。”

“那你为什么要给议员办公室打电话？”

“不是这样的，阿维娃，”我真希望老天能一个炸雷劈死我，我这辈子从没撒过这么大的谎，“我几个月以前给他们打过电话，那时你还没开始为莱文工作。学校里有人出了个主意，要举办一个犹太裔领导人之夜，是校方让我给莱文打电话的，因为我认识他，因为你爸爸给他母亲做过手术，因为莱文是我认识的最有前途的犹太人。这仅仅是个巧合而已，亲爱的。或许把它办成筹款活动是艾伯丝的主意？总之不是我起的头。”

“那你就叫停，”她说，“你是校长，你有叫停的权力。没有你的批准，学校什么活动也办不成。”

“事情没那么简单，”我说，“他的团队已经把这项活动排进了他的日程，听说是个叫乔治的人？”

“对，乔治·罗德里格斯。他负责筹款。”

“看来你认识他，这样正好。这个叫乔治的家伙越过我，直接联系了巴尼拉比。我看现在整个活动已经跟政治挂上了钩，我也无能为力了。”

我能听见阿维娃的呼吸声，但她没有挂断电话。

“那好，妈妈，”她说，“我相信你。但你要向我保证，你不会把——”她压低了声音，“把我谈恋爱的事情告诉任何人。请你向我保证你不会跟议员或是他妻子说话。”

“阿维娃，天啊，我当然不会。我绝不会提起你的地下恋情，但我必须得跟他们说话。不让我和他们说话，这不现实，我们以前毕竟是邻居。”

阿维娃开始抽泣。

“阿维娃，怎么了？”

“对不起，”她语气中的强悍消失了，说道，“我好累……我很想你……我才二十岁，可我感觉自己苍老极了……妈妈……我可能应该做个了断了。我知道你说得有道理，可我就是不知该怎么开口。”

我不由得心花怒放，若能有这样的结局，我之前说过的种种谎言也算值了。哪怕我为这个破筹款活动丢了饭碗，只要能让女儿回心转意，保全她的名声，也算值了。“你是想听听我的建议吗？”我不想惊动她，含蓄地问道。

“是，”她说，“求求你了。”

“跟他心平气和地谈一谈。告诉他，你们共处的这段日子你觉得很幸福，但以你们当下的处境，并不适合继续发展这桩地下恋情。”

“对。”她说。

“告诉他他的生活很复杂，你可以理解。告诉他你还年轻，不能就这样被一个人拴牢。告诉他这个学年的末尾正是你们重新考虑这件事的好机会。事实的确如此，阿维娃。”

阿维娃又抽泣了起来。

“怎么了，亲爱的？”

“我再也不会遇到像他一样优秀的男人了。”

我用力咬住自己的舌尖，直到嘴里漫出鲜血的味道。我对她隐瞒了那么多！

倘若我撰写一部回忆录，那么书名一定是《瑞秋·夏皮罗：我所隐瞒的那些事！》。

7

我上一次见到亚伦·莱文已是六年前的事，我发现他的黑色卷发中间已经有一小块变秃了。

阿维娃自然也在。博卡拉顿犹太学校举办的犹太裔领导人之夜——这次活动备受关注，而她既为议员先生工作，又是我的女儿，她怎么可能不参加呢？她身上的盛蔷西装正是我跟艾伯丝见面时买的那一套——她从我衣柜里拿走了，我竟然毫无察觉。西装穿在她身上，胸部绷得有些紧，尽管如此，她看上去依旧像个小女孩。我不知道她究竟有没有跟他分手，抑或是他向她提出分手。

议员先生热情地向我打招呼："瑞秋·格罗斯曼，你气色真好。多谢你组织了这次活动，今晚的活动一定会非常成功。"都是些政客说的废话。

"我很乐意帮忙。"我说。有教养的人都是这样处事的。

看他的举止，丝毫看不出他和我的女儿有一腿。不过，其实我也不知道他应该有怎样的举止。他怎么做才能让我不反感呢？

我带着他和他的一名助手来到礼堂后面的更衣室。几名学生要致辞，谈谈犹太裔领导人对于他们的意义，然后由议员登台演讲，并为最具领导人潜力的毕业生颁发一小笔奖金。一个星期前，我想出了这个发奖金的法子，好让整个活动看起来更加逼真。

议员的助手出去接了个电话，因此我和议员有了一段独处的时间。他与我四目相对——他的目光清澈、柔和而真诚，他说："阿维娃真是太棒了。"

我环顾了一下四周："不好意思，我没听清。"

"阿维娃真是太棒了。"他重复了一遍。

我想到了几种可能性。

1. 他并不知道我知道他的地下恋情。
2. 他明知我知道他的地下恋情，而这句话是个令人作呕的性暗示。
3. 他的确知道我知道他的地下恋情，但阿维娃的工作真的很出色。

或许还有其他的可能，但当时我只想到了这些。这三种可能无一例外地都让我很想抽他一个耳光，但我并没有那样做。如果阿维娃已经跟他分手了，我抽他又有什么用呢?

"是吗。"我说。我知道自己不冷不热的回答让他有些泄气。他这种人的性格很需要别人的喜爱。

“迈克医生还好吗？”他问。

“很好。”我说。

“我以为今晚能够见到他。”议员说道。

“哦，他医院里事情很多，”我说，接着又补了一句，连我自己都想不通为什么要说这句话，“他的社交生活也很丰富。”

“他的社交生活？”议员笑着问，“迈克·格罗斯曼有什么社交生活？”

“他出轨了，”我说，“我知道他在外面有个女人，不过可能还有其他我不知道的女人。我觉得非常丢人，不知阿维娃知不知道这件事。我尽量瞒着她，因为我希望她能爱戴、尊敬她父亲。但我总觉得，即便你对孩子有所隐瞒，他们冥冥之中也感觉得到。总之我很担心，亚伦，这样的父亲会对她的品行产生什么样的影响。”

“我真的很抱歉。”议员说。

“事实就是如此。”说完我便离开去组织学生了。

议员先生演讲的内容与他的成长经历有关，作为安纳波利斯全城仅有的几个犹太裔小孩之一，难免会产生“孤家寡人”的感觉，这其实并不是件坏事。议员先生说，做个“孤家寡人”可以帮助你理解弱势群体或贫困人群的处境。对政府来说，最危险的做法就是目光短浅，以自我为中心。要成为优秀的领导、善良的公民，就要顾及那些与自己不同的人群的需求。

他这种傻瓜能说出这样的话来，还真不赖。

我带领大家走进礼堂门厅与议员先生见面，却到处都找不到他。我走到后台的更衣室，正要敲门，忽然有只手拍了拍我的肩膀。乔治摇摇头，脸上的笑容进退两难，像是个听国王讲荤笑话的农民。

“不必担心，瑞秋。我去叫他，”乔治低声对我说，“我一会就带他去找你。”

议员打开门，阿维娃的口红模糊一片，下巴也蹭得通红。房间里弥漫着肉欲的腥味。哼，还有什么好遮掩的？这分明就是云雨之后的味道。

“阿维娃，”我说，“你过来。”我从口袋里掏出一张面巾纸递给她。

“议员先生，”我说，“你该去礼堂门厅了。”

议员让乔治和阿维娃先走一步。

“瑞秋，”他压低声音说，“事情不是你想象的那样。”

假如有人告诉你一件事“不是你想象的那样”，那件事几乎百分之百就是你想象的那样。“你太无耻了。”我说。

议员点点头，说：“是的。”可他的赞同并没让我觉得舒心。

“她才二十岁，”我说，“要是你想做件善事……只要你还有点人性，你就应该马上了结这件事。”

“你说得对……”他说，“真奇怪，这些东西……衣物柜、棒球棒、长凳……学生们今年要表演什么？”

“《失魂记》。”我怀疑他根本没听见我说话。

“《失魂记》，”他说，“是关于什么的剧？”

“好吧，有一个棒球运动员……”

不过就在这时，我们走到了接待处，议员挤出了一个微笑，我也是。

大约凌晨一点，阿维娃回到了我们家，我事先就知道她要来，因为大门口的保安给我打了电话——多亏了茂林会所的门卫系统。

她眼睛肿得像樱桃，像法律题材电影中的法官一样用手指着我：“我知道你肯定背地里说了什么，妈妈！”

“怎么了？”我问。

“别演戏了，”她说，“我知道这件事都怪你。”

“我没演戏。我真的不知道发生了什么。”我说。

“他跟我分手了，”她嘴唇颤抖，抽泣起来，“全都结束了。”

天啊，这种如释重负的感觉就像饱吸了一口氧气，像是在严冬经历了漫长而颠簸的飞行之后走下飞机，走出机场，置身于热带气候之中。我彻底卸下了重负，仿佛整个人都舒展开来，我想笑，想大笑，想尖叫，想痛哭，想双膝跪地感谢上天。我走上前，想拉住她的手。“我很抱歉。”我说。

“别碰我！”她挣脱手，说道。

“我很同情你，”我说，“但我也为你松了口气。”

“你根本不在乎我幸福不幸福！”她说。

“我当然在乎。”

“我想不通。你是不是说了什么？你肯定说了。你告诉我，你到底对他说了什么？”

“我什么也没说，”我告诉她，“我和议员几乎没怎么说话。”

“你给我纸巾之后呢？在那之后你说了什么？你那副表情好像把一切都看穿了。”

“我没有。”我说。

“你们到底说了什么？”

“阿维娃，我都记不清了。只不过是闲聊，没什么。我们聊到了你爸爸！聊到了《失魂记》。”

“《失魂记》？你是说那场演出？”

“就是毕业生表演的那场音乐剧。”

“我错了，”她说，“我不应该……”但她没说她不应该做什么。

阿维娃在迈克挑选的那张深色皮沙发上猛地坐下，我把她的行为看作是放弃抵抗的标志。她的西装外套——其实是我的西装外套——上面有一块浅色的污迹。我想，身为人母大概就是如此，女儿弄脏了你的外套，却要由你来清理。“把外套脱了，阿维娃，”我说，“我好把它送去干洗。”

她脱掉外套，我把它挂在了门厅的衣橱里。

“或许这其实是件好事，亲爱的，”我说，“你自己不是也在考虑分手吗？”

“是的，”她说，“可是我永远都不会跟他说的。”

“我给你做点吃的，”我说，“你一定饿坏了。”

阿维娃站起身，我吃东西的建议再次勾起了她的怒气。“你一边说我胖，一边又像喂猪一样让我吃这吃那！”她喊道。

“阿维娃。”我说。

“不对，你很会说话。你从来不会直接说我胖，而是隔三岔五就把话题引到我的体重上，问我吃得健康不健康，水喝得够不够多，说哪条裙子看着有点紧。”

“没有的事儿。”

“你说我不应该把头发剪得太短，因为这样显得我脸太圆。”阿维娃说。

“阿维娃，你哪里来的这些怪念头？”我说，“你是个漂亮姑娘。你生来是什么样，我就爱你原本的样子。”

“别撒谎了！”

“怎么了？你就是留长发更好看。我是你妈妈，我想让你展示出最美的样子，这有什么错？”我说。

“只有你才会一刻不停地想着自己的外表，吃甜点从来超不过三口，健起身来像疯了一样，别以为你这么做，我就要向你看齐！”她说。

“你当然不用向我看齐。”我说。

“究竟哪件事让你更嫉妒？是我能够迷倒亚伦·莱文那样的男人，还是你没法迷倒他那样的男人？”

“阿维娃！”我说，“够了。这种刻薄的话简直是无稽之谈。”

“而且我知道你背地里肯定说过什么！你要么就是说了话，要么就是捣了鬼！承认吧，妈妈！别再撒谎了！求求你别撒谎了！我必须知道真相，不然我会发疯的！”

“为什么原因非要在我？难道就不可能是学校的环境让他想起你年纪还小，他跟你保持这种关系很不恰当吗？这难道就不可能吗，阿维娃？”

“我恨你，”她说，“我永远不会再跟你说话了。”她走出家门，关上了门。

“永远”只持续到了八月。

夏末时节，我和迈克在缅因州波特兰附近的一个小镇租了一幢房子。我给阿维娃打电话说：“我们这么长时间没有说话，难道还不够吗？无论我做了什么，或者你觉得我做过什么，我都非常抱歉。到缅因州来看看我和你爸爸吧，我非常想你，爸爸也很想你。我们可以每天都去吃龙虾卷和巧克力派。”

“龙虾？妈妈，你怎么了？”阿维娃说。

“不要告诉你外婆，不过我拒绝信奉不许我吃龙虾的神。”

我说。

她笑了：“好吧，好，我会过来的。”

我们在一起住了大约四天，她忽然说：“过去的一年就像一场梦，好像是我着了魔，而现在这个魔咒终于解除了。”

“我为你感到高兴。”我说。

“不过，”她说，“有时我依然会怀念着魔的感觉。”

“但你不再和他见面了吧？”

“不，”她说，“当然不见，”她更正道，“我是说，我不再私下和他见面，只在工作上和他打交道。”

她仍然在为国会议员工作，这不禁让我对她刮目相看。“你会不会很为难？”我问，“经常与他见面，但却不再和他交往？”

“我很少见到他，”她说，“我的地位没那么高，何况如今我在他心里的地位也没那么高了。”

8

《卡美洛》事件过去几天以后，罗兹给我打了个电话，问我可不可以把《艾德温·德鲁德之谜》的票转让给她。她妹妹要来看望她，他们三人同去，岂不正好？我说好，因为没人想看音乐剧版的《艾德温·德鲁德之谜》，剧场的套票总免不了混进几部并不好看的剧目。她说要把票钱给我，我说我不会要你的钱，罗兹·霍洛维茨，我正巴不得自己不用去看《艾德温·德鲁德之谜》呢！

罗兹干笑几声，然后说："唉，瑞秋，你怎么能做这样的事？"

她还没开口，我已经知道她要说什么了。我知道，那位胳膊肘先生一定颠倒了黑白，告诉她是我想向他献吻。他这么做是想先下手为强。我本该给她打个电话，可是站在我的角度说话，谁会想到别人的婚姻里去蹚浑水呢？尽管已经猜到他的招数，我仍然不知该如何应对。她不是全世界第一个嫁给出轨浑蛋的女人，这种事情任何人都有可能撞上。难道我想让好朋友在这个年纪离婚？难道我希望她继续为网络头像发愁，梳妆打扮，把自己硬挤进塑形内衣，去跟一个又一个老男人相亲？不，我不希望她那样。

“罗兹，”我说，“罗兹，亲爱的，我想你误会了。”

“他说你想给他——”她压低声音，愤怒地低声说，“打手枪，瑞秋。”

“打手枪？罗兹，这完全是胡说八道。”我向她讲述了事情的经过。他究竟为什么要编出打手枪这回事？这人到底有什么毛病？

“我知道你很寂寞，瑞秋，”罗兹说，“可是从1992年起你一直是我最好的朋友，而我了解你这个人。你很寂寞，而且你自以为是，爱管闲事，所以我相信他。”

我说：“我绝不会为了他而背叛你——我们同甘共苦，经历了那么多事情，为了区区一个玻璃经销商？永远不可能。”

罗兹说：“瑞秋，别说了。”

于是我没有再说。

我已经六十四岁了，我知道自己什么时候不该说话。

9

到了那年秋天，阿维娃回到迈阿密大学，决定不在学校里住，而是搬进了位于椰林区的一幢小公寓。我们一起布置她的小窝，其乐融融。我们选的是“清新复古风”，从慈善商店买来木制家具，用砂纸打磨做旧，涂成奶油色，买来带有花卉图案的褪色床单，又从旧货店买了一床米色的被子。我们找来一个青绿色的大碗，往里面装满贝壳，还准备了栀子花和薰衣草味的大豆蜡烛。我们把墙壁刷成白色，挂上半透明的薄纱窗帘，又歪打正着买到了一把韦格纳设计的法式Y椅，是白桦木的真品——那时五十年代的家居风格尚未风靡，我记得我们只花35美金就买下了它。我最后买的一件东西是一株白色的兰花。

“妈妈，”她说，“我会把它养死的。”

“只要别浇太多水就好了。”我说。

“我养不好花草。”她说。

“你才二十一岁，”我说，“还不知道自己什么能做好、什么做不好呢。”

这个小房子太美好了，一切都很完美，留白也恰到好处，我还记得自己暗地希望能搬去和她同住。我甚至有点嫉妒阿维娃，她可以完全按照自己的设想布置公寓。

那是我们母女关系中的一段快乐时光，那段时间我自己的生活也很舒心。董事会最终决定不再另寻新校长，于是我成了博卡拉顿犹太学校的正式校长。大家为我举办了一场鸡尾酒会，准备的点心是烟熏三文鱼吐司，不巧的是三文鱼不新鲜，我当时没吃三文鱼，可吃了的人后来都恶心反胃。我当时并没把这当作一个兆头。

罗兹请我吃饭，庆祝我的四十九岁生日。她说我看上去气色非常好，问我最近在忙什么。

我说："我最近很开心。"

"有空我也要试一试。"她说。

不知为什么——或许是红酒喝得太多的缘故——我哭了起来。

"瑞秋，"罗兹说，"我的天啊，怎么了？出什么事了？"

"正相反，"我说，"我以为会出事，结果什么事也没发生，我现在终于可以松口气，我太庆幸了。"

"你不用强迫自己全都告诉我，"罗兹一边说，一边给我又倒了一杯红酒，"是你身体出了问题吗，还是迈克的身体？是不是你发现了肿块什么的？"

"不，不是那些事。"

"是阿维娃？"罗兹说。

“对，是跟阿维娃有关。”

“你想和我说说吗？要是你不想说也没关系。”她说。

“罗兹，”我说，“之前她跟一个有妇之夫有染，现在终于结束了。全都结束了，谢天谢地。”

“嗨，瑞秋，这不是什么大事。她还年轻，年轻人就是有做错事的特权嘛。”

我垂下目光：“这不仅仅是婚外情的问题，重点是对方是谁。”

“是谁，瑞秋？”她说，“要是你不想说也没关系。”

我附在她耳边悄悄说出了那个名字。

“阿维娃真是好样的！”

“罗兹！”我说，“你怎么这么糊涂啊，他有家室，年纪跟我们差不多大，而且还是她的上司！”

“起码他长得不难看，”罗兹说，“再说我们过去也常开玩笑，说他是我们会纵情约会的对象，你还记得吗？”

我怎么可能忘记呢？

“你说阿维娃会不会是听见了我们的谈话？”罗兹说。

“我也不知道。”我说。

“他那个老婆啊，”罗兹这时已经微醺，“我要更正一下，他才是捡了大便宜。阿维娃是个可人儿，他们俩在一起会生出多么漂亮的宝宝啊！”

“好了，都过去了，”我说，“谢天谢地，没有宝宝。”

10

我想首先说明，这起事故既不怪阿维娃，也不怪莱文议员。

一位患有阿尔茨海默症的八旬老太拿着失效的驾照开车上路，左转时没仔细看，一头撞上了议员的雷克萨斯轿车。老妇人不幸死亡，于是人们对车祸展开了调查。调查不仅查出了老妇人是过错方，也查出了我的女儿与国会众议员有染——出事时她正坐在副驾驶的位置。这就是阿维娃·格罗斯曼在南佛罗里达被推上风口浪尖的缘起——阿维娃门。

不过我扯远了。

在阿维娃门爆发前，这件事还没有名字的时候，我们都在静待事态进展。我们等的是这件事最终会不会酝酿成型，或者更确切地说，阿维娃会不会成为这故事当中的一个人物。当时有过一段短暂而美好的时期，她只是与众议员同乘一辆车的"不知名女实习生"。我们不知道她的名字会不会被公之于众，我相信莱文议员也曾努力不让阿维娃牵涉其中——尽管这个人德行有失，但是心肠不坏。不幸的是，公众对这件事的关注愈演愈烈，对我女儿的保护远非议员力所能及。不把当晚与议员同行之人的身份查清，公众决不罢休。

阿维娃不敢把这件事告诉她父亲，一直拖到了警察把她的名字公之于众的前一天。那天议员召开了新闻发布会，说警察即将公布她的身份。我说我可以替她告诉迈克，但她说想亲自告诉他——她的勇气值得称赞。

我们带迈克去了一家清静的饭店，那里过去是大桥宾馆，如今变成了一家希尔顿酒店。我和罗兹常开玩笑，说世间万物最后都会变成希尔顿酒店。那是我们全家最爱去的饭店之一，主要是为了欣赏近岸内航道的景致和来往船只，食物倒是平平无奇，无非是游泳池畔的常见点心，聚会吃的三明治、薯条，诸如此类。

阿维娃点了一份科布沙拉，一口没动。后来为了把这顿饭拖得更长，她又点了一杯咖啡，仍然一口没动。我们漫天闲聊：我的工作、阿维娃的课业、迈克的工作，我们没有谈到莱文议员，不过那个事件早已微妙地悬浮在我们之间——阿维娃的名字尚未卷入其中，但迈克对那些街谈巷议本就不感兴趣。所以我们聊的都是些无关痛痒的话题，时间也过得飞快。我知道迈克打算回办公室，我考虑过要不要催促阿维娃，最终还是决定按兵不动。这毕竟不是我的秘密。

迈克核对账单时给我们讲了个故事，与他几年前做过心脏手术的一位女患者有关。“六十一岁，四处冠脉搭桥，”他说，

“没有并发症，但是康复花了很长时间。总之手术大约一年以后，她正在陪孙女玩，忽然随手用橡皮泥给家里的腊肠狗捏了个惟妙惟肖的泥像。”

“橡皮泥！”阿维娃的语气热情得有点假。

“是啊！谁能想到呢？然后她孙女说：‘多蒂，再做一个。’于是多蒂又给孙女捏了个像，又捏了自己小时候住的房子——那栋房子在扬克斯，她已经很多年没见过了。到这会儿，全家人都围过来看她捏东西，多蒂的儿子说：‘或许我们应该把你送到雕塑工作室去，妈妈。’得心脏病之前她从来不是搞艺术的料，不懂透视法，连火柴人也画不好，现在她却能做出栩栩如生的立体半身像，大理石、陶土，什么材料她都能做。她为所有亲朋好友都做了塑像，还做了几尊名人塑像。她做得特别好，这件事很快就被当地媒体知道了，大家都管她叫雕塑界的摩西奶奶。现在多蒂已经开始接受委托创作了，为城市、公众场地和庆典活动做雕像，每件作品都能赚几千美元。”

“你应该抽些提成，”我说，“这可多亏了你。”

“我倒不会狮子大开口，不过现在她正在为我做一尊半身像，”迈克说，“免费的。”

“你可以把它放在办公室接待处，”我说，“就叫‘伟人的头像’。”

“依你看，为什么会这样？”阿维娃问。

“疏通了心脏，增进血液流动，大脑的机能就会提升。说不定是大脑机能提升以后创造出了新的神经通路，发掘出前所未有的才能。谁知道呢？”迈克说。

“人心真是神秘。”我说。

“那纯属胡说，瑞秋，”迈克说，“人心可以解释得一清二楚，要我说，真正神秘的是大脑。”

“你能把人心解释得一清二楚，”我说，“我们可是什么都不懂。”

迈克在收据上签了字。

“爸爸。”阿维娃说。

“嗯？”迈克抬起头。

她在他脸上亲了一口，说：“我爱你。”

“我也爱你。”迈克说。

“对不起。”阿维娃哭了起来。

“阿维娃，怎么了？”迈克坐回桌边，“出什么事了？”

“我闯祸了。”她说。

“不论出了什么事情，我们都可以补救。”他说。

“这件事没法补救。”她说。

“任何事情都能补救。”

阿维娃回到了迈阿密，迈克取消了那天剩下的所有日程安排，跟我开车回家进行无谓的争吵。

“我猜你早就知道这件事了。”他说。

我叹了口气："我有过疑心，我的确有所怀疑。"

"既然你有所怀疑，"迈克说，"那你为什么没有采取行动？"

"我试过了。"我说。

"光是试过根本不够！"

"她是个大人了，迈克。我又不能把她锁在房间里。"

"我一直以为，你再不济还算是个称职的母亲。"迈克说。

他吵起架来一向是浑蛋，这也是我对这段婚姻毫无留恋的原因之一。

"你怎么能纵容她做这种伤风败俗的事？"迈克说。

"说得好像你自己是个道德模范似的！"我轻声说。

"什么？你说什么？"

"我说，我们两个互相攻击一点儿用也没有。得赶紧想个对策才行。"

"除了给她找个律师，等这件事平息，还能怎么办？"迈克说。

"我们必须支持女儿。"我说。

"这不是废话吗，"迈克双手拄着头说，"她怎么能这么对我们呢？"

"我猜她当时并没考虑到我们。"我说。

"你在她这个年纪会做出这种事吗？"

"不会，"我说，"而且我在议员那个年纪也不会做出他那样的事。我绝对不会跟与我女儿年龄相仿的下属睡在一起。你呢？”

他没回答，而是在翻电话本：“我给无数个律师做过手术，这其中怎么也该有一个厉害的。”

阿维娃和议员先生都宣称这段婚外情早已经结束，阿维娃对我也是这么说的，但我并不确定这是不是真的。可能事情的确如他所说，他当时只是顺路捎实习生回家（但我要说，车祸发生时他们行驶的路线既不通往她在椰林区的公寓，也不通往我们在茂林会所的房子），那位老妇人左转弯时阿维娃也在车里，这不过是个巧合。

有时候，一则新闻就能激发一整片地区居民的想象力，国会众议员和我女儿的花边新闻也是如此。我可以向你详细解说这件事愈演愈烈的过程，不过，即便你不住在南佛罗里达，相信你也会对类似的事情有所耳闻。这件事的发展跟其他花边新闻别无二致。

议员和艾伯丝参加了一档电视新闻节目，他们说，这桩婚外情发生恰逢他们婚姻危机。他们说，如今他们已经度过了那段危机。他们手拉着手，他眼含泪水，但并没有哭；她则说自己已经抛却前嫌，说婚姻终究是人间烟火，而非童话故事，凡此种种。我记得她穿了一件不合身的紫色粗呢外套——真不知道她是怎么想的！

由于这一年要参加竞选，议员的竞选团队不遗余力地想把他跟阿维娃划清界限。她被刻画成了洛丽塔似的实习生、莱温斯基第二，被人扣上各种帽子，都是“荡妇”的同义词。

阿维娃的博客更帮了倒忙，因为里面详细记录了那几个月她为国会议员工作的经历。当时是2000年，当我得知阿维娃在写博客的时候，我连“博客”是什么都不知道。“博客？”我对阿维娃吐出这个陌生的词，“那是什么？”

“就是网络日志，妈妈。”阿维娃说。

“网络日志，”我重复道，“什么是网络日志？”

“就是日记，”阿维娃说，“是写在网上的日记。”

“为什么有人要这样写日记？”我问，“你为什么要这样写日记？”

“都是匿名的。我从不用真名，而且没出事以前我只有两三个读者。我想把自己的经历记录下来，好理清头绪。”她说。

“那你倒是买个日记本啊，阿维娃！”

“我喜欢打字，”她说，“而且我写字不好看。”

“那你就在电脑里建个文件夹，存一份文档，起个名字叫‘阿维娃的日记本.doc’。”

“我知道，妈妈。我知道。”

阿维娃的博客叫“只是个普通国会实习生的博客”。正如她所说，她没有用他或是自己的真名，可即便这样，人们还是猜到了作者。一时间，破译阿维娃的博客成了风靡南佛罗里达的消遣方式。她也曾试过删除博文，却删不干净。这个博客就像个杀不死的僵尸，她这边删掉了博文，它们又在那边冒了出来。时至今日，若你仔细搜寻，兴许还能在互联网的某个角落发现它。说实话，我也读了她的博客——至少是其中的绝大部分。有些内容我只是一扫而过，不过说实话，除了那些香艳的部分以外，这其实是个很乏味的博客，即使是那些香艳的内容，也并未给我带来丝毫欢愉，那感觉就像我和罗兹所在的读书会组织阅读《O的故事》一样。

由于媒体时常骚扰她的同学，阿维娃不得不暂时从迈阿密大学休学。

她搬回家中，默默等待事情平息的那一天。

回想起那段时间，我必须承认，茂林会所的门禁系统功不可没。媒体没法在我家门口的草坪上设伏，便只好在大门外蹲守，等着我们出门。罗兹一直给我们送吃的，餐食之丰富，仿佛我家有病重或过世的亲友一般——面丸子汤、或甜或咸的糕点、黑麦面包做的牛舌三明治、整条的哈拉面包、百吉圈、冷熏三文鱼、鲱鱼和节日时才吃的三角糕。

说起三角糕，我还有一个小故事要讲。离学年结束还有一个星期时，巴尼拉比把我叫到他的办公室，递给我一个无花果馅的三角糕。“瑞秋，吃块三角糕吧。”他说。

“不用了，谢谢。”我说。我一向不爱吃三角糕，因为我总觉得里面的水果馅料不够足，饼干的部分又太干。

“别客气，瑞秋，拿着吧。我母亲每年会烤两次三角糕，她为这件事总要忙前忙后。她有独家食谱，而且她现在得了肺癌，这很可能是哈莉特·格林鲍姆做的最后一批拿手三角糕了。”

我向他慷慨的馈赠表示感谢，但我说这块三角糕送给我就是浪费，并且把自己对三角糕的看法告诉了他。但他还是坚持要我收下，于是我接过来咬了一口，说实话，它真的非常美味。水果馅料很足，而且一点也不干。她肯定用掉了一整块黄油。三角糕又香又甜，我几乎忍不住快要呻吟出声了。

“瑞秋，”他说，“我们希望你能主动辞职。”

我嘴里正嚼着三角糕，急需要一杯饮料，但是并没人给我递饮料。我嚼了差不多二十下，才把三角糕咽下去。“为什么？”我问。其实我心知肚明这是为什么，不过看在老天的份上，我一定要听他亲口说出来。

“阿维娃的丑闻，这对我们影响不好。”

“可是，拉比，”我说，“卷进丑闻的人又不是我，是我女儿。她已经成年了，是个独立于我存在的成人。我没法控制她的行为。”

“我很抱歉，瑞秋。我同意你的意见。问题不在于阿维娃的桃色新闻，而是那次筹款活动。董事会觉得你在去年为议员先生举办的筹款活动有损你的声誉，看上去不太恰当。”

“我当时对这件事并不知情！”我说，“再说筹款活动又不是我牵的头。你要记住，我当时并不想牵扯进去。”

“我记得，而且我也相信你，瑞秋。我相信你，但在外人看来就是这样。”

“我为这所学校奉献了十二年的人生。”我说。

“我知道，”拉比说，“这件事很倒霉。我们希望你的离开不会兴师动众，你可以说自己想辞职是为了多陪伴家人，你今年经历了这么多事，换成谁都会理解的。”

“我才不说！”我说，“我不会撒谎的！”我手里还剩下半块三角糕，我在考虑要不要把它扔在拉比脸上。费舍那个傻瓜去年朝我扔了一个奶油巧克力双色派，我突然在想，学校是不是有这样的传统，每一任校长离职时都会气得扔糕点。

“有什么好笑的吗？”拉比问。

“一切都很滑稽可笑。”我说。

“好吧，你回去睡一觉，好好考虑一下。”

“我不需要考虑。”

“好好考虑一下，瑞秋。我们不想主动解雇你，因为谁也不想引起更多的丑闻。要是你主动辞职，起码还可以在别处找到工作。”

考虑了一夜，我辞职了。

我收拾完办公桌，开车穿过城区，来到国王大道上一幢低矮的粉红色公寓楼，按响了M.崔的门铃。一个女人的声音问我是谁，我说是送货员，那女人说她没有什么货要收，我说送来的是花，那女人问是谁送的花，我说是格罗斯曼医生，那女人便开门让我进去。

我爬上楼梯，M.崔已经打开了门。她穿着护士服——不是性感的护士服套装，而是带荧光色几何图案的蓝色工作服。

我丈夫的情人说：“你好，瑞秋。我猜迈克并没有给我送花。”

我说：“迈克不是那种会送花的男人。”

“对。”她说。

我说：“我今天被炒了。”

她说：“真抱歉。”

我说：“今年过得很糟糕。”

她说：“我对一切都感到很抱歉。阿维娃的事，还有其他的事情。”

“我不需要你的道歉，”我说，“我甚至不知道自己为什么要到这儿来。”

“你想喝杯茶吗？”她说。

“不想。”我说。

“我正好在沏茶，水已经烧上了，用不了多长时间。请坐。”她说。她走进厨房，我在她的客厅里四处闲看。她摆了几张家人的照片、一只猫的照片、另一只猫的照片。她只有一张迈克的照片，不过那是她和迈克所在医院的其他工作人员的合影，迈克甚至都没站在她身边。她端着茶走回房间时，我还在端详那张照片。我把相框放回壁炉上，但我知道她看见了我在看那张照片。

“你要加糖吗？”她问，“牛奶？”

“不，”我说，“什么都不加。”

“我喜欢茶里带一点甜味。”她说。

“我喜欢甜品里含糖，”我说，“不过在其他时候我都尽量不吃糖。”

“你可真苗条。”她说。

“我一直努力保持身材，”我说，“但我内心深处其实有个怒火中烧的胖女人。”

“你是怎么把她装进去的？”这位第三者问我。

“你真幽默。”我说，“我没想到你是个幽默的人。”

“为什么？”她说。

“因为我也很幽默。”我说，“假如他需要幽默感，他完全可以留在家里。”

“我不是一直都这么幽默的。”她说，“过去我对他满心敬畏，不敢太幽默。”

“敬畏迈克？真有意思。”我说。

“这件事刚开始的时候我只有二十五岁，而他威信过人、事业有成。我自己也没想到他竟然会看中我。”

“你现在多大？”我问。

“今年三月刚满四十岁，”她说，“把茶包拿出来吧，茶叶泡太久会变苦的。”

我照做了。“十五年了。”我说。

“泡了十五年的茶叶，肯定会变苦的。”她说。

“我是说，你和迈克在一起那么长时间了。”

“我明白你的意思。这其中有一半的时间我都感觉很糟糕，而另一半时间，我在纳闷自己的人生都去哪儿了。”她说。

“我明白，”我说，“不过你还年轻。”

“对，”她说，“比上不足，比下有余。我至少处在中游，”她长长地望了我一眼，“你也是。”

“你不必故作体贴。”我说。

“我不是在故作体贴。我是想说，尽管表面看上去不太像，但阿维娃其实很幸运，这件事现在就公之于众，而不是十五年以后才曝光。她还有别的选择。”

我打了个喷嚏。

“上帝保佑，”她说，“你感冒了吗。”

“我不生病，”我说，“从不生病。”

我又打了个喷嚏。

“不过我很累。”我说。

她说她冰箱里还有些丸子鸡汤。“是我自己做的，”她说，“你在沙发上躺一会儿。”

我并不确定自己想不想让丈夫的情人给我做鸡汤，但我突然觉得疲惫不堪。她的公寓很小，不过温馨整洁。我心想，不知她在这里住了多长时间。我想象她梳洗打扮，准备跟我丈夫约会的情形，为了他涂上口红，擦脂抹粉。我想象她年轻时一直盼着阿维娃长大，这样迈克就可以跟我离婚了。我为我们每个人都感到悲哀。

她端来的汤盛在一个漂亮的代尔夫特蓝陶[1]碗。

我喝了汤，立刻觉得有所好转。鼻子通了，喉咙也不再肿痛得厉害。

“你看，”她说，“鸡汤可不仅仅是老女人的鬼扯[2]。”

“我讨厌这种说法，”我说，“老女人的鬼扯。”

“不好意思。”她说。

“没事，不怪你。我只是觉得仔细想想，这句话不仅尖刻，还充满了性别歧视和年龄歧视。难道‘老女人的鬼扯’就一定不可信，就没有科学根据吗？‘老女人的鬼扯’其实是在说，不必理会那个愚蠢的老女人说的话。”

“我从前没想到这层含义。”她说。

“我从前也没想到这层含义，直到后来自己变成了老女人。”

三个月之后，恐怖分子将两架飞机撞上了世贸中心，阿维娃门就这样结束了。人们不再谈论这桩丑闻，新闻的车轮滚滚

1　代尔夫特蓝陶（Delft Blue），最早出产于荷兰代尔夫特，因受中国青花瓷影响，颜色以青白花为主。

2　老女人的鬼扯（old wives' tale），英文中，其引申义为无稽之谈。

向前。

那年冬天，阿维娃大学毕业了。她在一间连窗户都没有的大学办公室里接过了毕业证书。

那年春天，她申请了几份工作。她想继续在政府部门或者政治领域工作，可是在南佛罗里达，人人都对她有所耳闻，并且不是什么好名声。即便是没有听说过她的人，只要在谷歌一搜，这事也就泡汤了。她转变择业方向，在公关、市场营销领域找工作，以为这些行业的雇主不会像政府部门那么——我认为比较合适的说法是“把道德奉为圭臬”。但事实并非如此。我得承认，对于她当时的处境，现在的我比当时的我更有同情心。那时候我一心只想让她从家里搬出去，重整旗鼓，开始新的生活。

到了那年夏末，她彻底放弃了。我看见她的时候，她总是漂在家里的游泳池里，任由皮肤晒成深棕色。

“阿维娃，”我说，“你涂防晒霜了吗？”

“没有，妈妈，没事。”

“阿维娃，你这样会把皮肤晒坏的。”

“我不在乎。”她说。

“你应该在乎！”我说，“你只有这一身皮肤。”

“我不在乎。”她说。

她在读《哈利·波特》。我记得当时出版了四册，但我不太确定。我知道成人也会读《哈利·波特》，但我把这看成一种不好的预兆。那些书封面上画着卡通小巫师，在我看来太过幼稚。

“阿维娃，”我说，“既然你这么喜欢看书，要不要考虑申请读研究生？”

“哦，是吗？”她说，“谁愿意给我写推荐信呢？哪所学校不会到网上搜索我的背景呢？”

“那你可以申请法学院。很多背景复杂的人都去读法学院。我看过一个电视节目，一个被判了刑的杀人犯通过函授学习法学课程，想为自己翻案。”

“我又不是杀人犯。”她说，“我是个荡妇，这种罪名没法翻案。”

“你不能永远泡在游泳池里。”

“我不会永远泡在游泳池里，我要漂在游泳池里，而且等我读完第四遍《哈利·波特与密室》，就去洗个澡，然后读第四遍《哈利·波特与阿兹卡班的囚徒》。”

“阿维娃。”我说。

“你自己的工作找得怎么样了？”阿维娃说。

我接下来做的事很不光彩。

真的很不光彩。

我之前从没打过孩子。我走进泳池，用腰带系住的夏季羊绒薄开衫沾了水，在我身边的池水里翻腾。我把浮床从她身下抽出来，《哈利·波特》和阿维娃一起掉进了游泳池。

“妈！”她尖叫起来。

“给我从这个该死的游泳池里出来！”我大喊。

《哈利·波特》沉到了水底，她手脚并用爬回浮床上，于是我再次把它从她身下抽开了。

“妈！你能不能别这么贱！”

我给了她一记耳光。

阿维娃的表情坚如磐石，但紧接着鼻头开始泛红，她哭了起来。

“对不起。”我说。我的确感到很抱歉，我想抱住她，她先是挣扎，但很快便任由我抱住她。

“有时候我觉得自己疯了，妈妈，”她说，“他真的爱过我，是不是？”

“是，”我说，“我想他可能真的爱过你。”

如今回想起来，我觉得她那时患上了抑郁症。

我到自己的母亲那里去寻求建议。

“你对待她更像是朋友，而不像个母亲。”妈妈说。

“好吧，”我说，“我怎么才能改变呢？”

“让她从家里搬出去。”她说。

“我不能那样做，”我说，“她到处受排挤。她没有钱，也没有工作。她靠什么生活？”

“她有手、有脚、有头脑。她会想出办法的，我向你保证。”

我不忍心那样对待阿维娃。

“别再为阿维娃担心了，”妈妈说，“多为你自己的生活留点心。总会有出路的，我向你保证，我的女儿。”

不过几个月以后，阿维娃真的搬走了。

她没有征求我的意见，也没有给我留下地址。我只有一个手机号码，她每年会给我打一两次电话。我好像有了一个外孙女。没错，在我看来这是件伤心事。

我怎么能怪她不辞而别呢？她对南佛罗里达已经无可留恋。这里的人想法都跟那个糟糕的约会对象路易斯一样。他们听说过几则小报标题，毫未察觉自己津津乐道的是一个活生生的人，也没想过自己嚼舌根的对象是别人的宝贝女儿。

阿维娃离开几个月以后，我和迈克离了婚。这倒不代表我们是为了阿维娃才在一起的，不过少了阿维娃，我感觉不到自己与他有任何紧密的联系。身为阿维娃的父母，我不得不说，有机会改回自己的姓氏并不是坏事。

我时不时还会遇见迈克。他再婚了。不过，我必须补充一点，他没有跟那个第三者结婚。那个可怜的女人等啊等，却只等来了他跟别人结婚的消息，我为她抱不平甚至超过了自己。那位新妻子——我还能怎么说呢？她比我年轻，不过比我女儿年纪大，谢天谢地。

我该把莱文的事情告诉你吗？他还在国会里。我想他终于学会了如何在别人的女儿面前管好自己的下半身。真是个圣人君子啊！

11

妈妈八十五岁生日前一个月，疗养院给我打了个电话。妈妈被转移到了医院。她得了肺炎，可能连那一夜都挺不过去了。

我拨打了阿维娃的手机号码。她从不接听，但我还是拨了，一个机械的声音重复着她的号码。

“我是妈妈，”我说，“要是你还想在外婆去世前见她一面，那你最好赶紧乘飞机回南佛罗里达。给我回个电话。”

我坐在大厅里等她回电话。等着等着就睡着了，醒来时梅米正坐在我身边。

“我有个好消息！”她说，“我们可以在博卡拉顿艺术博物馆举办生日宴会。原本租用他们的花园办婚礼的那伙人取消了！”

我说：“梅米，你是在开玩笑吗？妈妈现在全靠仪器维持生命，她可能会死的。”

“她能挺过来，”梅米说，“她总是能挺过来。”

“不，梅米，”我说，“她可能挺不过来了。她八十四岁了，总有一天她会挺不过来的。”

“你可真犟，瑞秋·夏皮罗。”梅米说。

“如果你想说我是个务实的人，没错，我猜我的确很‘犟’。”我说。

“做好最坏的打算，并不代表最坏的事情就一定会发生。”梅米说。

神奇的是，居然被梅米说中了。妈妈的确挺过了这一关，我们在博卡拉顿艺术博物馆举办了生日宴会。八十五岁生日会上的妈妈高兴得像个五岁的孩子。

“博物馆。”她说。

“艺术。”她说。

“太好了。”她说。

“瑞秋。”她说。

“阿维娃。”她说。

我觉得她说的是这些词。

我把妈妈送上疗养院的小货车，正在往停车场走，忽然有人叫我的名字。原来是糟糕的约会对象路易斯，他带着儿子和儿媳一起参观艺术馆。

“瑞秋·夏皮罗，”他说，“我一直希望能再次遇见你。我想对你说：倘若我知道那个阿维娃就是你的女儿，我绝不会说出那样的话。”

“你终于开窍了。”我说。

“我没有，”他说，“我是个傻瓜。我到教堂参加妥拉节的庆典，在那里遇到了罗兹·霍洛维茨，我们聊天时发现她和你是好朋友，所以我问她知不知道这是怎么回事，是她告诉我的。”

“罗兹和我已经不再是好朋友了。”我说。

“哼，我不太相信，”他说，“朋友之间有些小波折是常事。”

“罗兹去教堂了？”

“她过得不太好，”他说，“她丈夫去世了。”

“那个玻璃商人死了？”我说。

“突发心脏病。”他说。

“可怜的罗兹，”我说，“我一定得给她打个电话。”

他说：“我喜欢上一个人就会紧张，一紧张我就会说个不停。我当时是想在你面前卖弄一下见识，显得自己风趣幽默、脑筋灵活。真不好意思，我弄巧成拙了。我知道我这个人看上去挺健谈的，但我其实是个害羞的人。”

我才不在乎。

“很显然，”他说，“我并不认识你女儿。我只知道电视上的故事，但我并不了解她。我们谈起那个话题纯属倒霉，就是这么简单。”

“那不是碰巧倒霉，”我说，“是你问起了我的孩子。”

他无法反驳。

我接着说："假如阿维娃不是我的女儿呢？你难道就可以那样议论别人的女儿吗？莱文当时是个成年人，又是参加竞选的公众人物，而我女儿只是个坠入爱河的傻丫头。结果他逍遥自在，我女儿却成了街头巷尾的话柄。即便这件事过去了十五年，凭什么她就活该成为一个老头儿相亲时的谈资？"

"真对不起，"他说，"我知道现在是越描越黑。我真希望能时光倒流，回到我们约会那天，倒带重来。"

"早就没什么磁带了，路易斯。如今只有二进制的电子数据，而这些东西永远都不会消失。"

"你思维敏捷，又很有锐气，"路易斯说，"我喜欢有锐气的女人。我们已经到了这个年纪，难道不应该再试一次，再给彼此一个机会吗？"

"我一个人生活已经很长时间了，"我说，"继续一个人生活也很好。"

"即便是这样，"他说，"我觉得我们可以比'很好'更好。"

"我觉得'很好'就很好。"

"你可真犟。"他说。

我告诉他，我的阿姨也说过一样的话。

"我喜欢倔强的人，"他说，"拜托，我们再试一次。"

仅仅因为我是个六十四岁的女人，人们就觉得我随便跟什么人在一起都应该知足。可我宁愿独居，也不愿委身于那个浑蛋玻璃商人——愿他安息——或者那个侮辱我女儿的话痨。

有一件事很有趣。妈妈把一只耳环落在了艺术馆。妈妈自己都没发现丢了耳环，不过生日会结束几个星期以后，艺术馆的一位解说员打来电话说，我好像捡到了你母亲的耳环。她描述了耳环的样子——绿宝石、蛋白石、玉石和钻石，切割镶嵌成葡萄和叶子的样式。我问她怎么知道那是妈妈的耳环，解说员说："你知道吗？你母亲过去常在幸存者纪念日到我的高中做演讲。她曾说过她的父亲是一位珠宝匠人，我记得他姓贝恩海姆，这枚耳环背面就写着贝恩海姆。"

"这样的小事，你竟然还记得！"我说。

"我很喜欢你母亲来演讲。她的演讲让人印象很深。"她说。

普拉提课程结束后，我开车到艺术馆去，却到处都找不到那位解说员，于是我就在艺术馆里闲逛了一阵，正好遇到一群高年级小学生正在上课。一位老人——其实就是我的同龄人——正在教孩子们自制雕版印刷。他教他们在木头上雕刻简单的图案，再把木头放在装满油墨的托盘里蘸一蘸，然后用滚轮在纸上滚。整个过程十分凌乱，而我一向不喜欢邋邋遢遢的事物。那个人没戴手套——在我看来简直是疯了——所以他手上沾满了油墨。他长着一双绿眼睛，铁锈色的络腮胡，头上一根头发也没有，非常有耐心。那人抬头看了我一眼，说："我能帮你吗？"

"不，"我说，"我来见一个人，但是找不到她。我只是想看看你工作。”

他耸耸肩：“你喜欢就留下看吧。”

于是我在最后一排坐下，说实话，看那个人陪孩子们印油墨的过程非常舒缓。油墨散发出好闻的药味。我喜欢木版在托盘里发出有节奏的唰唰声，但我最喜欢的还是孩子们聚精会神完成作品时的轻声哼唱。在我仍是教育工作者的时候，这就是我最喜欢的事物之一。

孩子们离开后，那个人说：“你想试试吗？”

我说：“我穿了白衣服，不该弄这个。”

他说：“那就以后再试。”

他在水池里洗了手，但是油墨没法完全洗净。就在这时，我忽然想起了他是谁——那个指甲脏兮兮的安德鲁。他竟然是个艺术家！他说过他是艺术家吗？我也说不上来，因为我当时被他的指甲搞得太分心了。不过如今知道那些污渍其实是油墨，它们给人的感受就完全不同了。

“安德鲁。”我说。

“瑞秋。”他说。

“我之前没认出你。”

“我一下就认出你了。”

“你想起了我的照片，然后又加了十岁。”我开玩笑说。

“我那样说太过分了。”他说。

“嗨，没事，我脸皮厚着呢，”我说，“而且，我不是故意要做表面功夫的。而是，唉，这么说有些难为情，但我是真的没留意那张照片有多老。你知道的，有时2004年给人的感觉并不像是很久以前。”

“说真的，我太过分了。在那之前我约见过不少人，但是都没了下文，所以我最后把气撒在了你身上，”他说，“不过我明白你的意思。一旦孩子长大成人，自己对时间就没什么概念了。你有孩子吗？我不记得你说起过。”

“有一个，”我说，“我女儿，叫阿维娃。”

“阿维娃，”他说，“真是个美丽的名字，给我讲讲阿维娃吧。”

II

无论你去哪儿，
你做过的事都跟着你

简

1

在一段政治风波不断的日子里，我梦见了阿维娃·格罗斯曼——她是佛罗里达版的莫妮卡·莱温斯基。

除了那些在世纪之交居住在佛罗里达的人以外，也许没人记得她。那则新闻曾在短时间内登上了全国头条，因为阿维娃·格罗斯曼竟然傻乎乎地写过一个匿名博客，在里面详细记述了那段婚外情的“精彩片段”。她从未提到过男方的姓名——可所有人都猜得到是谁！有人推测阿维娃早就想让人知道这件事，不然她干吗要写这个博客？可我不这么认为。我觉得她只是年轻莽撞，而且人们当时对互联网尚不甚了解——话说回来，他们现在也不太了解。

好吧，说回阿维娃·格罗斯曼。阿维娃是个二十岁的实习生，与迈阿密的众议员亚伦·莱文有了私情。按照他在新闻发布会上吞吞吐吐的说法，他并不是阿维娃的“直属上司”。

“我从来都不是该女子的直属上司，”莱文议员说，“我固然要为自己造成的伤害向我深爱的人道歉，特别是我的妻子和儿子们，但我敢保证，我并没有违反任何法律。”

“该女子”！他甚至连直呼阿维娃·格罗斯曼名字的勇气都没有。那桩私情的细节通过当地每一个新闻频道、每一份报纸被公之于众，足足有几个月——其中的内容有多肉麻、多俗套、多展露人性，你尽可自行想象。有家电视台甚至开辟了个新版块，叫《阿维娃瞭望站》，仿佛她是一场飓风，又仿佛她是一头莫名其妙在沙滩上搁浅的虎鲸。十五年过去了，莱文仍然在国会任职，而阿维娃·格罗斯曼空有迈阿密大学政治学和西班牙语文学的双学士学位，拥有一个在谷歌无法删干抹净的博客，还有一段臭名昭著的实习经历，求职无门。人们没有在她胸前“戴”上红字，但他们根本不必那样做，因为互联网就可以替他们做到。

不过，我梦里的阿维娃·格罗斯曼早已摆脱了这件事的影响。在我的梦境中，她四十多岁，梳一头干练的短发，身穿中性色调的套装，戴一条样式抢眼的绿松石项链，参加国家级政治职务的竞选，不过我在梦里并不确定她竞争的是什么职务。我隐约觉得是国会，但那也巧得太有诗意了。不过这毕竟是我的梦，所以暂且当作是国会吧。总之，在记者招待会上，有位记者问起了那场私情。起初，阿维娃给出的回答是政治人物的标准答案——“那件事已经过去了很长时间，对于我给他人带来的痛苦，我感到很抱歉。”——她的答案与莱文议员不无相似。记者继续追问。“好吧，”阿维娃说，“如今处在这个年龄、这个职位，我可以毫不犹豫地告诉你，我绝不会与自己竞选团队里的实习生发生关系。但是当我回顾过去，反思自己在这一事件中的角色和行为，我只能说……只能说我当时太浪漫，也太年轻了。”

2

我叫简·扬，三十三岁，是一位活动策划人，不过我策划的活动主要是婚礼。我在南佛罗里达长大，但我现在住在缅因州的艾力森泉，离波特兰大约二十五分钟车程，这里在夏季是个著名的旅行结婚目的地，到秋天热度减退，入冬后则更显冷清，但我仍能维持生计。其他还有什么可说的呢？我喜欢我的工作，还有，不，我小的时候从没想过自己会做这一行。我在大学所学的专业最终因为各种各样的原因没能用在工作上，但我发现自己具备综合运用不同学科的天赋——人际沟通、心理学、政治、舞台表演、创新力等等，都是策划婚礼所需的才能。哦，我还有一个少年老成的八岁女儿，露比，她的父亲则不在我们母女生活之中。露比聪明过人，但她过早地与新娘们接触，这对她并无益处。上个星期露比告诉我："我永远都不想做新娘。她们都很惨。"

"没那么夸张吧，"我说，"有些人看上去还是挺幸福的。”

“不，”她坚定地说，“有些人比看上去还要不幸。”

“不幸的新娘各有各的不幸。”我说。

“我猜你说得对，”露比皱着眉头说，“那是什么意思？”

我向她解释，我不过是挪用了托尔斯泰他老人家的名言而已，露比翻了个白眼，说：“拜托你认真一点。”

“这么说，你永远都不想结婚？”我说，“这对我的生意可没什么帮助。”

“我没那么说，”露比说，“我不确定我将来会不会结婚，我才八岁。但我知道我不想做新娘。”露比现在的年纪刚刚好，她能和你正常交谈，说话又不像个青春期的孩子。她有点书呆子气，身材圆滚滚，容貌可人。我真想把她一口吞掉，或者咬住她肉乎乎的胳膊。即便如此，我从不谈及她的体重，因为我不想给她种下心结。我在她这个年纪时也偏胖，而我母亲总是没完没了地讨论我的体重。没错，她这样做的结果就是，如今的我自豪地拥有好几个心结。不过谁还没有几个心结呢？细想下来，人不就是多方因素共同作用创造出的个体吗？

3

我的店面位于镇上的繁华地带，被一家文具店和一家巧克力专卖店夹在当中。时值十一月，生意冷清，给几位春夏季的客户做完回访以后，我整个上午都在网购自己根本不需要的东西。一个女人究竟要有多少条黑色直筒连衣裙才够穿？假如你是我，答案是“非常多”，我最后一次清点数目时是十七条。婚礼策划人在婚礼上总是穿得像参加葬礼一样。我正在琢磨露比那番“每个新娘都很惨”的言论，弗兰妮和韦斯走进了我的店门。他们没有提前预约，不过在这个时节，他们也没必要预约。

弗兰妮全名叫弗兰西丝·林肯，二十六岁，却一副稚气未脱的样子。她容貌娇美，可是不知怎的，总给人一种面团没发酵好的感觉。她是名幼儿园老师——这还用说嘛！世上实在找不出比她长得更像幼儿园老师的人了——不过她说她现在休假。韦斯的全名是韦斯理·韦斯特——就凭他这个名字，我推断他的父母很不讨人喜欢，不禁想见识一下这两位是何方神圣。韦斯是名房地产经纪人，他告诉我，他的办公室离我的门店很近，不过我之前从没见过他。他说他有志于从政：“我只是觉得应该让你知道。”那语气像是在谋划一件大事，他似乎觉得我既然要为艾力森泉未来的大人物策划婚礼，就不应该对此毫不知情。他二十七岁，握手用力得过了头——兄弟，你装模作样给谁看呢？我遇到过各种各样的客户，这两位也算不得与众不同。婚礼总能让人不知不觉就落入旧观念里丈夫和妻子的窠臼。

“我们本想雇个城里的策划人。”韦斯说。“城里”指的是波特兰，话里透着瞧不起人的意思。

“我就是城里长大的。”我面带微笑地说。

“但我转念一想，为什么不找个本地人呢？我是说，我每天都会路过你的办公室，这里装扮得很漂亮，你把一切都布置得非常整洁、雪白，我很喜欢。而且，因为我想参与市议会的竞选，所以我想了解一下本地的生意，也就是我的选民，你懂的。这个季节你的生意恐怕有些冷清吧。”

我问他们有没有确定日期。

他看看她，她也看看他。“我们想一年后结婚，明年十二月，”她说，“这样时间够吗？”

我点点头：“足够了。”

“她觉得冬季婚礼很浪漫，”他说，“但我更看重它的性价比。我们可以随便挑地点，而且价格只有夏季的一半，我说得对吧？”

“不是一半，不过的确会便宜很多。”我说。

“冬季婚礼就是很浪漫，你不觉得吗？”她说。

“我同意。”我说。新娘和伴娘往往冻得半死，而且，要是遇上雪天，外地宾客有一半都不会来。我想这多少带些捉摸不定的浪漫色彩。不过，冬季婚礼的照片总是效果绝佳，而且我觉得照片给人留下的印象总是比婚礼本身更加深刻。总而言之，他们都是大人了，我可不会说错话，白白断送一单冬季的生意。

4

大约一个星期以后——可能是他们去拜见过大城市里的婚礼策划人之后——他们约了第二次到店时间，跟我签合同，再付一笔定金。这次来的只有弗兰妮自己，这其实没什么不寻常的，不过他的缺席倒让弗兰妮十分尴尬。“这样古怪吗？”她问，“这看起来是不是不太好？我是说，他也应该来，对不对？”

“一点儿也不古怪，”她把支票递给我的时候，我说，“到头来我经常只跟夫妻中的一方沟通得比较多。毕竟谁也没有分身术。”

她点点头：“他在带客户看房子，”她说，“什么时候看房子不总是他说了算。”

“我完全能够理解，”我说，“他是怎么向你求婚的？我好像没问过你。”我把她的合同放进了文件柜。

“哦，那浪漫极了，”她说，“浪漫”是她的口头禅，“起码我觉得很浪漫。不过等我讲给你听，你也许会觉得很古怪。”“古怪”也是她的口头禅。

他是在她母亲的葬礼上向她求婚的。不是葬礼中途，而是葬礼刚刚结束后。我估计是在公墓的停车场，但我并不确定。她悲痛欲绝，哭个不停，鼻涕眼泪流了一脸，这时他单膝跪地，说了一番话，大致是“好了，这不该是你这辈子最悲伤的一天”。真让人反胃。不过，我猜他的本意可能是好的，但这目前仍然是让我对他印象最差的一件事。有没有搞错啊，有些日子就应该是你这辈子最悲伤的一天。再说，让她在母亲刚去世时就作出重大的人生决策真的好吗？我并不了解这两个人，但听上去他好像在她最脆弱的时候乘虚而入了。我不禁有点开始讨厌韦斯·韦斯特。只是稍微有点讨厌，而且才刚开始。合作到最后，我通常都会讨厌新郎，不过一般没这么快。

“哦，这太古怪了，”她说，“这很古怪，是不是？”

这不是古怪，而是糟透了。这件事糟透了，可它又是件寻常事。我并不了解她，何况这件事跟我没关系。半是为了填补这段时间，半是为了避免我的想法从脸上流露出来，我做了一个完全不像我的举动。我把手伸过桌子，握住了她的手：“关于你母亲的事，我非常抱歉。”

她的嘴唇颤抖起来，蓝色的大眼睛里泛起了泪光：“哦，天啊，哦，天啊。”

我递给她一张纸巾。

“我就像个没长大的孩子。”她说。

“不，你失去了亲人，”我说，“你一定感觉非常无所适从。”

“对，就是这种感觉，无所适从。你的母亲还健在吗？”她问。

“健在，但我们很少见面。”我说。

“那太糟了。”她说。

“我也有个女儿，”我说，“所以我能想象这样的——”

“那你母亲也不想见她吗？她的亲外孙女？我不敢相信！”

“也许她想见吧。我们的关系很复杂。”我说。

“没有那么复杂的关系，”弗兰妮对我微微一笑，“我管得太多了，”她说，“对不起。你对人很亲切随和，所以我忘了我们并不熟。”

她是个好人。“你们做作业了吗？”我之前让他们回去做个展示板，描绘他们梦想中的婚礼。

她从包里掏出平板电脑。他们拼贴出了穿牛仔靴的新娘和穿燕尾服、系阿斯特领巾的新郎；馅饼自助宴和七层的婚礼蛋糕；一个装满非洲菊的铁皮桶和一个百合、玫瑰组成的三尺高的花台；红色格子桌布和雪白的亚麻桌布；烧鸡和菲力牛排。这简直是城里老鼠和乡下老鼠的婚礼。

“我们还没想太多，有些是他的想法，有些是我的想法。”

“看得出来。”我说。

“他希望氛围高雅一些，但我更想要乡村风格，”她说，

“你能帮帮我们吗？还是我们彻底没救了？”

“你们彻底没救了。”我说。

弗兰妮大笑起来，脸也红了：“我们为此算是吵了一架。只是很小的一架。他说我的品位太寒酸，”她说，“但我想让宾客们放松、自在一点。我不希望办得——”她在脑海里搜寻了一阵词汇，最后作了决定，“商业气息太重。”

“优雅而质朴的风格，让我想想。可以在谷仓里装上大吊灯，铺上白色桌布，既然是在十二月，可以给广口玻璃瓶扎上红白相间的格子布彩带，装进满天星，配上松树枝条、粗麻布，布置成干净利落的舞会大厅的样式。在舞池上扯起闪烁发光的圣诞节小灯，宾客的座位卡则写在迷你小黑板上。天棚用薄纱覆盖，餐巾用白色的亚麻布，餐食是烧烤和馅饼，再生一丛熊熊燃烧的篝火。没错，那个场景几乎就在我眼前。”而我眼前的确出现过这样的场景，最近每个人都想要优雅质朴的风格。

“听起来很美。”她说。

门铃响了一声，露比走进店里，把书包扔在地上。“这是我的助手。”我告诉弗兰妮。

露比和弗兰妮握了握手。

“我叫弗兰妮，”弗兰妮说，“你这么年轻就当上助手了。”

“你太客气了，不过我已经五十三岁了。”露比说。

“她保养得非常好。弗兰妮想要一场既优雅又质朴的婚礼。”我告诉露比。

“你应该有一辆冰激凌车，”露比说，“妈妈策划过一场带冰激凌车的清新复古风格婚礼。所有人都喜欢冰激凌车。”

“在办公室里不能管我叫妈妈，”我说，“你应该叫我老板。”

“所有人都跑到停车场去了，”露比继续说，“他们想要什么冰激凌都可以免费挑选。这差不多是天下最大的好事。”

“的确很好，可是弗兰妮的婚礼在十二月。”我告诉露比。

“是的，”弗兰妮说，“不过这听上去太有意思了。我们能不能在十二月也这样做呢？反正也不是一到十二月就没人吃冰激凌了，在十二月找辆冰激凌车来反而更有趣。比方说，我们难道不应该拥抱寒冷吗？”

那天晚上，我接到了韦斯的电话，告诉我他对冰激凌车这件事“无法理解”。“我认为这种做法看上去很愚蠢，”他说，“我邀请的客人中有些人以后可能要为我投票，还有的可能要为我的竞选出资，我不希望我留给他们的印象是一个在冬季婚礼上安排冰激凌车的人。”

“好吧，”我说，“不要冰激凌车。”

“我不想扫大家的兴，但这种做法好像有点……不负责任。”

“不负责任，”我说，“这话说得有点重了。”

“就是不负责任，”他说，“考虑不周全，脑筋一团乱。我很爱弗兰妮，但她有时会冒出些想法来。”

没错，我心想，她长了个脑子，长了脑子就有产生想法的风险。“你明显反对这种安排，”我说，“说实话，我们目前只是在头脑风暴，韦斯，并没有真的租下冰激凌车。”

“好吧，问题是，”韦斯说，“你能不能告诉弗兰妮，就说你在冬天没法租到冰激凌车？因为她现在打定主意想要冰激凌车，她觉得这样很别出心裁，我也不知她是怎么想的。”

“如果你亲自告诉她你不喜欢，这样不是更简单吗？我是说，她的确很喜欢这个想法，但我觉得这对她来说并不是至关重要的事情。她喜欢的事物很多，她是个开朗的人。”

“对，”他说，“对，我觉得应该你去说。如果是我说，我就成了那个在婚礼上扫兴的人。如果是你说，那就只是一个事实：婚礼策划人在十二月找不到冰激凌车。”

“但我很可能能把冰激凌车找来。”我说。

“好吧，那是自然，但是弗兰妮不必知道这一点。”韦斯说。

“说实话，向你的未婚妻撒谎，这样做我心里不太舒服，”我说，“我尽量从不向客户撒谎。而且在我看来，无论我们两个谁去说，都没必要为了冰激凌车这样无关紧要的事情撒谎。”

“既然是无关紧要的事，谁去说又有什么关系呢？再说这也不算真的撒谎，我付钱要你提供服务，你只是在按照雇主的意思行事，”韦斯说，“我对你有信心，简。”

我很想告诉这个窝囊废，他大可以到别处去寻求服务，但我没有那么做。我之前没说，不过我那个可爱的书呆子女儿露比在学校时常受人欺负。凡是孩子受人欺负的家长应该做的事情，我全都做过，我跟学校的管理人员见过面，跟其他的家长通过电话，留意她在网上的行为，还为露比报名参加了各种据说可以树立自信心的课外活动——体操！童子军！来者不善的对策，我全都跟露比讨论过，全都没用。我在考虑让她转学到私立学校去，但那需要很多钱。缺钱就意味着你没有资格挑三拣四，只跟自己喜欢的人共事。

“简，”他说，“就这样说定了？”

“好。”我嘴里这样说，心里却在想，我绝对不会给这个人投票，而且，但凡他参加某个职位的竞选，我还要奔走游说，拆他的台。这是一场注定会失败的婚姻。

我没有对弗兰妮撒谎。我说我又想了想，觉得在冬天伴随冰激凌车而来的后勤保障很麻烦。而且，说实话，的确是这样。仅仅是取大衣、还大衣这一件事就已经是一场噩梦了。

5

“可以，”弗兰妮说，“我也只是突发奇想。我还有一个想法，想跟你商量一下。我知道我们基本敲定了用广口玻璃瓶盛放百叶蔷薇，我也非常喜欢这种设计，不过我想问问你对兰花有什么看法。”

“兰花？”我说。

“是这样的，”她说，“我看见你的窗台上有一株兰花。我最喜欢它的一点就是，它永远都不会死。我每次到这里来，它看上去总是和原来一模一样。而且，我也说不清楚，它让人感觉很平和，很有家的感觉。”

我从没听过有人评价兰花有家的感觉。“它们也会死，”我说，“不过只要你坚持浇水，它最后总能起死回生。”

“哦，我喜欢这样，”她说，“我不知道它跟优雅质朴的主题是不是相配——”

“什么东西都能搭配这个主题。”我说。

“我在想，能不能用兰花盆栽做花台，这样人们就可以把花带回家。那样一定非常高雅，而且还很……怎么说呢？”

“质朴？”我接过她的话。

“我其实想说‘绿色’。这一点对韦斯和我都很重要。好吧，至少对我来说很重要。我也说不好，可能是因为它看上去比百叶蔷薇更有特点吧。”

我带弗兰妮去了席勒的花店。每当客户夫妇想要不同寻常的花卉，我总是去找埃略特·席勒。他是我见过最一丝不苟的花商。我不会用“花卉艺术家”形容他，因为这个词略带调侃的意味，不过，用“艺术作品”来形容席勒的花毫不为过。他是个完美主义者，略带点偏执，卖的花价格也不便宜。

席勒说：“冬季婚礼？唯一的难题是怎样把它们用卡车运到礼堂。兰花很怕冷。”

“那客人还能把它们带回家吗？”弗兰妮说。

“能，只要你告诉客人，不要在停车场磨磨蹭蹭就好。而且我可以打印一些养花指南做成小册子。你知道的，多长时间浇一次水，浇多少水，什么时候开始施肥，在哪里剪枝，怎样换盆，怎样选土，日照时间。弗兰妮，你知道吗？兰花喜欢让人摸它们的叶子。”

“真有灵性。”她说。

“我从来不摸我的兰花的叶子。”我说。

“那我敢打赌，你的兰花一定很郁闷，简。”席勒说。

“兰花都有哪些种类呢？”弗兰妮问，“简有一盆白色的，我很喜欢。”

“简那盆是新手养的蝴蝶兰，很普通，在路边摊就能买到。我没别的意思，简。我们可以用那种花，没问题。不过兰花有上千种，你不应该刚看见第一种就马上选定。”

“嘿，席勒，”我说，“你说的可是我养的兰花，我从大学时就开始养它了。”

“那盆兰花很不错，简，它非常适合刚开始养花的人。不过这可是婚礼，是年轻人开启新生活的时刻！我们应该更加用心才对。”他拿出了兰花的大文件夹。

她选了白拉索兰，看上去像一簇纤柔的马蹄莲。

“啊，”席勒说，“夜夫人。”

“它真的叫这个名字吗？”我问，“还是你自己给它起的古怪昵称？”

“它每到晚上就会散发出香气，”他说，“别担心，弗兰妮。它的味道很好闻。”

席勒说他会估个价。

过了几天，他把报价单送到了我的办公室，一起送来的还有一株兰花——花朵是紫色的，叶子有点像竹笋，还有一张便条：“我的名字叫迷你石斛兰。我想和你的路边摊蝴蝶兰交个朋友。他虽然普通得不能再普通，但是他很孤独，希望有人能跟他做个伴儿。”

我给他打了个电话："我的蝴蝶兰是女孩。"

"我可不这么想，"他说，"而且说实话，我觉得你这是性别偏见。并不是每一朵花都是女孩。"

"我也没那么说。我只是说我的花是女孩。花朵也分性别吗？"

"你高中没上生物课吗？"席勒说。

"我没认真听讲。"

"真可惜。有些花朵只有一种性别，有些则有两种，得一株株、一朵朵地观察才行。而且准确地说，绝大多数兰花都是雌雄同株的，包括你那一株，而且很多花都是双性的。"

"我还是保持我原来的观点，"我说，"不论我的蝴蝶兰外在性征和性取向是什么样，她都是个女孩子。你再争，就是混淆性别。"

"或许我们可以找个时间喝杯咖啡，把这件事敲定一下？我可以帮你看看你那株兰花。"

"我不确定这样好不好。"

"兰花完全不会有感觉的。"

"不，我是说咖啡。我不喝咖啡。"我说。

"那就喝茶。"他说。

"席勒，"我说，"我要澄清一下，这可不是一次约会。"

"不，"他说，"当然不是。不过我们这些做婚庆行业的人团结起来对彼此都有好处，你不这么认为吗？而且，我希望我们能成为朋友。我知道你跟‘缅因州庆典花卉店’合作的次数比跟我多，而我想成为你的首选花卉供应商。”

“我并不是针对你。缅因州庆典花卉店更便宜。”我说。

“而且他们的名字还有个谐音[1]，”他说，“这谁能比得过？”

“我希望我这么说不会显得先入为主，”在餐馆里，席勒说，“但我跟不少婚礼策划人合作过，而你给我的印象并不像是常见的婚礼策划人。”

我问他那是什么意思。

“就是那种从小就开始幻想自己的婚礼的女人，办完了自己的婚礼还觉得不过瘾，于是就做起了这一行。”他说。

“我觉得你这么说带有很强的性别偏见，或者别的什么偏见。”我说。

“抱歉，”他说，“我的意思是，你看上去很踏实，是说你的个性，而不是身材，不过你的身材看上去也很结实。我好像说错话了。”

“你的确说错话了。”我说。

“我得解释一下，我认为你很迷人。你让我想起了《埃及艳

1 “缅因州庆典花卉店（Maine Event Blooms）”与“重大庆典花卉店（Main Event Blooms）”的发音相同。

后》时期的伊丽莎白·泰勒[1]。而我说的'踏实'，是指头脑聪明、心思缜密——在做你这一行的人当中很少见。"

"你真是越来越会说话了。"我说。

"糟了。其实我是想说，你是怎么走进婚礼策划这个行业的？你在大学里学了什么？你读过大学吗？你小时候想做什么职业？总的来说，你是谁？简·扬是何方神圣？"

"你可以上谷歌搜一下。"我说。

"那还有什么乐趣？"他说，"再说，我已经搜过了。你的名字很普通，我搜出了大约一千个简·扬。"

"你的问题真多。"我说。

"我过去是老师，我相信苏格拉底反诘法。"

"我感觉自己像在参加工作面试，"我说，"那你为什么不再教书了？"

"我也不知道。我想花更多的时间照料花草。"

"那是自然。"我说。

"植物比人更容易对照顾和关注作出反应。我做老师的时候经常觉得自己让孩子们感到厌烦。为什么别人一提问你就紧张？"他说。

"我不紧张。"我说。

1 伊丽莎白·泰勒（Elizabeth Taylor，1932—2011），美籍英裔女演员、慈善家。1963年以当时的最高片酬出演《埃及艳后》。她也是美国电影学会评选的"AFI百年百大明星"之一。

“你看上去很紧张。”他说。

“我向来坦荡无私，”我说，“你问吧，随便问。”

“你大学时学的什么专业？”他说。

“政治学和西班牙语文学。”我说。

他看看我，微微点点头：“这还有点意思。”

“很高兴能得到你的认可。不过我要解释一下，尽管我没料到自己会做这一行，但我的确很喜欢策划婚礼，”我说，“我喜欢那场仪式。而且人们邀请你参与他们一生中最重要的一天，这是一项特权。”这是我固定的说辞。

“你知道每个人的秘密。”他说。

“知道一点。”我说。

“你可能是这镇上权力最大的人。”

“那是摩根夫人。”我说。

“你以前想做什么工作？”席勒问。

“我一度以为我会做公共服务、进政府部门、从政，”我说，“只有不长的一段时间。”

“但你后来没兴趣了？”

“我很喜欢做那一行，”我说，“但后来我有了露比，我必须彻底改变自己。你是学什么的？”

“植物学，”他说，“你很可能早就猜到了。为什么要学西班牙语文学？”

“因为在我长大的地方，要是你想从政，说一口流利的西班牙语会对你很有帮助，”我说，“我高中就学了西班牙语，所以我想，学文学可能会有更多收获。不过说实话，我这个决定作得很冲动，大概只花了两分钟时间。我那时已经在读大三，剩下的时间不多了，我必须得确定个专业。”

“给我讲讲西班牙语文学吧。”席勒说。

“我可以把我最喜欢的小说里的一句话告诉你：‘人不是从一出生起就一成不变的，生活会迫使他再三再四地自我脱胎换骨。’”

“我喜欢，”他说，“这句话什么意思？”

门铃响了，摩根夫人大摇大摆地走进了餐馆，仿佛自己是这里的老板，不过说实话，她的确是这里的老板。作为一名富豪，她格外健谈。除了这家餐馆，她还坐拥半座城镇，以及当地的报业。我和摩根夫人正在商议组织一场募捐活动来修复集市广场上那座艾力森船长的雕像。

“简，”她在我们桌边停下脚步说，“我正想给你打电话呢，既然在这里遇见你，那我就直接问你吧，游艇俱乐部那边有消息吗？席勒先生，您那位可爱的太太米娅最近怎么样？”

摩根夫人在桌边坐下，示意服务生过来，点了一杯红酒。

“非常好。”席勒说。

“你认识席勒的太太吗？”摩根夫人问我。

“不认识。”我说。

“她是一名芭蕾舞演员。”摩根夫人说。

“她已经不跳舞了。”席勒说。

“好吧，即便如此，那还是难得的才能，”摩根夫人说，“不好意思，席勒先生，我得打扰您一下。你们是不是快谈完了？我有几件与募捐有关的小事想和简商量一下。”

席勒站起身。“没关系，”他说，“简，我再给你打电话。”

那天晚上，席勒的确给我打了个电话。“我们之前被打断了。”他说。

“不好意思，”我说，“摩根夫人不明白世界不是总围着她一个人转。你还有什么事吗？”

“这件事就是，我喜欢你。”他说。

“我也喜欢你，”我说，“你是我见过的最一丝不苟的花卉商。”

“别闹了，简。我是想说，我无法停止思念你，”他说，“你肯定也发现了。”

“唉，恐怕你必须得停下来，”我说，“我很少跟人约会，而且我绝不会跟有家室的男人约会。”

“我猜你觉得我是个浑蛋，”他说，“但你要知道，我那段婚姻早就名存实亡了，长时间以来都很糟糕。”

“你能看清这一点是件好事。人需要很大的勇气才能认识到自己过得并不开心，”我说，“不过，你打电话过来我很高兴，弗兰妮想知道把花盆和兰花分开单买能不能打点折。”

“我会列出报价单，”他说，“我过几天能再给你打个电话吗？”

“给我发邮件就好，”我说，“再见，席勒。”

我的确喜欢他。不过，我曾学到过一点，就是即便一桩婚姻糟糕透顶，你也不应该掺和进去。

我外祖母的婚姻持续了五十二年，到我外祖父去世为止。她过去常说，糟糕的婚姻其实只是没来得及好转的婚姻。正巧席勒是一名花卉商，那我可以告诉你，我曾有好几次以为我那株“普通得不能再普通”的兰花再也不会开花了，因为看它的样子根本就是死透了。记得有一次我和露比到旧金山度假，我把它忘在了暖气上，它叶子掉得一片也不剩。我给它浇了一年的水，它先是长出了一条根，然后是一片叶子，又过了大约两年，嚯！又开花了。这就是我对婚姻和兰花的看法，它们都比你想象的要顽强得多。也正因如此，我爱我的路边摊蝴蝶兰，并且不跟已婚的男人牵扯不清。

6

我陪弗兰妮四处选看宾馆宴会大厅，看到其中一间时她忽然说：“我有点看混了。我觉得这间比之前那间更好看，可我也拿不准。”

“主要看你的直观感受。这个宴会厅给你的感觉是什么样的？”我嘴里说着话，注意力却完全不在这上边。我心里想的是露比。我接到了露比的学校打来的电话，她把自己反锁在女厕所的隔间里不肯出来。等这边一完事，我把弗兰妮送回家，就要赶快到学校去，看看自己这次又要跟谁决一死战。

弗兰妮把目光从略显破旧的花卉图案地毯移到装有镜子的墙壁上。“我也不知道，”她说，“什么感觉也没有？感觉有点凄惨？你觉得它应该给我什么样的感觉？”

“好吧，你得想象它布置好以后的样子，”我说，“想象这里摆满兰花、圣诞节小彩灯和罩纱的样子。想象你的朋友、亲人和……”

小孩子一旦遇到跟自己不同或者比自己弱小的人，就会立刻对他们纠缠不休，这究竟是怎么回事？难道是从资源匮乏的时代残留下来的求生本能？

“你说什么？”她说。

“没什么，就这些。”我说。

弗兰妮点点头：“我想，如果你不介意的话，我还是想去看看其他地点。”

“说实话，我们可以继续参观，不过除非你想完全转变风格，比如压根儿不在宾馆宴会大厅办婚礼，否则这一带所有的宴会厅你已经基本看全了。这些只是空房间，弗兰妮。”我偷偷瞄了一眼手机上的时间。我想在午饭之前赶到露比的学校去。

“如果是你，你会选哪一间？”

“我们第一个参观的那间，艾力森泉乡间小屋。”我控制住自己，没有说“所以我才带你第一个去看它，前提是现在还订得到”。

“你说得对，”她说，“或许我的想法有点蠢，不过我以为，我走进迎宾室时会觉得‘在这里你会度过一生中最浪漫的一夜，弗兰妮’。可我当时并没有这种感觉。那个房间让我一点感觉都没有，都是暗色的木头。”

“你要的就是质朴风格啊。”我说。

“可那个房间让人感觉，我也说不好，太男人了。”

“不会的，等你摆上兰花和……”

她打断了我："罩纱，我知道。或许我们可以现在开车回去，让我再看一眼？我觉得要是能再看一次，我今天就能认定它。"

我深吸了一口气。"不行，"我说，"相信我，我也很想尽快解决这件事，但我必须到露比的学校去。她把自己反锁在卫生间里不肯出来，要是我不能在午饭以前赶到学校，其他孩子就会知道这件事，这件小事就有可能闹大，你知道孩子们是什么样，"我笑了笑，"很抱歉，给你添麻烦了。"

"不麻烦，"她说，"我们可以改天再选看宴会大厅。"

"你觉得她为什么会把自己反锁在卫生间里？"回到车上，弗兰妮问我。

"可能是为了躲开那所浑蛋学校里的浑蛋小孩。"

"真是糟糕。"弗兰妮说。

我恨透了露比所在的学校，那里的浑蛋百分比似乎格外高。我也烦透了那位自称"霸凌者沙皇"的副校长。"沙皇"，你能想象这是个什么样的人吗？他容貌标致，可面相一点也不讨人喜欢，像色情影片里的男演员。只要看一眼就知道，他之所以叫"霸凌者沙皇"，就是因为他自己也曾是个欺凌弱小的人。这家伙说起反对校园暴力来头头是道（兼容并包，打造安全的校园环境，绝不姑息纵容，等等），不过我多少能感觉到他其实觉得这一切都是露比的错。要是露比行行好，别再这么好欺负，那么所有人的日子都会好过很多。

"我以前也常受欺负，"弗兰妮说，"不过我上高中以后就没再被欺负过。”

“发生了什么？”我问。

“哦，好吧——”她笑了，“我变漂亮了。希望这样说不会显得我很自傲。”

“你真幸运。”我说。

“我是说，你不要误会，变成这样我很开心。我很高兴不用每天上学之前都紧张到呕吐。但我知道这样不对，而且这也不代表别人接纳了我。我知道他们还是从前那群烂人，而且他们还像从前一样讨厌我，”弗兰妮说，“你也被人欺负过吗？”

我猛地踩了一脚刹车——险些冲过一个停车标志。我朝正在过马路的慢跑者挥挥手，做了个“不好意思”的口型。那女人朝我竖起了中指。

“是的。”我说。

“真不敢相信。你看上去那么坚强，”弗兰妮说，“就像一堵墙，不过不是贬义的那种。”

“一堵褒义的墙。每个人都喜欢墙。”

“无比坚强，”她说，“处变不惊。”

我大笑起来：“很久很久以前，我被轻易地摧毁过，遇事也很容易乱了阵脚。”

“发生了什么？”她说。

“我长大了。”我说。

我敲敲隔间的门：“露比，我是妈妈。”

门闩拉开了。我问她出什么事了，整件事愚蠢得让我不敢相信。

上体育课时，露比班上的一个男生“搞笑地”在女生腿上来回摸，看看谁刮了腿毛，谁没刮腿毛。露比没有刮腿毛。她确实从来没有刮过腿毛。她说她是唯一一个没刮的女生，而我觉得这让人难以置信。他们是一群八岁小孩，而此时此刻可是缅因州的隆冬，连我自己也有三个星期没刮过腿毛了。从什么时候起连八岁小孩也要刮腿毛了？

“你为什么不告诉我应该刮腿毛？”她问。

我在厕所的地上坐下：“一旦你开始刮腿毛，就没法停下来了，”我说，“只要你不刮，你的汗毛就是软乎乎的绒毛，而一旦你开始刮毛，它就会变得又粗又硬，而且还很痒。我想尽量拖得越晚越好。而且说实话，腿毛怎么了？它生来就长在那儿，谁会在乎这个？”

她看我的眼神仿佛她是一个大人，而我才是个小孩。“妈妈，”她严肃地说，“要是我想平安无事地度过这一年，你就必须告诉我应该怎样做。我不想给自己招来更多的麻烦。”

“你这么说我好伤心。”我说。

“我不想让你伤心，但是作为一种策略……”她看了我一眼，想确认我有没有在认真听。

“策略。”我重复道。

“我们只能这样。我觉得，我是个好人，而且我很聪明。但这些女孩——她们揪住一点小事就缠着我不放。我跟她们没的商量。”

“我明白。”我说。

回家的路上，我们在商店停了一下，买了剃刀。

7

我给弗兰妮打了个电话，为我唐突的离去道歉。

“哦，不。没事的。我也不知道自己为什么会因为宴会大厅而那样烦人。”她说。

“弗兰妮，你一点也不烦人。即便你烦人，你毕竟是新娘，也就是说你有资格去烦扰别人。”

“你知道这件事一定会很高兴的，我今天下午开车又去了那家乡间小屋，在那里转了转。太阳快落山了，从窗户可以看见湖泊，等到十二月，湖面结了冰，风景一定会更美！大厅里散发着雪松木的味道，我想象里面布置了蕾丝花边和兰花，还有韦斯系上格子花纹领结的样子——如果我们能说服他穿戴的话——我心想：‘弗兰妮，你这个傻瓜，简是对的！’我真要好好谢谢你，简。”弗兰妮说。

“你这么说真好。”我说。我感觉自己做的一切都是在把这一天搞砸。

“其实，你电话来得正好，我有一个想法。你听说过斯泰因曼吗？”

“当然了。”我说。那是一家位于曼哈顿的大型婚纱礼服店。里面的婚纱标价虚高，样式做作，实际是个为游客准备的婚礼游乐场。那里的婚纱你在任何一家卖婚纱的正经商场都能找到。

“我知道我这么说有点俗气，不过我一直都想到那里去逛逛，”弗兰妮说，“我在想，你能不能陪我来，可以把露比也带来。当然了，你理应带她来，她是你的助手。我来出钱，我妈妈给我留了一些遗产。”

通常情况下我是不会同意的，不过当时的情况是，露比和我都需要换换环境。“谢谢你的邀请，”我对弗兰妮说，“不过，你难道不应该带你最好的朋友去吗？”

“我没有好朋友，”她说着，抱歉地笑了笑，“起码没有我想带去的朋友。我觉得自己很难跟女性结成好朋友。”

“可能是因为你以前总是受欺负。”我说。

“有可能。”她又笑了。

“你的伴娘呢？”她有四个伴娘，“你可以带她们去。”

“她们有三个是韦斯的姐妹，剩下一个是韦斯最好的朋友，而我对她不是很有好感。我可以带我阿姨一起去，但估计她会哭个不停。再说，我也希望有人能从专业的角度提些建议。”

然而她几乎不需要任何建议。在婚纱的问题上，弗兰妮果断得令人钦佩。只试穿了第一件婚纱她就选定了，于是我们三个把剩下的时间都用来观光。我怀疑她还没到商店时就已经选中了那件婚纱。

我们决定从婚纱商城步行去大都会艺术博物馆。路程很长，不过跟缅因州的天气比起来，这里的天气更温暖，阳光也和煦。我们仨挽着手走，但每隔一会儿就要变成一路纵列，好让行人从我们身边过去。

露比说："你知道吗，当你在街上朝一个人走去时，百分之九十的人，或者男人——我记不清了——是不会让开的。"

"你是从哪里知道的？"弗兰妮说。

"我的朋友摩根夫人，"露比说，"总之，我经常给别人让路，而且我发现你和妈妈也会这么做。不过我在想，要是我不让路会怎样呢？要是我直挺挺地朝他们走过去，他们最后会让开吗？"

"我要试一试，"弗兰妮说，"我不再让路了！"她把腰板挺得直直的，不到一分钟就有个穿西装的男人向她走来。在他离她的脸还有一尺远的时候，弗兰妮猛跨一步让开了路。

"你躲了！"露比说着，笑得直不起腰。

"我的确躲了，"她说，"讨厌！我以为自己可以做到的。"

弗兰妮皱起眉头，露比说："别伤心，弗兰妮。也许我们正需要一些会给别人让路的人，不然这个世界就会陷入——那个词是什么来着，妈妈？”

“无政府状态。”我说。

“无政府状态，”露比说，“或许让路的人并不是弱者？或许他们只是不介意而已？”

我们到达大都会艺术博物馆后直接去看了丹铎神庙，那里一直是我最喜欢的景点之一。弗兰妮往喷泉里扔硬币的时候，一对年过七旬、神采飞扬的老夫妇拦住了我。“我们是从佛罗里达到这里来度假的。”妻子说。

我早就猜到了。这些人就像迪士尼乐园和装饰草坪用的粉红色火烈鸟，浑身喷发着佛罗里达的气质。

“我们到这儿来是要看望儿子和儿媳。我永远也想不通，他们为什么要住在这么冷的地方。他们的公寓只有一个火柴盒那么大。”那个男人说。

“我们是想说——希望你不要觉得唐突，不过你长得很像那个女孩，”女人说道，“就是那个跟国会议员惹出了大麻烦的女孩。她叫什么来着？”

“阿维娃·格罗斯曼，”我说，“我知道你说的是谁！我在南佛罗里达长大，过去总是有人这样说。不过我现在住在缅因州，没有人知道那是谁，而且那也是很久以前的事了。”

我们有说有笑，感慨长得像一桩陈年丑闻里鲜为人知的女主角是多么滑稽的一件事。

“我越看越觉得你不像她。”那女人说。

“我是说，你比她漂亮多了，”那男人说，“你更瘦。”

“那个莱文，”她皱起鼻子说，“他跟那个女孩做的事情可太不光彩了。”

“不过他是个优秀的议员，”她丈夫说，“这你得认可。”

“对于那个人，我什么也不会认可的，”妻子说，“那女孩固然行为不端，可那个男人，他做的事情——”她摇摇头，“不光彩。”

“那女孩明知道他有家室，她那是咎由自取。”丈夫说。

“你当然会这么想了。”妻子说。

“不过他那个老婆，”丈夫说，“她真不得了。冷漠得屁股都快结冰了。”

“不知道那个女孩后来怎么样了。”她说。

“手提包。”丈夫确定地说。

“手提包？”妻子问。

“她转行去做手提包了，”他说，“要么就是手工织的围巾。”

“我想那个是莫妮卡·莱温斯基，”我说完便告辞了，“一路顺风。”我说。

我走回露比和弗兰妮坐的地方。“谁是阿维娃·格罗斯曼？”露比说。

8

我们回到宾馆时，韦斯已经在大堂等候。“一个惊喜！”他说着吻了弗兰妮的面颊。

“哦，天啊，”弗兰妮说，“你到这里来干什么？”

“韦斯，”我说，“见到你很高兴。这是我的女儿，露比。”

“露比，”韦斯说，“是个好名字。”

“谢谢，”露比说，“我从出生就有了。”

“说真的，”弗兰妮说，“你怎么来了？”

“我估摸着你们应该买完衣服了，我想带你出去吃晚饭。”他又吻了她一下。

“你飞这么远就是为了请我吃晚饭？”她说。

“当然了，”他说，“凭什么只允许你们玩得那么开心？”

“可这本该是个女生独享的周末。”弗兰妮说。

“我相信简不会介意的，”韦斯说，“你看起来不太高兴。”他压低声音说。

“高兴啊，”她说，“这是个惊喜。”

“好了，”我说，“我和露比就不打扰了。见到你很高兴，韦斯。”我跟他握了手，带着露比离开了。

我们坐电梯回到房间。“太尴尬了。”刚到我们那一层，露比便说。

“我也觉得。”我说。

“她可以找到更好的人，”露比说，“她看样子有些刻薄，可她其实很漂亮，人也善良。”

弗兰妮住在我们隔壁的房间，那天夜里，我们听见他们的争吵声穿墙而来。主要是男方的声音，他所在的位置似乎离墙或者通风管道更近，而且他的声音又正好是那种能传得很远的声音。

“我只不过想做点好事，你非要让我感觉像坨屎，谢谢你啊，”他说，“真是太谢谢你了。我正好需要这种感觉，弗兰西丝。”

他说了些什么，但我们听不清楚。

“你就是个疯子！”他大喊，“你知不知道？我说，你真的就是个疯子。”

……

“你知道奥德拉是怎么说的吗？奥德拉说，以你过去那些事，我真是疯了才会跟你结婚。我对我的生活可是有计划的，这些计划里可没有疯姑娘的份儿。”

……

“不，不，我不接受这样的说法。我告诉过她，你当时是个十几岁的小孩，可奥德拉说——”

“我不在乎奥德拉怎么说！”弗兰妮终于也大喊起来，声音穿透了墙壁。

“你想知道奥德拉还说了什么吗？奥德拉说你明明有四个伴娘，每一个都很乐意陪你买婚纱，可你偏要带婚礼策划人到纽约来，这件事看着就有鬼。”

“我喜欢那个婚礼策划人！”

“你根本不了解她。你其实想说你不喜欢我的姐妹吧？”他问。

“我根本不认识她们！”接着她又说了些我们没听清的话。

话音刚落，房门被摔上了。两个人中不知是谁离开了房间。

“我的老天啊。”露比低声说。

我们听过比这更糟的争吵。婚礼举办之前的几个月里，人们往往会展示出自己最糟糕的一面。不过，偶尔会出现这样的情况，就是一个人最糟糕的那一面也是他最真实的一面，而难就难在人们总在木已成舟之后才能认清自己的处境。“都是平常事。”我说。

“不幸的新娘各有各的不幸，”露比说，“他说弗兰妮‘过去那些事’是什么意思，妈妈？”

“那不关我们的事。”我说。

“我们可以问问她，”露比说，“我敢说她一定会告诉我们的。”

“我们可以问，”我说，“她也有可能会说，不过那还是不关我们的事。你唯一有权知道的过去，是你自己的过去。”

“还有你历史课要学的那些人的过去。你真没劲，”露比说，“我要上谷歌搜一下，”她拿起手机，“弗兰西丝——她姓什么来着？”

“林肯。”我说。

“这名字太普通了，”露比说，“弗兰妮是艾力森泉本地人，还是别的地方来的？”

“嘿，神探南希！别闹了，这不关我们的事，”我说，“我猜是别的地方的人。”

“我们可以去看她的脸书主页，”露比建议道，“看看她都认识什么人。”

“你这样像个网络跟踪狂，还像个犯罪分子。”

“好吧，”露比说着放下手机，“我敢打赌，她以前肯定有厌食症，被人送进了精神病院。”

“这么说别人可不好。”我说。

“我只不过在想象可能的情况，”露比说，“她太瘦了。”

“是吗？”我说，“我没注意。”我当然注意到了。婚纱店的店员用了好几个夹子才把那条当作样品的裙子固定住。弗兰妮的肩胛骨尖利得如同两把刀。每次我亲吻或拥抱她，都担心自己会把她弄散架。但弗兰妮也有可能天生就是这样，谁知道呢？盲目猜测别人的外表下面暗藏着什么经历，这种行为太愚蠢了。而且我想让女儿感觉，她母亲并不关注其他女性的身材，因为我不想让她关注其他女性的身材。我坚信一位母亲想让自己的女儿成长为什么样的女性，她自己就应该以身作则。

“你真的没注意？”露比说。

“我真的没注意，”我说，“我对其他女性的身材并不感兴趣。”

“你简直是瞎了，”露比叹了口气，“神探南希是谁？”

9

“他其实没那么糟，”弗兰妮在回程的飞机上对我说，我坐在中间，弗兰妮和露比分坐在我两侧，露比正戴着耳机做作业，“他有时候很善良，”弗兰妮说，“而且他对我们所在的社区充满关怀。比方说，镇上的动物救助站被迫要关门了，他就去拜见每一个跟他买卖过房子的人，最终筹到了足够的钱让救助站继续运营。正是他的这个特点吸引了我，他的公民精神，而且非常勤恳。”

“他还好，”我说，“策划婚礼的确会让人压力很大。”

“嗯，”她说，“可你还是不喜欢他。”

“我并没有不喜欢他，”我说，“毕竟我不是那个跟他结婚的人。”

“好吧，”她说，“那你会嫁给他吗？”

“不会，因为他不是我喜欢的类型。”我说。

“我是说，假如你是我，你会嫁给他吗？”

说实话，我不会，可她不是我女儿，甚至连我的朋友也算不上。我很喜欢她，但她只是我的客户。“可以假设，但我并不能确定你的处境，”我说，“所以我没法回答这个问题，”我顿了一下，“你爱他吗？”

“我爱你。”弗兰妮说。

“不，”我说，“我不信。”

“这里太晒了，我感觉我快被晒伤了。透过玻璃也能被晒伤吗？”弗兰妮拉下遮阳板，“我是说，我像爱朋友一样爱你。我喜欢你对待事物的坦诚。”弗兰妮说。

10

弗兰妮婚礼前夕，我又梦见了阿维娃·格罗斯曼。阿维娃依然很年轻，二十岁上下，而我是她的婚礼策划人。“要是特地给头发做个造型，”她说，“我感觉自己像是在撒谎。”

“你喜欢什么样子，就照什么样子做。”我说。

“亚伦不喜欢我留卷发。”她说。

“无论你作什么决定，都是正确的。”我说。

“人们只有在没认真听或者不想承担责任的时候才会那么说。你能帮我把拉链拉上吗？”她说。她转过身，我看见她婚纱拉链中间裸露着一大片皮肤。

“怎么了？”她说，“不会是太紧了吧？”

“等一下。”我扯住婚纱两边，使出全身的力气，居然真的把拉链给拉上了。

“你还能坐下吗？”我问，“还能呼吸吗？”

“谁需要呼吸啊？”她慢慢地坐下，我听见婚纱龙骨发出的咯吱声，暗地里为婚纱被撑破做好了心理准备。“活在现实中的女孩才要呼吸呢，”她微笑着抬头看着我，“我从没想过你会成为婚礼策划人。”

我醒来时浑身是汗。我看看手机上的天气预报：有百分之六十六的可能会下雪。

但是并没有下雪。天气寒冷而澄澈，路面没有结冰，航班都没有延误，说好出席的人也都来了。尽管连天气也给了这对新人祝福，可前一夜的梦境整天在我心头萦绕不散，我对这一天觉得非常不安。

韦斯的姐妹们还算随和，不过她们彼此亲密得让人难以置信，那是一种具有排他性的亲密。韦斯那位不受待见的好朋友奥德拉则让人印象深刻，不过我一眼就看出——也许明眼人都看得出来——她其实暗恋他。这一天对她来说是场悲剧，所以我对她格外体恤，尽量和善地对待她。我知道爱上一个并不爱你的人是什么感觉。

席勒把花摆好后跟我打了个招呼：“所有兰花都准备妥当了，太太。你想不想趁我离开前再去看一眼？”

我跟随席勒走进宴会大厅。映入眼帘的兰花模样有些奇怪——花朵孤零零的，透着几分可怖，仿佛是某种外星生物，而且花盆和根须看上去很不协调。不过这未必不是件好事，谁都不希望自己的婚礼和别人的一模一样，而且以我对她的了解，兰花十分符合弗兰妮的气质。

“你觉得怎么样？”席勒自豪地说。

“你干得不错。”我说。

“真希望每个新娘都想要兰花。我觉得这样有意思多了，”席勒说，“这可能是所有我筹备过的婚礼中我最喜欢的一个，”席勒掏出手机开始拍照，“等你拍完专业照片以后，能不能发给我几张？你觉得弗兰妮会介意吗？”

“我想她会很开心的。”我说。

“弗兰妮是个与众不同的女人。”

“对。”我说。

“怎么？你不同意。”

“我说‘对’。”

“可你的语气好像带些别的意思。”他说。

我并不认为我的语气有什么不对头，不过我还是四下看了看，以确认除了我们两个以外没有别人。“这并不是针对弗兰妮，”我说，“而是我保持了许多年的一个想法。所有这些细节——花卉、婚纱、宴会大厅——这些看上去好像都很重要。我的工作就是要让人相信这些细节都很重要。不过归根结底，无论他们选什么，最终不过是几朵花、一条裙子和一个房间。”

“关键是什么花！”席勒说，“什么样的房间！”

“有时候我觉得婚礼就像一只特洛伊木马。我向人们兜售美丽的梦境，好把他们的注意力从婚姻本身引开。他们选择这些东西是为了彰显自己与众不同，为了自我感觉没那么平庸，可是有什么事情比选择结婚更加平庸呢？”

“你这个人想法太可怕了。”席勒说。

“可能是吧。”

“天啊，你心情不好。”席勒说。

“兰花好像让我格外伤感。”我说。

“我不确定这个发型好不好看，”仪式开始前，弗兰妮说，“看上去过于复杂，而且那个人盘得太紧，我感觉快被勒晕过去了。”她的发型是两条粗壮的发辫在头顶编成一顶王冠。她本想要年轻姑娘参加室外音乐节时那种随性的发型，可如今，两条辫子像长了毛的蛇，要把弗兰妮从头顶生吞下去。

“把它拆开。”我说。

“那能行吗？”

“优雅质朴的风格，”我说，“你婚礼的主题就美在这里。你想怎么做，就可以怎么做。”

她拆开头发：“要是没有你，我该怎么办啊？”

“你可能会雇用另一个我，”我说，“可能是个来自波特兰的我。”

“我真希望你没有听见那句话。我们第一次见面韦斯就那样说，实在难听了，”她说，“他想让大家都喜欢他……他以为这样会让你印象深刻。”

“他的确给我留下了深刻的印象。”我说。

她大笑起来，马上又掩住了嘴。“哦，天啊，”她说，“我马上就要嫁给他了，你肯定觉得我这个人也很差劲，”她顿了一下，“你可能会想：‘她怎么能爱上那样的男人？’有时候我自己也在想。”

“我真喜欢你。”我说。我把弗兰妮的服装袋拉上，又把鞋和衣服装进她的运动提包。

“哦，这些事不用麻烦你了！”她说。

“我很乐意做，”我说，“这是我的工作。”

“好吧，简。谢谢你。你可能已经被我说烦了，但要是没有你，我真的不知道自己该怎么办。我母亲……”弗兰妮的眼睛湿润起来，但我并不想让她哭，因为化妆师已经走了，便递给她一张纸巾。

“沾一沾，”我说，“不要抹。深呼吸。”

她沾了沾眼睛，深呼吸。

“我读到过一个女人的故事，她在加利福尼亚，”我说，“她假扮成伴娘，趁参加婚礼的人不注意时把婚宴上的财物洗劫一空。我记得她偷过大约五十场婚礼。”

“但她最终还是被抓住了。”弗兰妮说。

“最后被抓了，但是拖了很长一段时间。你仔细想想就会发现，这是最天衣无缝的犯罪方式。婚礼上每个人的注意力都在别的地方。”

“除了你以外的每个人。”她说。

“而且有一半的客人互相都不认识。”

“你这是在转移话题。”弗兰妮说。

“我一点也不认为你是个差劲的人，而且你应该知道，人们会为了各种各样的原因结婚，爱情只是其中一个——我这么说可能有点冷酷无情——但几百场婚礼策划下来，我甚至不能确定爱情是不是你嫁给一个人的最重要的原因。”

“哦，简，这是唯一的原因啊。”

“好吧。”我说。

“可假如我看错了韦斯，这可是终身大事。”她说。

“并不是，”我说，“假如你发现自己看走了眼，也没人会判石刑把你砸死。没有人会在你胸口戴上一个红色的‘D’[1]。你活在二十一世纪。雇个律师，你结婚时带来了什么，可以尽数带走——基本尽数带走——改回自己的姓氏，到别的地方去，重新开始。”

“你说得真轻松。要是我有了孩子呢？”

“那样确实会更加复杂。”

“有时候我自己也在想，怎么走到了这一步。”她说。

“听我说，要是你真的认为这是个错误，我现在就可以出去，让所有人都回家。”

1　离婚（Divorce）的首字母。

11

度完蜜月，韦斯到店里付给我剩余的钱。“弗兰妮说她要来，我告诉她没必要。简的办公室离我只有大约一百五十米。”

我接过支票，放在抽屉里。“真的只有一百五十米远吗？”我问。我的工作特点让我很少斤斤计较，但韦斯身上的某种特质让我总想反其道而行之。度完蜜月回来，他晒黑了不少，待人也比从前更加傲慢，来结算欠款还以为我会对他感恩戴德。

“可能有八百米吧。”他说。

“即便是这样，那也比一百五十米远。”我说。

“随你怎么说，简。”他一副懒得和我一般见识的样子，“这是弗兰妮给露比买的。”他把一个塑料水晶球摆在我桌上，里面只有水和几个塑料零件：一只鼻子、一顶礼帽、一根胡萝卜、三块木炭。“这是佛罗里达的雪人。”他说。

“她考虑得真周到。”我说。

“谢谢你做的一切，”韦斯说，“婚礼很美，而且我知道你的友谊对弗兰妮来说意义非凡。”

“我们相处得很愉快。”我说。

他转身要走，又转了回来：“你为什么不喜欢我？”

“我喜欢你啊。”我说。

“我可不这么想。奥德拉听见了你和弗兰妮的谈话。她说你差点就劝服她不和我结婚了。”韦斯说。

“我觉得奥德拉其实暗恋你。我猜她只听到了对话的一部分，想搅起事端，”我说，“因为事情并不是那样的。”

韦斯点点头：“是因为我让你想起了他吗？”

“我不知道你说的是谁。”我说。

“你尽可以装傻，不过我在雇用你之前调查了你的背景。我只是想确认你没有犯罪前科。你的确没有——算是没有吧。但我知道你是谁，我知道你的真名。”

露比走进门来。“你好，韦斯特先生。”她说。

“嘿，小露比。很高兴见到你。”他笑着跟她握了握手。

“我正要送韦斯出去呢。”我说。

“替我跟弗兰妮打个招呼！”露比说。

“没问题，”他说，我把他送到门口，他即将迈出门槛时压低声音说，“你不用担心，简。我不会告诉任何人的。就连我妻子也不会说。这件事跟谁都没有关系，过去的事就让它过去吧。”

过去的事永远不会真的过去。只有白痴才会相信。我走到门外，在身后带上了门：“我不知道你以为自己知道些什么，但你其实一无所知。”

“别装了，”他说，“连照片都有——”

我打断了他：“即便这件事是真的，对你又有什么好处？”

“我并不是在威胁你，简。不过我可以想象一下，”他说，“要是大家知道你是性丑闻里的明星主角，恐怕对婚礼策划的生意没多少好处。”

“有意思，”我说，“你观察事物的角度真有意思。你还年轻，可能不记得——那时候连我都还没出生——不过在1962年，约翰·肯尼迪的国防部长罗伯特·麦克纳马拉作过一番演讲，提出了共同毁灭原则。你记得吗？”

“当然了，”韦斯说，“就是说，只要你手里的炸弹比对手更多，你就可以高枕无忧。”

“你这么说过于简单了，”我说，“不过既然你想从政，知道这个原则对你有好处。”

“你这是什么意思？”他问。

“你自认为有我的把柄。而我千真万确有你的把柄，”我说，“我知道弗兰妮的事，她的过去。”

“她不会告诉你的。”他看了我一眼，又移开了目光。

“镇子这么小，如果你参加竞选，那你这个未来的艾力森泉大人物的前景可有点渺茫，有个那样的妻子……”

“闭嘴。”他说。

“即便你把对我的猜测告诉别人，又能把我怎样呢？人们或许会感兴趣，也有可能不感兴趣。我不过是个普通人，不需要其他人为我投票，明白吗？再不济，我总是可以到别的地方去给人策划婚礼。”我耸耸肩膀。

“你真是个贱人。”他说。

“可能吧。我猜你看见的是这么回事，而我之所以这么猜，是因为事实就是这样。阿维娃·格罗斯曼是我在迈阿密大学的室友，我们过去关系很好，但我已经很多年没见过她，也没有她的消息。告诉你吧，韦斯，我有时还会梦见她。这多少让人有些难为情，不过更让人难为情的是你竟然犯下这样的错误。但我不怪你，谁知道你在网上花低价能买到什么破背景调查？你没有把这件事查清楚情有可原。你是个大忙人，我向你保证，我不会用这件事要挟你。谁都有犯错误的时候。我并不觉得这就是道德沦丧的标志。”

“谢谢。”他说。

“你看，我还是喜欢你的，”我向他伸出手，“跟我握握手，”我告诉他，他照做了，“跟你合作很愉快。希望我们可以保持联系。”

我望着那个窝囊废离去的背影，虽然算不上一溜小跑，但他脚下很麻利，迫不及待地想离我远一点。我心想，韦斯·韦斯特，你跟亚伦·莱文根本没法比。

不过，这么说可能有失公允。很难说今天的我遇见莱文会对他作何感想。也许他跟韦斯·韦斯特的确有几分相像——他们都是自大的野心家。在莱文身上，这些特点被其他气质中和了，比如他的聪慧，比如他对身边人强烈而真挚的同情心。话虽如此，我还是得说……抛开这一切不谈，我对莱文的评价更好，也许是因为与他相识时我还处在更容易被打动的年纪，因为与他相识时我还年轻。

12

五月，露比快过十岁生日的时候，我碰巧看见韦斯·韦斯特从办公室走出来。他正往集市广场的方向走，我与他相对而行，要去席勒的花店——我在那里约见了一对即将结婚的新人，爱德华·里德和爱德华·安第维洛，大家叫他们里德和艾迪。里德是一位园林景观设计师——他婚礼上的花卉绝不可掉以轻心；他想要的是“建筑学园艺”风格，只有席勒能胜任。艾迪在弗兰妮工作的学校做老师，里德和艾迪都参加了林肯、韦斯特夫妇的冬季婚礼，他们很喜欢我的策划。我想他们看中我的一个原因是我没有为他们重名这件事而大惊小怪。“大家的反应让人很厌烦。没错，我们两个重名，”我们讨论婚礼邀请函时艾迪说，“我们是两个重名的男人。这种事时有发生。没什么稀奇，也没什么好笑的。”婚礼日期定在八月，主题是“精英派对”。

顺便说一句，缅因州在去年十二月通过了同性婚姻的法案，最直接的成效是同性婚礼让我的客户数量比翻了一番还多。我甚至在考虑雇用几位全职员工。

回到正题，韦斯·韦斯特正在打电话，他一边通话一边指点江山，仿佛是戏台上的演员，又仿佛世界之大，只容得下他自己，其他人都不存在似的。又或者我们也存在，只不过我们生来就要做他的观众，瞻仰这通电话大戏，为这位精明强干的房产中介而折服，如此种种。他朝我迎面走来，我也迎着他走去。我知道他并没看见我，但即便看见我，他也不会为我让路的。他没有为那位绳子乱成一团的遛狗者让路，没有为那个推着婴儿车带孩子的女人让路，没有为走出邮局的老人让路，也没有为牵着手的少年情侣让路，他凭什么要为我让路呢？

那天下午我只觉得洒脱利落，决定试试露比提出的假设——假如一个人向你迎面走来，而你坚决不让路，会发生什么事。那天阳光和煦，街上没有积冰，我甩开手臂大步向前。我径直向他走去，眼看就要撞在一起了。

我的鼻尖离他只有大约二十厘米远了，我依然勇往直前。

他让开了。

III

十三条，或一些
关于缅因州的有趣事实

露 比

1

致：“法蒂玛”shes_all_fatima@yahoo.com.id

来自：“露比”Young_Ruby_M@allisonspringsms.edu

日期：9月8日

回复：你的美国笔友，“朋友遍天下”笔友项目

亲爱的法蒂玛：

自我介绍一下！我叫露比·米兰达·扬，今年十三岁，在艾力森泉中学读八年级。艾力森泉位于著名的松树之州——缅因州。印度尼西亚人吃龙虾吗？关于缅因州有个小道消息，不知是真是假，据说美国的绝大多数龙虾都来自——你猜对了，缅因州！我喜欢吃龙虾，但是不至于离开它就活不了。妈妈说，我对龙虾不算热衷是因为我对它“司空见惯”了。“司空见惯”的意思就是，你对一种事物太过熟悉，导致对它完全提不起精神。我妈妈还说，要是你把新学到的词放在句子里用三次，就能把它牢牢记住：

1. “司空见惯”这个词对我来说不是“司空见惯”。
2. 结识一个印度尼西亚笔友不是一件“司空见惯”的事。
3. 我对于在食堂独自吃午餐这件事“司空见惯”，我读八年级才刚刚一个星期，就已经对此“司空见惯”了。
4. 额外奖励一句：我妈妈对龙虾的看法与“司空见惯”正好相反。

龙虾有很多种做法，我最喜欢的是龙虾杂烩汤和龙虾卷（“龙虾卷”是一种“三明治”）。我的社会学和世界文化课老师是里切小姐，也正是她为我们全班报名参加了“朋友遍天下”笔友项目。她管这个项目叫“FAW-PUH-PUH”。我有时候很反感别人用首字母造出缩略词，比如FAW-PUH-PUH。这是我的一个“小忌讳”。“忌讳”就是“让人格外别扭的事情”。我其他的“小忌讳”还包括学校食堂、假的Instagram账号，还有那些对“敬盼回复”视若无睹的人。我“忌讳中的忌讳”则是一个没有及时回复消息的人说：“不好意思，我忘了回复。”假如我有一只狗或者猫，我一定会给它取名叫“忌讳”，这样我就可以说：“这是我的小忌讳。”不过，我既不能养狗也不能养猫，因为我对狗和猫都过敏，我有可能还对其他毛茸茸的动物过敏，只是我从来没见过真的狮子或骆驼。我对其他东西也过敏，比如草莓、山羊奶酪和松子。我对花生倒不过敏，这真是太好了，因为我最喜欢的食物就是有机花生酱。即使让我每天都吃花生酱，我也不会对它司空见惯。印度尼西亚人也会用首字母造缩略词吗？我想告诉你一件有趣的事，直到上学年结束时里切小姐还是一个“男人”。印度尼西亚也有“变性人”吗？我对印度尼西亚的了解不多，因此我觉得跟你成为笔友是一件好事！

我在谷歌搜索了你的名字。你知道吗？“法蒂玛”在阿拉伯语里的含义是“迷人”“闪闪发光的东西”。真巧，我的名字“露比”的含义是“珍贵的宝石”，跟“闪闪发光的东西”差不多，所以我们俩算得上是名义双胞胎（这个词是我刚刚发明的）！你是怎么得到“法蒂玛”这个名字的？唉，当然是你父母给你取的……请你想象一下我拍自己脑门的样子。其实我想说的是，他们为什么会选择这个名字？还有，你有中间名吗？

我在谷歌搜索了印度尼西亚的照片。你经常去沙滩吗？我的一个特点就是，不管遇见什么东西我都要上谷歌搜一下。我妈妈常说我能当上奥运会的搜索冠军。

老师对我们的要求是写一封“大约250词”的邮件，可我已经超过了500字！希望你能尽快回信。

你的笔友

露比

又及：我知道这么说有点怪，而且可能有侵犯个人隐私的嫌疑，不过我必须先让里切小姐把邮件读一遍才能发给你，因为这是一份“作业”。我希望你不会介意，即便这不是作业，我也很想交个笔友。总之，里切小姐说我写得不错，不过既然我对龙虾不是“特别喜爱”，可能就不该在龙虾的问题上浪费太多笔墨。她说关于龙虾的那一段像是在“凑数”——就是额外加一些话，好达到“字数要求”。我并不是在“凑数”。我觉得这个项目的意义就是让人了解不同的文化，而龙虾对缅因州而言的确是很重要的一方面。不过，要是你觉得龙虾那一段超级司空见惯，那我很抱歉。

又又及：对了，里切小姐说我应该解释一下，她内心深处一直是个女人，她以前只是“外在表现”是个男人而已。“外在表现”的意思就是“长得像”或者“看上去是”（至少我觉得是这个意思）。

2

致：“法蒂玛”shes_all_fatima@yahoo.com.id

来自：“露比”Young_Ruby_M@allisonspringsms.edu

日期：9月15日

回复：回复：回复：你的美国笔友，“朋友遍天下”笔友项目

亲爱的法蒂玛：

你的邮件非常、非常、非常、非常无比有趣，而且没有一个词是我“司空见惯”的。你说自己英语不太好，其实你的英语非常好。你说你参加“朋友遍天下”是想扩大自己的词汇量，我真的超级激动，因为扩大词汇量就是我“生命的意义”。“生命的意义”就是“让你活下去的原因”。让我活下去的另外一个原因是氧气，哈哈。你生命的意义是什么呢？我以前不知道穆斯林不能吃龙虾！我也不知道你们只能吃有鳞的鱼。你是穆斯林，这真是太有趣了，因为我一个穆斯林也不认识，还有一点很特别，就

是我们班的其他学生都没有穆斯林笔友。对了，你不能吃龙虾，可我还对这件事喋喋不休，如果这样让你觉得很不舒服的话，我很抱歉。捂脸！

我一边读你的信，一边在谷歌搜了很多东西。你戴“头巾”吗？要是戴“头巾”的话，假如你头上很热，可你又不在家，那怎么办呢？印度尼西亚的平均气温是82.4华氏度，也就是28摄氏度，不过你可能早就知道了。

里切小姐说我们的邮件应该在“介绍自己和了解对方之间保持平衡”。她说“笔友既是学生又是老师”。

关于我的一则趣闻是，我妈妈是一名活动策划人。尽管她策划的活动大都是婚礼，但她并不喜欢别人叫她“婚礼策划人”。我不上学的时候就给她做助手。她说我十分“可靠”，而且“跟同龄人相比很有主见”。我有很多职责：

1. 在新娘和新郎即将宣誓的时候确保在场的人各就各位。其实，找不到新娘和新郎的情况比你想象中常见得多。我还要留意“戒指”和“婚礼参与者”所在的位置。
2. 替我妈妈签名收货。
3. 在办公室接电话。我把声音放得很低很低，从来没人识破我只有十三岁。
4. 到花商那里取些小物件，比如新郎的襟花——花店跟我妈妈的办公室只隔三扇门。“襟花”的作用就是“为了避免男人觉得自己受了冷落，给他们也戴上花”。

5. 帮我妈妈做网络或者其他形式的“调查”。有一次，我妈妈想知道能不能在十二月的婚礼上租到冰激凌车，不过这件事最终没办成。顺便说一句，只要你想，即便是在十二月的缅因州，依然可以租到冰激凌车（不过估计你不需要，毕竟你住在印度尼西亚！）。
6. 往桌子上摆放“宾客座位卡”。我做这件事时，必须一丝不苟才行。要是坐在“错误”的位置上，人们往往会非常生气。有时候，即使坐在“正确”的位置上他们还是会生气。
7. 诸如此类（意思就是“还有其他一些事”）。

我妈妈付给我工资，目前我已经攒了3998.93美元。我还有一张“业务专用”的美国运通卡。那张运通卡上印着露比·米兰达·扬，下面印着简的策划工作室，也就是我妈妈公司的名字，这张卡只能“专门用于工作”。我很喜欢用大拇指滑过卡面，假装自己会读盲文。有一则关于我的冷知识，不知是真是假：据我所知，我是唯一一个拥有美国运通商务卡的十三岁小孩。

还有一件关于我妈妈的趣事，她参加了艾力森泉的镇长竞选。

你的名义双胞胎

露比

又及：里切小姐说她不会再读我们的信了，只是会定期检查我们有没有坚持通信。我希望这样可以打消你的顾虑。

3

致：“法蒂玛”shes_all_fatima@yahoo.com.id

来自：“露比”Young_Ruby_M@allisonspringsms.edu

日期：9月22日

回复：回复：回复：回复：回复：你的美国笔友，“朋友遍天下”笔友项目

亲爱的法蒂玛：

你好！

真巧，你和你的姐姐也对政治感兴趣！印度尼西亚议会对参选的女性有人数限制，真是太惨了（我对印度尼西亚政治一无所知，所以在谷歌搜了一下）。顺便问一句，你几岁了？你也在上高中吗？我没几个跟自己同龄的朋友，我这个年纪的人大都很庸俗。

关于你的问题，下面是我的回答。

1. 没错，美国的确有女镇长，不过艾力森泉还来从没有过，所以假如我妈妈当选，她就会是“头一位女镇长”，那可太棒了。我妈妈的“朋友”摩根夫人说，这是因为艾力森泉“男权至上到了丢人的程度”。“男权至上”的意思就是“男人掌控一切”。还有，我妈妈说她要竞选的“是镇长，而不是第一位女镇长”。
2. 不，我并不认为活动策划人当镇长是一件常见的事，无论是在全美国还是在缅因州，不过我并没有“准确”的数据。我可以查一查再告诉你。
3. 我妈妈之所以成为镇长候选人，是因为艾力森泉的居民都把我妈妈当成自己最好的朋友，不过其实我才是她最好的朋友。我妈妈说，人们把她当成最好的朋友，是因为婚礼之类的活动给人营造出一种“亲密的假象”。“亲密的假象”的意思就是人们“抛开拘束”。“抛开拘束”的意思就是“人们话说得太多，酒喝得太多，拥抱得也太多”。
4. 还有一个人也自认为是我妈妈最好的朋友，摩根夫人。我妈妈说摩根夫人不是她最好的朋友，但绝对是她“最棒的客户”和“我的大学学费来源”。摩根夫人是一位“交际名流”。“交际名流”就是一个“有钱的老太太，爱喝红酒，爱举办慈善宴会，还爱管别人的闲事”。我们当地的报纸《艾力森泉报》也归摩根夫人所有。我妈妈说这份报纸越来越像是一份“通讯简报”。我特别喜欢摩根夫人，她讲话用词丰富多彩，衣橱也同样丰富多彩。

5. 有一次，摩根夫人为男性乳腺癌患者举办了一场慈善“宴会”，摩根夫人的丈夫去年死于这种癌症。宴会结束后，摩根夫人“抛开拘束”，我们只好用我们的车把她送回到她的别墅。我妈妈帮摩根夫人脱了鞋，送她上了床。我妈妈说摩根夫人是个“多话的醉鬼”。“多话的醉鬼”就是“不会像正常人一样喝晕过去的社交名流”。

我妈妈与摩根夫人之间的场景再现

摩根夫人：在我雇用过的活动策划人里，你遥遥领先，但我拖了你的后腿。我总想不再雇你，好让你腾出精力来做更有意义的事。你应该出书，像玛莎·斯图尔特那样主持自己的节目。简，你说实话，你小时候想过要当活动策划人吗?

妈妈：我喜欢我的工作，喜欢它充满变数，也喜欢跟你这样的人合作。人们让我走进他们的生活，参与他们一生中最重要的日子，这是我的荣幸。

摩根夫人：你是个好女孩，简·扬。不好意思，我们这个岁数不应该彼此再以女孩相称了，但我没有别的意思。一个好女人。优秀的女人！要是我有个像你这样的女儿就好了！

妈妈：谢谢你。

摩根夫人：你成为活动策划人以前想做什么，告诉我一件事就行。你从来不谈论自己，倒总由着我说自己的秘密。告诉我，你上学时学的什么专业。

妈妈：西班牙语文学和政治学。

摩根夫人：政治学。政治？你过去想要从政？

妈妈：对。不过我发现策划活动也要用到很多与政治相关的技能：舞台表演、组织力，还有让别人接受你的想法的能力。不过这些我以前就告诉过你。

摩根夫人：我一定要帮你，简·扬！

试听结束！

6. 这件事过去几个月以后，镇长说他要辞职。他妻子得了肛门癌，这可不是闹着玩的，他必须得照顾她，所以不能再当镇长了。摩根夫人告诉我妈妈，如果她参加镇长竞选，她愿意“支持”她的竞选活动。“支持”的意思就是“为这个人付钱”。摩根夫人还说她要举办一场“肛门癌募捐活动”。

7. 我妈妈问我“介不介意”她参加镇长竞选，我说：“介意？这简直超级无敌棒！”

8. 然后，我妈妈说，人们参加政治选举时会说一些“别有用心的诽谤”，我应该做好心理准备。她说我应该：A.完全无视它；B.不要为这些话而难过。我说：“假如我做到第一点，就完全不用担心第二点了！”她说：“露比，我是认真的。”我说：“妈妈，我坚强着呢。”我的确很坚强。不知我和你说过没有，我在学校“不太受欢迎”。“不太受欢迎”的意思就是“吃午饭时没人想跟我坐在一起”。

9. 这就是我妈妈决定参加镇长竞选的经过。目前为止我还没有听到任何“别有用心的诽谤”，不过距离选举日还有六个星期呢！

10. 我妈妈的竞选对手是韦斯·韦斯特，她还为他策划了婚礼。我对他不了解。

11. 提起他，有件事倒是值得一说，他就是那个不想在婚礼上租冰激凌车的人。什么样的人会不想要冰激凌车啊？

你的名义双胞胎

露比

4

致："法蒂玛"shes_all_fatima@yahoo.com.id

来自："露比"Young_Ruby_M@allisonspringsms.edu

日期：9月29日

回复：回复：回复：回复：回复：回复：回复：你的美国笔友，"朋友遍天下"笔友项目

亲爱的法蒂玛：

太好了！我妈妈说绝对没问题，我们可以跟你在印度尼西亚女子商务及领导学院的班级视频通话！她说快选举了，她的日程安排得很紧，不过只要我们把时间控制在一个小时之内就没问题。我们终于能见面了，真是太——好——了！你能不能发给我一张照片，好让我知道哪个是你？我喜欢把"太好了"写成"太——好——了"。

真没想到"单身母亲"在印度尼西亚参加竞选会遇到这么多

困难！我把这件事告诉了摩根夫人，她说这是“荡妇羞辱”。我问摩根夫人什么是“荡妇羞辱”，她说就是“一旦女人太自由，就有人气不打一处来”。

“单身母亲”这码事对我妈妈的竞选倒是没什么影响，不过这或许是因为：

1. 每个人都认识我妈妈。
2. 我爸爸去世了。

这件事对我来说算不上是伤心事，因为我并不记得他。而我妈妈不喜欢谈论过去的事，我猜是因为这样她会伤心。我对爸爸不了解。我的确很好奇，可我不想让她伤心。

换个角度说，我很庆幸自己没有爸爸，因为我很喜欢妈妈全心全意跟我相处。还有，摩根夫人说我比别人“更独立”“性格更坚强”，是因为我没有“受到男权主义的影响”。摩根夫人经常讨论“男权”，她非常反对“男权”。

我一直在帮妈妈“做功课”，为她与韦斯·韦斯特的公开辩论做准备。我对着手机给妈妈朗读问题。那些问题大都是：

1. 假如镇上的经费出现盈余，你打算如何支配？
2. 我们镇面临的最大问题是什么，你打算如何处理？
3. 你计划怎样加强艾力森泉的治安防范，把恐怖分子拒之门外？

4. 艾力森泉这样的小镇很容易成为恐怖分子的目标。我们该如何避免学校、公共游泳池、图书馆、邮局之类的公共建筑遭到恐怖主义的破坏？
5. 去年冬天，艾力森船长的雕像被一辆汽车撞坏了。有人提议不再重建雕像，而是建一座农贸市场。我们如何防止恐怖分子进入农贸市场？
6. 诸如此类。

与恐怖主义有关的问题实在太多了，我对妈妈说："我应该为此担心吗？难道艾力森泉并不仅仅是缅因州的一个小镇，而是恐怖分子的重点目标吗？大家好像非常担心恐怖主义发展到这里来。"

我妈妈说："事实是，露比，只要你和邻居们相互熟识，就不必像人们设想的那样担心恐怖主义。至少，在艾力森泉这样的地方你不用。不过还有另外一个事实，那就是人们在竞选期间并不想听见这样的说法。"

话虽如此……也许妈妈只是想减轻我的担忧。我有点"神经质"。

"神经质"的意思就是"我抓住一件事想个不停，直到自己钻进牛角尖"。

我在谷歌搜索了如何避免恐怖袭击，谷歌说你应该：（1）时刻留心周围的环境；（2）假如发现异常，应该及时通报；（3）牢记一点，恐怖袭击可能会发生在你最没有防备的地方，比如艾力森泉。

所以现在我出门时尽量少眨眼睛，留意各个方向的恐袭预兆。印度尼西亚也有很多恐怖袭击事件吗?

你的名义双胞胎
露比

5

致：“法蒂玛”shes_all_fatima@yahoo.com.id

来自：“露比”Young_Ruby_M@allisonspringsms.edu

日期：10月1日

回复：回复：回复：回复：回复：回复：回复：回复：回复：你的美国笔友，“朋友遍天下”笔友项目

亲爱的法蒂玛：

我知道了！我去了艾力森泉公共图书馆，让艾力森先生帮我查查有多少镇长曾经做过活动策划人。我在谷歌换了各种各样的搜索关键词（“镇长，职业”“镇长，过去的职业”“镇长——他们当上镇长以前是做什么的？”“从事过活动策划的镇长人数”诸如此类），但还是没能得出答案。艾力森先生说我们只能亲自统计，他说我们可以“以缅因州为样本”。我问他：“什么是样本？”他说：“有时候你没法面面俱到，就只关注一小部分，通

过这部分推出总体的结论。这一小部分就是样本。”我说：“要是我们选错了部分呢？”他说：“的确有这种风险，露比。不过，这样我们至少能够了解缅因州的镇长。你准备好埋头苦干做统计了吗？”“埋头苦干”这个词很有趣。人们读成“埋头–苦干”，其实应该读成“埋头干–苦”，因为做这件事很辛苦[1]。

我们查出缅因州共有432个镇，但是一个做过活动策划人的镇长也没有。所以，答案就是，缅因州的在职镇长中有零个具备活动策划的背景！我妈妈将会是头一个。艾力森先生说我们下次可以把样本扩大到全国，但是只能改天再统计，因为图书馆要关门了。

艾力森先生是镇上的图书管理员，也是历史学家，他是艾力森泉建立者艾力森船长的后代。他曾经跟我妈妈约过会。艾力森先生长得像一支铅笔，人非常瘦，头发红里带粉，就像铅笔的橡皮头。他的长睫毛是金红色的，喉结非常“抢眼”。“抢眼”的意思就是，“他说话的时候，我有时无法不去看它”。我妈妈说她不想再次跟他约会并不是因为他长得像铅笔。我特别喜欢艾力森先生，因为他查找信息的能力比我还强。我对男孩子没什么了解，不过我认为，高超的搜索技能一定是男朋友的巨大加分项。我问妈妈他究竟哪里不好，她说：“没感觉。”“没感觉”的意思就是“一个人不能让你从心脏到其他五脏六腑都充满激动的感觉”。不过我妈妈对每个人的评价都是“没感觉”。

1　埋头苦干（painstaking），通常读为pain–staking，露比认为应该读成pains–taking，因为做这件事taking pains（很辛苦）。

我能告诉你一件事吗，法蒂玛？或许是你问我的缘故，也可能是因为我妈妈最近总是忙于竞选，总之我最近一直在思考和我爸爸有关的事。我知道他已经死了，但我很想知道他是个怎样的人，他长得什么样，我的性格和他像不像，我长得像不像他？他像艾力森先生吗？还是像里切小姐“外在表现”还是男人时的样子？谁知道呢！我连他的名字都不知道。要是我知道他的名字，我一定会上谷歌搜索他的信息。我不想让妈妈伤心，可我还是很想弄清楚。我这样错了吗？

你的朋友和名义双胞胎

露比

又及：请不要在11月2日的视频电话中提起“私人”内容。我知道你不会的。

6

致："法蒂玛"shes_all_fatima@yahoo.com.id

来自："露比"Young_Ruby_M@allisonspringsms.edu

日期：10月5日

回复：回复：回复：回复：回复：回复：回复：回复：回复：回复：回复：你的美国笔友，"朋友遍天下"笔友项目

亲爱的法蒂玛：

我可能做了一件非常糟糕的事。我还没做好准备向你坦白，因为你一定会觉得我是个差劲的人。而我不想让你觉得我是个差劲的人。我会把最糟糕的那一部分写在结尾，这样我就不用现在马上讲出来。

非常感谢你的建议。我很难找到合适的时间跟妈妈谈心，因为她为竞选忙得团团转，并且总是跟摩根夫人和其他协助竞选的人（大多是志愿者）在一起。上星期五的晚上大家吃了比萨，花

了很长时间。等他们终于离开以后，我就像你告诉我的那样说道：“妈妈，我们应该谈一谈，我想对我父亲了解得更多一点。”

她说：“露比，你为什么现在问这件事？”

我说：“因为我越来越大了。”

她说：“的确，你说得对。”

我说：“而且我很孤独。”直到这句话出口，我才意识到自己很孤独。

她做了个“:(”的表情，我一辈子都在尽量避免看见妈妈做这个表情，于是我赶紧说：“倒不是‘孤独’。只是有了竞选的事，我最近‘独处’的时间比平常更多。”

妈妈又把我早就知道的故事讲了一遍。她说她“爱过他”，但从某种角度来说，她并不是很“了解他”（这在我看来根本说不通，你怎么可能爱上一个自己不了解的人？）；她说他死于一场车祸，而且他不知道她当时已经怀孕了；她说她搬到缅因州是因为她受不了在曾经与他共处的环境里继续生活；她说那是很久以前的事了，她早已变了一个人。

我说：“他叫什么名字？你从来没提起过他的名字，而且也没有任何照片。”

她说：“太痛苦了。”

“你只把他的名字告诉我就行。”我说。

“他叫……”她叹了口气，“这有什么要紧的？”

“这有什么可守口如瓶的？”

“不是守口如瓶，”她说，“是你从来没问过。他的名字叫马里亚诺·多纳泰罗。”

我把名字重复了一遍：“马里亚诺·多纳泰罗。”舌尖上的发音很美，像在夏天里舔奶油雪糕，我又说了一遍，“马里亚诺·多纳泰罗……妈妈，我是意大利人？”

“对，”她说，“我猜是的。”

“原来我是意大利人。”我说。法蒂玛，原来你的笔友既是意大利人，又是德裔犹太人，这几乎跟印度尼西亚穆斯林一样神气。

第二天早上，我在谷歌搜索了“马里亚诺·多纳泰罗”，可是没搜出多少结果，只找到几条跟意大利有关的消息，于是我加上了“迈阿密”，也就是我妈妈的老家，却还是没找到什么东西。于是我又搜“马里亚诺·多纳泰罗，讣告”，还是没结果。“讣告”就是“关于一名死者的总结报告”。

艾力森先生说这并不奇怪。艾力森先生说，考虑到马里亚诺·多纳泰罗去世的那一年（我出生在2003年，也就是说，他去世时是2003年或者2002年），他可能没多少时间建立“网络存在”。“网络存在”就是“互联网上关于一个人的全部事实和谎言”。我的“网络存在”非常凄惨，假如你在谷歌搜索我的名字“露比·扬”和“艾力森泉”，找到的最显眼的东西就是一个“假冒的”Instagram账号，叫作“露比·扬是个废物精神病”，那是我读六年级时别人建的，我妈妈想找到Instagram的工作人员封锁这个账号，但是没成功。

第二天，艾力森先生发给我一个族谱网站的地址，他说要是我想摸清“家族谱系”，可以试试这家网站。想要开始查询，首先要用信用卡向网站支付49.95美元，那件糟糕的事就出在这个节骨眼儿上。我下楼问妈妈能不能用一下美国运通卡，不过跟业务没什么关系，她说“好的”，还向我挥了挥手。她当时正在打电话，我不确定她听清了我说的话没有。其实我也不希望她听清，因为我猜她很有可能会说“不行”。

可我还是用了那张信用卡！

这听起来也许很扯，可我担心得要命，最后甚至还吐了。我对自己说：“露比，别像个精神病一样。”学校里的孩子都这么叫我，不过你可能早就发现了。“废物精神病露比”或者“精神病露比”或者有时只叫我“精神病”。“精神病”的意思就是“很多东西都让我害怕，有时还会被吓得情绪失控”。这可不是什么好话。

我想说，我会把钱还给她的。我有钱。

我是个很诚实的人。我尽量不说谎，一想到要向妈妈撒谎，我就感到非常内疚。

顺便说一句，那个族谱网站上一点儿跟马里亚诺·多纳泰罗有关的信息也没有。

你的笔友

骗子露比

7

致：“法蒂玛”shes_all_fatima@yahoo.com.id

来自：“露比”Young_Ruby_M@allisonspringsms.edu

日期：10月15日

回复：回复：回复：回复：回复：回复：回复：回复：回复：回复：回复：回复：回复：你的美国笔友，“朋友遍天下”笔友项目

亲爱的法蒂玛：

很抱歉这么长时间没有给你写信。我有个坏消息。恐怕我妈妈不能跟你视频电话了。真的很抱歉……

:(

:(

:(

再次谢谢你的建议。我照你说的办了一个PayPal账户，从自己

的银行账户转了49.95美元给我妈妈。我向她解释了整件事，她说这不是什么大事，但我不该养成这样的习惯，用信用卡为“课外活动”买单。我想她可能把“课外”这个词用错了，但我明白她的意思。“课外活动”的意思就是“发生在上学之外的活动，比如运动、报纸、欺负同学和法语俱乐部”。

我猜，按理说我妈妈本该更生气的，不过我告诉她的那天下午恰好是公开辩论的前一天，她正忙着梳妆打扮——其实镇上的每个人都知道她长什么样。她做活动策划人时总是穿一件黑色无袖连衣裙。不过既然要参与政治，就必须穿得鲜艳些。所以我妈妈买了很多新衣服，并且修了头发。

辩论的地点在艾力森泉的市政厅，离我妈妈工作的地方只有几个街区的距离。正常情况下我们会走过去，可是摩根夫人认为，我们应该坐着她的豪华林肯轿车出场。这样做实在没必要，我们坐车过去花的时间反倒是走路的两倍。

市政厅里的味道像图书馆，只是没那么重的霉味。里面闻起来像旧东西、纸、暖气和蜡，不过我还挺喜欢那种味道的。

摩根夫人跟我妈妈去了后台，我就在观众席上找了个位置。观众还没来，于是我决定坐在第二排。我不想坐在第一排是因为我不想分散妈妈的注意力。我一边等，一边读语文课要看的书。那本书讲的是一个小女孩的故事，她的父亲是律师，为一名遭到诬告的非裔美国人做辩护。达沃先生说这是他最喜欢的一本书，但我并不怎么喜欢它。书里的女孩处事特别幼稚，而且事事都围着她爸爸转。我不喜欢这本书可能是因为我对它没有“切身体会”。举个例子，假如我写一本关于自己童年的书，我对马里亚诺·多纳泰罗就没什么好说的。我正在琢磨这件事，忽然有人叫我的名字。是弗兰妮·韦斯特——韦斯·韦斯特的妻子。

“你好，露比，”她说，“我很喜欢你的新眼镜。”

“我已经戴了六个月了。”我说。

“我好像很久没见到你了。”她说。

我很喜欢弗兰妮，但我不确定我应不应该和她说话，她丈夫毕竟是我们的“竞争对手”。

“怎么了？”她说。

“没事。”我说。

她在我身边坐下来。我八成是不由自主地变得拘谨起来，因为她说：“别担心，辩论开始前我会换个位置的。”

“你最近怎么样？”她说，“在学校怎么样？”

“我交了一个笔友。”我说。

“我很喜欢笔友，”她说，“你的笔友是哪里人？”

我们围绕着你聊了一阵。说的都是好话，所以你不必担心。观众陆续走进大厅，我希望弗兰妮能换个位置，可是她没动。我说：“你最近怎么样，弗兰妮？”

她说：“哦，选举真是太鼓舞人心了！我最近一直在跑前跑后。”

“我也是！”我说。

她说："我很想你妈妈。我很怀念与她闲聊的感觉。我知道我们算不上是朋友……替我告诉她我很想她，行吗？"

"行。"我说。

"说实话，露比，我今年过得不太好，"她说着往四周看了看，想看有没有人注意到我们的谈话，"早些时候我怀孕了，"她说，"但现在没有了。"弗兰妮的眼睛里涌出了泪水，那样子像一条闷闷不乐的金鱼。

我实在不知道该怎么回答。我妈妈说，要是你不知道应该说什么，可以说"我真不知该说什么"，或者说"我很抱歉"，或者干脆一句话也不说，而是做个"安慰性的举动"。我把手放在了她的手上。

"谢谢你，没有说'都怪老天不公平'或者'你还可以再试一次'之类的话。"弗兰妮说。

"我不会那么说的。"我说。

"我根本不确定自己想不想要孩子，为什么还是会这么伤心呢？"弗兰妮说。

"我也不知道，"话刚出口，我忽然知道了，"因为我们缺少的东西比拥有的东西更让人遗憾。因为我们缺少的东西只存在于想象中，它们是完美的。"我明白这一点是因为我对马里亚诺·多纳泰罗就是这种感觉。

"对，"她说，"我觉得就是这样，露比，你真有见地。"

"谢谢。"我说。

“你怎么这么聪明？”

“读书，”我说，“而且我经常跟我妈妈在一起。”

“不要把我们的谈话告诉你妈妈。”她说。

“好的，”我说，“哪部分？”

“存在于我想象中的那部分，”她说，“不是我不想让她知道，我只是希望能亲自告诉她。”

“我一个字也不会说的。”

“算了，”她说，“你想告诉她就告诉吧。我不在乎。”

“韦斯特太太，”有人大声喊，“韦斯找你。”

“再见，露比。”她说。

“我会替你向妈妈问好的。”我说。

我继续看书。只看了大约五页，辩论就开始了。

辩论起初非常无聊，我在想，假如我继续看书会不会显得太没礼貌。那些问题我事先就听过，所以大多数情况下，她还没开口我就知道她会说什么。临近结尾时，辩论变得稍微精彩了一些，因为韦斯·韦斯特准备得明显不如我妈妈充分。他说话结结巴巴，而且答辩结束也没人给他鼓掌，有时甚至还有人喝倒彩，他尴尬极了。我发现他变得气急败坏起来，因为有一次他说：“我真担心这个镇要完蛋了！”接着我看见他低声说了句话。我离得太远，听不清他说了什么，不过他的口型我很熟悉，是一个三音节的词。

第一个音节：嘴巴张开。

第二个音节：嘴唇收紧，牙齿咬在嘴唇上。

第三个音节：嘴巴张开，跟第一个一样。

我妈妈低声说“弗兰妮”，我也是通过她的口型判断的。尽管扯得有点远，但是“弗兰妮”说得通，因为弗兰妮是韦斯·韦斯特的妻子。

坐车回家的时候，我问妈妈，韦斯·韦斯特在台上对她说了什么。她说：“我不知道你在说什么。”

于是我说：“就是你回答‘弗兰妮’的时候。”

她说：“我不记得了。我好像问了他弗兰妮有没有来看辩论。”

我不明白，为什么她一定要在辩论过程中、在台上问呢？

我上床以后，模仿着韦斯的口型嘀咕，想猜出他到底说了什么。呃——哔——呃。咦——哔——嗒。哦——嘀——哦。呃——啤——呃。那个词好像就挂在我嘴边。

我睡不着，便转去想我妈妈说“弗兰妮”的那件事。

我想起了妈妈和我陪弗兰妮去纽约买婚纱的那一次。

我想起了大都会艺术博物馆。

我想起了在那里发生的一件怪事。有一对老夫妇走到我妈妈跟前，说：“你长得很像那个女孩，阿维娃·格罗斯曼。”

我一直记得这个名字，因为“格罗斯曼”这个姓很可笑。

我还记得我很庆幸自己不姓这个，因为我在学校的经历已经够糟糕了。

就这样，我猜出韦斯说的是“呃——喂——哇”。

我马上起床，在谷歌搜索了“阿维娃·格罗斯曼”。

有关“阿维娃·格罗斯曼”，你应该知道的事情有：

她是个蠢丫头，跟一位已婚的国会众议员搞婚外恋。她写了一个“博客”，后来成了佛罗里达的大笑柄。

“阿维娃·格罗斯曼”比我妈妈更胖、更年轻，而且她的头发比我妈妈的更卷。

但是说实话，她长得和我妈妈一模一样。

“阿维娃·格罗斯曼”就是“我妈妈”。

我走进厕所，吐了。

“妈妈”来敲门，我让她走开。我说：“我好像染上了流感。你别进来，你现在不可以生病。”

她说：“你考虑得真周到，露比，但我宁愿冒这个险。”她把手放在门上，于是我把门锁上了。

我说：“说真的，你千万不能生病！我没事。我已经吐完了，洗把脸就睡觉了。”

第二天，我告诉她我得留在家，不能去上学了，她同意了，因为除了选举，她最近对什么事都心不在焉。辩论结束后，摩根夫人告诉妈妈，她很可能获得压倒性的胜利。

选举已经过去五天了，我一直对她避而不见。想做到这一点并不难，因为她一直很忙，忙着对大家撒谎。

这就是我不想让她向你的同学作演讲的原因。她不是个好榜样，她是个大骗子，而且很丢人。

你的笔友

露比

又及：看来我真的姓“格罗斯曼”。

 *8*

致：“法蒂玛”shes_all_fatima@yahoo.com.id

来自：“露比”Young_Ruby_M@allisonspringsms.edu

日期：10月18日

回复：回复：回复：回复：回复：回复：回复：回复：回复：回复：回复：回复：回复：回复：回复：你的美国笔友，“朋友遍天下”笔友项目

亲爱的法蒂玛：

谢谢你对视频电话这件事的谅解。你说想“重新安排时间”，真的很感谢，但考虑到我妈妈是这种人，我不明白你为什么还想这样做。

我还没去找我妈妈对质。我想提前把一切跟“阿维娃·格罗斯曼”有关的东西都读完，我不想让她有机会再向我撒谎。

“格罗斯曼”这个姓很适合她，因为她的行为很“恶心[1]”。她和那个众议员做了很“恶心”的事情，那个人非常老，差不多有四十岁，而她把这些事全都写在了博客里。那个博客叫“只是个普通国会实习生的博客”。尽管她没有提到他或者她自己的真实姓名，但人们肯定猜得出来。就连六年级的小孩都知道！

比方说，我不会指名道姓，但我心里一清二楚是谁创建了“露比·扬是个废物精神病”的账号。我之所以没有举报她，是因为只要她还担心被人发现，她就会有所顾忌。对于那些欺负我的人，我发现了一个对策，那就是要让他们始终有个关注点，而那个愚蠢的账号正合适。与其让他们往我头上挤番茄酱，把我锁在卫生间外面，或是在我的储物柜里放狗屎，不如让他们在Instagram发布些缺心眼的照片，这样就能满足他们“把露比的生活搞得一团糟”的愿望。重点是，在这个Instagram账号出现以前，我的日子其实更难熬。

我开始考虑“马里亚诺·多纳泰罗”。

我知道你的母语不是英语……不过“马里亚诺·多纳泰罗”绝对不像一个人的真名。

它更像：

1. 忍者神龟的名字。

2. 故事书里的人物。

1　格罗斯曼原文“Grossman”的“Gross”有“恶心”的意思。

3. 色情影片演员的名字。

4. 编造的名字。

也就是说，我妈妈是个真正的撒谎精。她编出一个“马里亚诺·多纳泰罗”，我竟然真的上当了：“原来我是意大利人！”——真是个白痴！

既然她编出了“马里亚诺·多纳泰罗”，这背后一定有原因。

这个原因肯定是国会议员亚伦·莱文才是我的亲生父亲。

我在谷歌搜索“国会议员亚伦·莱文”，尽管他年纪很大，但他长得和我很像。他有绿眼睛和一头卷发，我也有绿眼睛和一头卷发。

不知他知不知道我的存在。

你的名义双胞胎

露比

又及：我宁愿姓莱文，也不愿意姓格罗斯曼。

又又及：我知道你说得对，我应该跟我妈妈彻底谈一次……我打算尽快这样做。

9

致：“法蒂玛”shes_all_fatima@yahoo.com.id

来自：“露比”Young_Ruby_M@allisonspringsms.edu

日期：10月24日

回复：回复：回复：回复：回复：回复：回复：回复：回复：回复：回复：回复：回复：回复：回复：回复：回复：你的美国笔友，“朋友遍天下”笔友项目

亲爱的法蒂玛：

给你发完邮件以后，我和妈妈大吵一架。我告诉她我全都知道了，我知道她撒谎，而且她是个荡妇，她起初没有哭，后来她哭了，我心里很不好受。

我说：“你别再对我撒谎了。我必须知道我爸爸是谁。”

她说：“是马里亚诺·多纳泰罗。”

我说：“你以为我是傻子吗？”

她说：“我想让你有个美好的身世。”

我说：“我要的是真相。”

她说：“真相就是，那是场一夜情。”

我说：“我不明白那是什么。”

她说：“就是你只跟一个人睡一夜，从此再也不见面。”

我说：“太恶心了，我不相信。我知道肯定是国会议员亚伦·莱文。你把你和他做过的‘肮脏的事情’都写下来了。他卷头发、绿眼睛，我也卷头发、绿眼睛。”

她说：“很多人都长这样，而且真的不是他。要是你读过那个博客，你就会知道，我和他发生的性行为是不会怀孕的。”

我说：“你可真——恶心，你对所有人都撒了谎，你是个罪犯。”

她说：“露比，宝贝儿，我——”

我打断了她：“你少来‘宝贝儿，我’。”

“露比，我不是个罪犯。我并没有犯罪。说我行为不端？对。但是犯罪？我没有。在我的家乡，我成了笑柄，家里人都为我丢尽了脸，谁也不愿意雇用我。即使是没听说过我的人也能上谷歌搜索，查出和我有关的一切。你知道谷歌上的东西永远消除不掉。你听说过一本叫《红字》的书吗，露比？”

我说：“我不想和你讨论书，阿维娃。”

她说：“它跟这件事有关系。这本书讲的是一个名叫海丝特的女人，她与人通奸。”

我说："我不知道那是什么！"

她说："我的行为就是'通奸'，基本是。就是跟一个与你不是夫妻的人发生性关系。她和人通奸，于是镇上的人判她在衣服上佩戴一个红色的'A'，这样每个人都会知道她做了什么。被卷入一桩在谷歌可以搜到的丑闻当中就是这种感觉，只不过比这还要难熬一百万倍。"

她说："所以我通过法律途径改名换姓，搬到离家很远的地方，为我们俩开启了新的生活。我一直在尽力做个好人，做你的好妈妈。我也是被逼无奈啊，露比。"

我们两个都哭了。我说："我们甚至根本不姓扬。"

"当然姓扬，"她说，"这是我为我们俩选的姓氏。"

她伸出手，想让我拥抱她，可我并不想抱她。

"你怎么好意思让别人给你投票？"我说，"他们难道没有权利彻底了解竞选人吗？"

她":("了，可我才不在乎呢！"不，"她说，"这是我的私事。"

我说："假如他们发现了呢？"

她说："到那个时候我当然会处理。如果他们发现，我会把真相告诉他们。而真相就是，我当时很年轻，犯了很多错误。"

我说："你为什么要当镇长？一个拥有这么多秘密的人做这件事，真是太蠢了。"

"我也不知道，露比，"她说，"其实我知道，但你现在还不懂，等你长大就明白了。”

我大喊：“你给我滚，阿维娃！”很抱歉我说了粗话，法蒂玛。我知道FAW-PUH-PUH让我们尽量不要使用“粗俗的言辞”。但我让妈妈“给我滚”，我并不内疚，因为她的行为也很粗鲁：（1）她撒了十三年的谎；（2）然后她告诉我，等我“长大”就会明白了。我跑回自己的房间，狠狠摔上了门。我关门的力气太大，把床头柜上的台灯震得掉在了地上。我的台灯是只豪猪，身体是陶瓷的，上面长着金刺，这是摩根夫人送给我的十一岁生日礼物。它碎成了一百多块，这只是我的估计。

妈妈打开门，说：“哦不，查理！”

我说：“只是个台灯而已。”可我的嘴唇抖个不停。我的年纪用这个台灯可能有点幼稚，但它是最棒的台灯。摩根夫人特意在网上为我买了这盏灯，因为我最喜欢的动物就是豪猪。在你发现自己的妈妈是奥林匹克荡妇撒谎比赛的冠军时，居然还能匀出一点感情给豪猪台灯，真是太神奇了。

问题是，我的朋友不多：

1. 我妈妈。

2. 摩根夫人。

3. 艾力森先生。

4. 里切小姐。

5. 你。

6. 豪猪台灯查理。

查理的确不是高居榜首，可它毕竟……

我牙也没刷、衣服也没脱就睡觉了。连台灯也不用关，因为它已经摔坏了。

到了早上，妈妈已经不见了。她去参加竞选，和大家一起吃早餐。她给我留了一张纸条："对不起。"纸条放在查理脚底下——她肯定花了好几个小时才把它粘起来。这让我很恼火，我一丁点儿也不想因此原谅她。

你打破了一盏台灯，去塔吉特百货就能再买一盏。我有3949.98美元，只要我喜欢，我随时都可以再买一盏豪猪台灯。

你的笔友

露比

10

致：“法蒂玛”shes_all_fatima@yahoo.com.id

来自：“露比”Young_Ruby_M@allisonspringsms.edu

日期：10月25日

回复：回复：回复：回复：回复：回复：回复：回复：回复：回复：回复：回复：回复：回复：回复：回复：回复：回复：你的美国笔友，“朋友遍天下”笔友项目

亲爱的法蒂玛：

我知道你是想帮我，但你真的不清楚状况。

说实话，我很吃惊，你竟然在为她说话。我并不想冒犯你，但是假如穆斯林女性做了我妈妈那样的事，难道不会被“判石刑砸死”吗？

我并不想对自己的妈妈“荡妇羞辱”，不过确实得承认，她做的事情的确像个“荡妇”。我之前也许没有把“荡妇羞辱”解

释清楚，“荡妇羞辱”就是“仅仅因为一个女人有性行为，就管她叫‘荡妇’”。我认为如果一个人真的是个“荡妇”，那就不算是“荡妇羞辱”。

她是个大骗子。

她不仅“舞弊选民”，而且还“舞弊女儿”。“舞弊选民”就是“对选民说谎”，也可以是“暗箱操纵”的意思。“舞弊女儿”就是“对自己的女儿说谎”。

露比

又及：我想我们应该暂时把这段笔友关系放一放。要是你想交个新笔友，我也没意见。

11

致：“法蒂玛”shes_all_fatima@yahoo.com.id

来自：“露比”Young_Ruby_M@allisonspringsms.edu

日期：10月26日

回复：你的美国笔友，“朋友遍天下”笔友项目

亲爱的法蒂玛：

上一封邮件真是对不起。我在跟我妈妈生气，却拿你撒气。我一点儿都不希望你交个新笔友。你是最棒的笔友，也是我唯一可以说话的人。

昨天我不得不跟妈妈一起参加竞选活动。艾力森泉职业女性联盟举办了一场领导人母女午餐会，我实在溜不掉。我对妈妈说我不想去，因为我不再支持她竞选了。她求我一定要去，否则看

上去会很“尴尬”。

我告诉妈妈我可以去，但我不会为了她或者任何人穿上裙子。我穿了格呢裤子和一件摩根夫人给我买的T恤，上面写着“只管来问我的女权主义活动安排”。这件T恤本是用来搞笑的，但解释起来有些复杂，说实话，我甚至不太确定它算不算是个好笑的笑话。

妈妈没有对我的衣着评头论足。她说：“你打扮得很酷。”

我说：“这是我的睡衣。”

午餐会在一间假日酒店的宴会大厅举行，整个活动基本像是一场办得很差劲的婚礼。我们班的迪莱拉·斯图尔特也在，她对我装出一副友好的样子，因为有大人在场。

迪莱拉·斯图尔特说：“你的T恤很漂亮。”

我说：“谢谢。”她嘴上说“漂亮”，心里的想法却正相反。迪莱拉·斯图尔特是这个世界上最差劲的人。

迪莱拉·斯图尔特说：“这句话是什么意思？”

我恶狠狠地瞪了她一眼，我说：“意思就是，我是一个女孩，是一个人，我关注女性权益。你想要的话，我可以借给你。”

我妈妈忙成一团，我在长条宴会桌边坐下，拿了个圆面包吃。那个面包硬得像石头一样，但我还是坚持吃掉了。我用牙齿把它扯碎，把它想象成迪莱拉·斯图尔特的脸。妈妈作了一番致辞，我不时地翻个白眼，但我尽量不表现得太明显。拜托！她总是说些冠冕堂皇的政治语言，像什么“诚信”“正直”之类的。

致辞结束后，我去了趟卫生间，离开时摩根夫人正在等我：“露比·扬，出什么事了？你今天的脸这么臭。”

“我累了。”我说。我真的不想对摩根夫人撒谎。这就是有个骗子母亲的下场，我也跟着开始撒谎了。

摩根夫人拍拍我的头，好像我是一条小狗。她说：“你想和我说说吗？”

我说：“没什么可说的。”

摩根夫人说：“竞选很熬人。”

我说：“只不过是个小破城镇选个破镇长，又不是选总统。谁当选又有什么区别呢？”

摩根夫人说：“这真是种愤世嫉俗的看法，我知道有些人的确这么想。但我不这么看，而且我知道，你妈妈也不这么想。我和你一样，从出生就住在这儿，而且我很爱这个小破城镇。即便这不是总统选举，我仍然觉得由谁当选事关紧要，这也正是我支持你母亲竞选的原因。”

我什么也没说。

摩根夫人说：“我能猜猜让你心烦的原因吗？”

“没人拦着你。”我说。

“很长时间以来，只有你和妈妈相依为命，如今你们的生活里多了很多其他的人。或许你不想和别人分享她？”

我摇了摇头。摩根夫人把我想得这么幼稚，我很生气。我很想把我知道的事告诉她，但我不想出卖我妈妈。“不是这么回事。”我说。

“不过的确有事？”

我咬住了嘴唇：“没事。”

“好吧，露比小姐。要是你想跟人谈谈，可以来找我。外表也许看不出来，但我其实年纪很大了，而且我很有智慧。”

我一直在考虑这件事，法蒂玛。或许我应该把真相告诉摩根夫人？我知道自己这样做是背叛了妈妈，但我也同意摩根夫人的看法。既然由谁当选事关紧要，那么大家或许应该搞清楚我妈妈的为人。

你的朋友（我希望还是）
露比

12

致："法蒂玛"shes_all_fatima@yahoo.com.id

来自："露比"Young_Ruby_M@allisonspringsms.edu

日期：10月28日

回复：你的美国笔友，"朋友遍天下"笔友项目

亲爱的法蒂玛：

我最后决定不按你的建议行动。我想，尽管我们是朋友，但这并不代表我们必须永远对彼此言听计从，你觉得呢？

我把这件事告诉了摩根夫人。

找机会跟摩根夫人独处并不容易，她在我家的时候总是和我妈妈在一起。我也不能叫个优步直接去摩根夫人的别墅，因为她

养了五条柯基犬，而我对狗过敏。“柯基犬”是一种“毛茸茸的腊肠犬”，“腊肠犬”就是一条“拉长版的狗”。英国女王也养了很多只柯基犬，所以，人们管摩根夫人叫“艾力森泉女王”。

我最后是去《艾力森泉报》社找的她，她是这家报业的老板，而报社跟我妈妈的办公室只隔了三条街。她在那里有间办公室，但是一个留小胡子的男人说：“哈！摩根夫人从来都不来办公室。”在那一刻我忽然发现自己有个新的小忌讳。这个新的小忌讳就是，不想听到人们用“哈”代替笑声。

我一点也不喜欢他的“语气”。我经常替我妈妈接电话，无论是对客户、陌生人还是谁，我绝不会那样说话。他这么大年纪，理应学会接人待物。我说：“摩根夫人是你的老板，你不应该对外人说这种话。”

那个男人说：“你又不是外人。你妈妈是简·扬，我们未来的镇长啊。”

我说：“你应该说：‘摩根夫人现在不在。需要我帮你转告她你来过吗？’”

那个男人说：“哎，好吧，我正要说呢。还有，我不是她的秘书。我是这里的主编。”

“但摩根夫人仍然是你的领导。”我说。

“从理论上来说，是这样的。”他理了理小胡子的胡梢。

“主编是干什么的？”我说。

“主编就是每天都来办公室的人。”他说。

好好的一个问题，他偏要这样回答，我很不高兴。

最后我给摩根夫人发了一条短信（“我们必须马上单独见面。这条短信不要给别人看见”），她说我们可以一小时后在她办公室见，也就是说，那个留小胡子的男人说错了，摩根夫人有时候会来办公室。

在她的办公室里，摩根夫人说：“什么事这么着急，露比？怎么神神秘秘的？”

我张开嘴，又闭上了。这件事太难以启齿了。

摩根夫人说：“我饿得要命。你想不想去克拉拉餐厅？填饱肚子坦白起来才比较容易。”

克拉拉餐厅是我最喜欢的餐厅，摩根夫人也是那里的老板之一。在那儿，我最爱吃玉米浓汤，也最爱吃鸡肉派。我的确很饿，可又觉得有些反胃。我说：“我想在这里解决。”

“解决什么？”摩根夫人瞪大眼睛好奇地说，“出什么事了？”

我说：“我要告诉你一件事。”

摩根夫人说：“是，我猜出来了。”

于是我就说了。我告诉她我妈妈就是阿维娃·格罗斯曼。我说：“我不希望你支持我妈妈竞选，赔光自己的钱，因为她是个骗子。”

摩根夫人叹了口气，目光柔和下来，她笑了：“露比，我早就知道了。”

我说："什么？"

摩根夫人说："我和你妈妈合作了很多年，一起策划过十几场筹款活动。你以为我跟别人合作之前不会先查清他们的底细吗？不了解情况对我可没什么好处，我是个非常富有的人，只有维护自己的利益，才能保持非常富有的状态。"

我说："那你为什么还要支持她竞选镇长？"

摩根夫人说："因为，小露比，我觉得这件事并不要紧。"

我说："可是，摩根夫人！你读过她的博客吗？"

摩根夫人说："读过。"

我说："你就不怕艾力森泉的居民说你们骗了他们吗？"

摩根夫人说："我们没骗人，露比。选择性地披露事实和撒谎是两码事，你妈妈现在就是简·扬——"

我打断了她："不，她不是。"

"是，她就是，露比。这一点没什么好争论的。"

我说："我觉得大家知不知情不应该由你来决定。"

摩根夫人说："这就是领导的作用，露比。不过假如大家发现了，你妈妈也不会抵赖，到那时我们再想对策。"

我说："这么说妈妈知道你知道了？"

摩根夫人说："我们没把话挑明，但彼此心照不宣。"

我在摩根夫人的沙发上坐下，说："我脑子里太乱了。"

摩根夫人说："你来找我，说明你很有勇气。我知道，只有真正有胆识的人才能这样做。"她握住了我的手。

我盯着她满是皱纹的手指。她戴了一只猎豹形状的戒指，金色的豹头上镶着绿宝石的眼睛，这个戒指可能比我所有的存款加起来还值钱，真让人反胃。我敢说，她买下这枚戒指的时候对它甚至算不上格外喜欢。我抽开手："别跟我谈什么胆识！"我大喊道，"我不在乎你怎么看我，因为你是个骗子，你和我妈妈一样。我再也不想看见你了。"

我跑出了办公室，从那个缺心眼的小胡子主编身边跑过，跑回我们住的联排别墅，现在正在给你写这封邮件。

我对摩根夫人失望透顶。

我妈妈完全是另一个人，她怎么能不在乎呢？

大家到底是怎么了？

你的笔友

露比

又及：我没吃饭就上床了，现在我饿得要命，满脑子都是玉米浓汤。看来我本该跟摩根夫人一起去克拉拉餐厅的，因为今后我可以再也不去了，以示抗议。

又又及：摩根夫人说错了。人们对于自己投票的对象是有"知情权"的。

13

致："法蒂玛"shes_all_fatima@yahoo.com.id

来自："露比"Young_Ruby_M@allisonspringsms.edu

日期：10月31日

回复：你的美国笔友，"朋友遍天下"笔友项目

亲爱的法蒂玛：

我制定了一个行动计划。我已经下定决心采取行动，所以你别想通过写邮件劝我改变主意。

1. 我要到迈阿密去找国会议员亚伦·莱文。如果他真的是我父亲，我想见见他，和他谈一谈；如果他真的是

我父亲，那他有权利知道他有个女儿；如果他真的是我父亲，或许他不会介意我搬到迈阿密去。我对艾力森泉已经无所留恋。

2. 我要给《艾力森泉报》写一封关于阿维娃·格罗斯曼的“匿名”信。即使摩根夫人说得对，那也无所谓。我认为选民有权了解真相。

我昨天花了一夜的时间搜机票，订宾馆。一个只有十三岁的人想要独自旅行，有点儿困难。

幸运的是，有了智能手机、美国运通商务卡、PayPal个人账户、谷歌和打印机的帮助，你几乎什么事都能办成。

比方说，航空公司的网站对“独自旅行的未成年人”另有要求，我必须写一份书面材料，说“允许”我一个人乘飞机，并且不需要空乘人员在登机口处接应，我还要仿造我妈妈的签名。我替她签名已经很多年了，但我从没在她不知情的情况下替她签过名。

我必须澄清一下，我并没有偷用妈妈的钱。我对这次旅行的开销作了非常精细的打算，这样我就不会透支自己账户的余额——3770.82美金。

我还给《艾力森泉报》写了一封匿名信。我打了很多草稿，最后决定采用：

致艾力森泉报主编：

上谷歌搜一下“阿维娃·格罗斯曼”。

——一位挂心大局的居民

我觉得“一位挂心大局的居民”那句写得很好。

我把举报信打印出来，装进信封。去机场的路上，我让送机的出租车在报社门口停下，把信投进了信箱。我尽量不去考虑自己是不是个卑鄙的人，不过这很可能是我干过的最卑鄙的事。

但我已经下定决心不在乎这些。我的心和一月的缅因州一样冷，和吃冰激凌太快导致的头疼一样冷。也许我的确是个卑鄙的人，或许我之所以成为一个卑鄙的人，是因为我的整个人生就是一场弥天大谎。

出租车司机说：“你年纪这么小就独自旅行啊。”

我说：“我长得不显老。”

“你多大了？”

我说：“我十五岁。”

出租车司机说：“我还以为你才十一。”

我说：“很多人都以为我十三岁。”

出租车司机说：“嗯，恐怕你要错过万圣节了。”

我说：“我本来就不太喜欢万圣节。”但事实是我爱死万圣节了。我喜欢打扮成各种人物，我每年都和妈妈搭档扮演一对角色。比方说去年，我和妈妈扮的是僵尸新娘和僵尸新郎；再往前一年，我们扮的是热狗香肠和面包；再往前一年，我们扮的是《波特兰迪亚》里的角色——除了《行尸走肉》和《纸牌屋》以外，这是我们最爱看的电视剧；再往前一年，我们俩都是僵尸新娘；再往前一年，我们是iPhone和iPad；再往前一年，我们扮的是威利·旺卡和黄金券；再往前一年，我们是一块华夫饼和一小块黄油。我不想再给你讲我们扮演过的角色了，因为我打这段话的时候已经快哭出来了。总之，最近发生了这么多事，我完全忘了今天是万圣节这码事，我猜妈妈一定也忘了。印度尼西亚人也过万圣节吗？

“我要去的地方也过万圣节，”我对出租车司机说，“我要到南佛罗里达去见我爸爸。”

“你真幸运，”他说，“那里的天气比这儿好得多。”

我说：“我喜欢缅因州的天气。”

“冬天也喜欢？”

我说：“冬天太美了，一切都明亮得晃眼，空气脆生生的，喉咙好像成了冰条。我妈妈……我妈妈是个活动策划人，她说冬季婚礼的照片总是格外好看。”

“你真是个不折不扣的缅因姑娘。”他说。

我现在在机场，已经过了安检，没出差错。我伪造的文件顺利过关。

等一下。

妈妈刚刚给我发了条短信：你已经到学校了吗？我们今晚怎么过万圣节？！

我回复她：太晚了。

她回：你不可能永远生我的气。

我回：老师让我把手机收起来。

她回：我爱你，露比。

我屏蔽了她的号码，不再接收她的短信，等我到了迈阿密的宾馆再解除屏蔽。等我到了那里，她就不可能再阻止我去迈阿密了。

这句话是“同义反复”，但它也是一句“真话”。

“同义反复”就是“用不同的词表达同样的意思”。里切小姐说我们应该“尽量避免”这种句子。

飞机马上就要起飞了，我得关机了。

要是你这段时间没有我的消息，不用担心。

谢谢你对我的帮助，也谢谢你听我说这些事。我学到了很多与印度尼西亚穆斯林有关的知识，我也希望你对于生活在缅因州、不履行教规的犹太人也有所了解。说实话，我不太确定自己算不算是一个好“样本”，或许你也不是一个好“样本”。或许通过“交笔友”的方式了解文化这件事本来就很蠢，你了解的其实只是和你通信的那个人。

我很喜欢有你做笔友！

不可能有比你更好的笔友了。

爱你

你的名义双胞胎

露比

又及：如果你把地址发给我，我会从迈阿密的沙滩寄一张真正的纸质明信片给你。

IV

你真是个天使

艾伯丝

在距离亚伦的连任竞选还有一个星期的时候举办结婚纪念日宴会，真是个糊涂的决定。一年之前，亚伦在二十九周年的纪念日提出这个建议时，艾伯丝正在进行第二轮化疗，她把大半个晚上都花在了马桶旁边。“明年一定不会这样了。”亚伦说道。他站在走廊，尽量避免深呼吸。他这个人不会在你呕吐的时候帮你撩起头发，不过看在上帝的份上，他会见证你经历的磨难。他会努力哄你开心，许诺专门为你办一场宴会，而不是为了那些出资人。她说过想办这种活动吗？哪怕只说过一次？他之所以变得多愁善感，原因在于她得了癌症，这是唯一合理的解释。不，他一向是个多愁善感的人，她还没嫁给他的时候心里就很清楚，他的弱点就是多愁善感。“来嘛，小艾。我们理应热热闹闹地庆祝三十周年，”他说，“场地就定在浪花酒店，这次我们只邀请自已真正喜欢的人，管他会不会得罪人呢。”

我根本就活不到明年，艾伯丝心想。“我们不能在十一月举办宴会，”她说，“你那时要忙着竞选。”艾伯丝对着马桶又是一阵干呕，却什么也没吐出来。比呕吐更难受的是连吐都吐不出来。

“不会的，”亚伦说，“我是说，我的确要竞选，可是谁在乎呢？我已经连任十届众议员了。要是仅仅因为我腾出一晚上庆祝自己结婚三十周年，他们就不选我连任，那就随这些烂人的便吧。这件事我一定要办，小艾，不管你怎么说。我现在就给乔治发短信，让他把日程空出来。”

他当时一定是真的相信她将不久于人世。

可她如今尚在人世，一年过去了，她依然活着。新长的一头小卷毛，思绪还有些糊涂，胸口落下了疤痕，但是心脏依然在跳啊，跳啊，麻木而机械地跳，活着，还活着。

凌晨4:55，亚伦穿着西装，没系领带。他白天要飞到华盛顿，晚上八点则要赶回来参加宴会。这次出差他实在没法推脱。他的竞争对手，玛尔塔·维拉诺瓦——金发、大胸、共和党人——仗着资本雄厚（并不是在暗指她那对大胸）来势汹汹，超出了所有人的预料。要是错过众议院的这次投票，后果他绝对承担不起。众议院究竟为什么要在选举前几天安排如此重要的投票，这他不知道。眼下的局势很糟糕，不只对他个人，而对于每个想连任参选的人来说都很糟糕。今年真是空前的一塌糊涂。把宴会前最后的准备事项交给艾伯丝打理，他十分过意不去。在今天——他们的三十周年纪念日抛下她，他也很过意不去。三十年了！简直不敢想象！他们当时一定是婴儿，甚至还没出生吧。他在她头上印上一吻。

“你走吧，”她说，“一路平安。都计划好了。没什么要办的事，我花不了多少精神就能办完。”

“你真是个天使，”他说，“我太幸运了。我爱你。纪念日快乐。”

她提出开车送他去机场，可他说她应该继续睡觉，他已经叫好了车。

艾伯丝翻了个身，想继续睡觉，睡意却迟迟不来。

倘若他把她叫醒，她一定会开车送他去机场。自从患了癌症，她的睡眠就一直不好，每晚能睡上三个小时已算是走运，白天时总是疲惫不堪。

艾伯丝闭上了眼睛。

就在她昏昏欲睡时，忽然听见扑扇翅膀的声响，像是洗扑克牌的声音。

她睁开了眼睛。

一只鹦鹉径直向她飞来，它通体翠绿，只有脑袋是深红色的，就在它钩形的喙快要撞上她额头的时候，这只鸟忽然飞落在她摘除乳房后的平坦胸脯上。

“太太，太太，”鹦鹉说道，“醒醒，醒醒。”

艾伯丝说她还想睡觉，但鹦鹉知道她睡不着。她翻身侧卧，鹦鹉也换了位置，落在她手腕上。

“很多事，很多事。”鹦鹉说。

“走开，埃尔梅德。”艾伯丝说。她并不知道鹦鹉的名字是哪里来的，也不知道这是什么意思。是西班牙语吗？她怎么就没学过西班牙语呢？天知道，作为一名佛罗里达州政客的妻子，西班牙语可比高中学的那三年拉丁语实用多了。她甚至连埃尔梅德是雌是雄都不清楚。艾伯丝仍然闭着双眼，伸手在空中拍打，手臂晃得像风车。鹦鹉又朝风车飞过去。“要是不睡觉，我一整天都没有精神。我今天必须打起精神。”

“埃尔梅德帮忙。埃尔梅德帮忙。”

“你帮不上，”艾伯丝说，“你走远点才算帮了我的忙。你让我睡一会儿就算是帮忙了。”

鹦鹉飞到亚伦的床头柜上，开始梳理羽毛。这个过程十分安静，不过为时已晚，艾伯丝已经醒了——装睡比强打精神迎接新的一天更耗费体力。

艾伯丝从床上爬起来，打开淋浴洗头发，她洗完出来的时候，鹦鹉正站在毛巾架上。

“拜托，给我留点私人空间好吗。”艾伯丝说。

埃尔梅德飞到她头上，用粉红色的喙啄她：“保湿！保湿！”

她走进厨房，想倒杯咖啡喝。她本想把咖啡戒掉，可要是没了咖啡，人活着还有什么意思？在她看来，人活着就是不断养成坏习惯的过程，死去则是抛却这些坏习惯的过程。死亡的地界上既没有习惯，也没有咖啡。

埃尔梅德飞落到她肩膀上。“我今天不想让你跟着来。”艾伯丝说。

“埃尔梅德来。埃尔梅德来。”

“我是认真的，我要去看医生，去美发店、干洗店、花店、裁缝店、珠宝店，而且还要在那个破午餐会上致辞，还有宴会——”

“宴会！宴会！”

“我根本就不喜欢宴会——”

“宴会！宴会！”

“你不许跟着参加宴会。”艾伯丝说。

“宴会！宴会！”

“真不敢相信你怎么这么听不进道理，埃尔梅德，而且总是重复说话。还有，你以为自己很轻，其实你压在我肩膀上重死了。我觉得你越来越重了。你的爪子陷进我肉里了，比内衣肩带还勒人，比铂金包还重。再这样下去我就该找个脊柱理疗师了。”

保姆玛格丽塔抱着一个大盒子走进了厨房。“莱文太太，早上好！结婚纪念日快乐！不知是谁把这个包裹放在了门口的台阶上。”玛格丽塔把盒子放在厨房的台面上。

艾伯丝看了看寄件人地址，是她最忠实的朋友——快递公司。艾伯丝拿起厨用刀，打开包裹。盒了里是无穷无尽的气泡纸，里面埋藏着一尊劣质雕像。雕像约有一只大个儿阳具那么大，树脂做的，花里胡哨的配色十分生硬，像是经过后期上色的黑白电影。一个面色红润的男人身披托加长袍，背后长着翅膀，手持一只古铜色的犹太六芒星，仿佛那是块盾牌，看来这是位犹太天使。有犹太天使吗？有，当然有。《旧约》里就提到过不只一位天使，所以犹太教里应该有天使。《旧约》里难道不是所有人都是犹太人吗？她翻过来看底座，授权证书上说这是梅塔特隆，听着像是个机器人的名字。谁会给她送这样的东西呢？以艾伯丝的个性，她不是那种谁都会给她送天使的女人。

“哦，真漂亮。”玛格丽塔说。俗气的东西向来很对她胃口，她自己的打扮也很俗气。她油亮的黑头发梳成滑稽歌舞剧女演员的发式，踩着樱桃图案的鞋子昂首挺胸地在厨房里走来走去，年轻的胸脯眼看就要托到下巴上。乔治——亚伦的得力助手——只看了玛格丽塔一眼就说：“你真的想往自己家里招这样的人吗？”

“什么意思？”艾伯丝问。

“意思就是，她看着会招惹是非。”

“亚伦岁数大了，我岁数也大了，”艾伯丝说，“我在家的时候比他多，再说，仅仅因为人家长得漂亮就不雇用人家，这是性别歧视。她很聪明，而且她快要拿到雕塑专业的艺术硕士学位了。”

“招惹是非。”乔治重复道。

“你喜欢吗？”艾伯丝一边在泡沫纸里翻找留言条，一边对玛格丽塔说。她估摸着，人们之所以会给她送这种破烂货，是因为他们以为癌症会让她的性格变得软弱。

“那可不行，”玛格丽塔说，“这是别人专门送给你的天使。”

“说不定是别人让我专门送给你的。”艾伯丝建议道。

“把其他女人的天使拿走，要走霉运的。”玛格丽塔说。

“要是你不肯收留它，那它只能住进垃圾堆了。”艾伯丝说。

“把天使丢进垃圾堆要走霉运的。”

“我的霉运还不够吗？”艾伯丝说着，捏住天使的头把它拎了起来，“我才不相信什么霉运呢，”她打开垃圾桶，顿了一下，“你觉得它是可回收垃圾吗？”

“别这样，”玛格丽塔说，“说不定你会慢慢喜欢上它的。”

“不可能。”

“那议员先生呢？”

“亚伦最恨这玩意儿。”

“好吧，”玛格丽塔说，“把它给我吧。”她接过天使，把它摆在自己的提包旁边。

“你今晚会来参加宴会吗？”艾伯丝问。

“会的，”玛格丽塔说，“当然会来，莱文太太。我绝对不会错过宴会！我亲手做了一条裙子，上身是红色的紧身胸衣，下面是带裙撑的黑色长裙，我打算戴上黑色的蕾丝露指手套，把头发梳起来，紧紧地梳在脑后，脸上罩一小块面纱，肯定会非常惊艳。”

“听着就是，”艾伯丝说，“你来参加我的葬礼时也可以穿这身衣服。”

“别那么丧气，莱文太太。那套裙子很喜庆。”

“玛格丽塔，‘梅德’在西班牙语里是什么意思？”

“小孩子闹脾气的时候会这样喊，叫人把手里的东西放下。‘不要！不要！’”玛格丽塔说。

“那如果在前面加上个‘埃尔’呢？‘埃尔梅德’。这样意思有差别吗？”

“啊，”玛格丽塔说，“这样就没有任何含义了。”

前台向她道歉，说医生赶不上原定的日程了。日程之后还有日程，艾伯丝心想。

艾伯丝掏出手机，上网搜索亚伦的国会竞选消息。她已经下定决心，即便他输了选举她也不在乎。无论别人对她的评价如何——说她才是夫妻间真正野心勃勃的那个也好，说要是没有她，他最多只能做个高中英文老师也罢——倒不是说这样有什么不好——她甚至会带着些许期盼迎接他的失败。

“艾伯丝·莱文，是你吗？”

她转过身，是阿莱格拉。阿莱格拉老了，她看上去一副奔五的样子。天啊，艾伯丝心想，她不是看上去老，而是真的老了。

她之所以奔五，是因为我已经快六十岁了。艾伯丝为医院工作时，阿莱格拉曾经与她共事，她们的关系很亲近，人们总是半开玩笑地称她们为“职场妇妇”。

“阿莱格拉，我们好久没见了。”艾伯丝说。

阿莱格拉亲了她的面颊：“希望你一切都好。”

“我去年生了病，不过现在好些了，”艾伯丝说，“我是来复诊的。”

“好……”阿莱格拉说，“好吧，你气色不错。”

“别撒谎了。我的气色像屎一样。”艾伯丝说。

“你看上去真的气色不错……可能有点累。我最讨厌别人说我看上去很累。”

“我们今晚要举办结婚纪念日宴会，”艾伯丝说，“复诊之后我要去美发店。得想办法把这头不中用的秃毛打扮一下。”

“我喜欢你的发型，这样很时髦，”阿莱格拉说，“而且，我知道宴会的事。其实，我也会参加。”阿莱格拉说。

“为什么？”艾伯丝脱口而出。

“哦，我接到了邀请。”阿莱格拉说，“我猜是你送来的？”

我真应该记住这种破事，艾伯丝心想。“对啊，”艾伯丝说，“对啊。”她邀请阿莱格拉时究竟糊涂到什么程度了？

“你好像很吃惊啊。”

“我没有。我……”事实就是，她最近什么事情都记不住。

可能是化疗影响了她的大脑。

“莱文太太。”前台叫她。

“我接到邀请很开心，”阿莱格拉说，“的确很惊讶，但更多的是开心。不过，如果你不希望我参加……我是说，如果邀请我只是个意外……”

“我真心希望你来，”艾伯丝紧紧握住阿莱格拉的手，那只手冰凉、柔软，阿莱格拉身上散发着鸡蛋花、辛香味和大地的香味，像是檀香，又像是不掺杂质的可可粉，“有时候，我大脑放空的时候比较聪明。”

阿莱格拉笑了：“我不明白那是什么意思。”

“我下个星期想约你一起吃顿超级漫长的午饭，”艾伯丝说，“你能答应我吗？”

“要是我早点知道你病了就好了。”阿莱格拉说。

“那时候跟我相处可没什么意思。”艾伯丝说。

“尽管如此，我还是想做些什么……”

她会做什么呢？参加五公里义跑？系条粉丝带？给艾伯丝端来碗鸡汤，好让她喝完以后吐出来？发一条充满同情的推特？“你为什么戴着猫耳朵？”艾伯丝问，“这是我的幻觉吗？还是你真的戴着一对猫耳朵？”

“噢！”阿莱格拉羞涩地一笑，抚了抚黑色猫耳朵发带下面的头发，有些难为情，“这是我今年的装扮。昨天是万圣节嘛。”

“我忘了。”艾伯丝说。

“不过埃莫里学校的节日庆典安排在今天上午，好像跟测验有关。我负责分发潘趣酒，有个孩子的妈妈昨晚给我发了条短信，别往潘趣酒里放坚果！谁会往潘趣酒里放坚果啊？我是年龄最大的母亲，所以他们总把我当成跟不上潮流的原始人。”

“莱文太太！”前台又叫道。

“这对耳朵跟你很配。”艾伯丝边说边走进医生的办公室。

“今天艾伯丝感觉怎么样？”医生问。他的母语不是英语，他似乎很害怕使用代词。

“艾伯丝发现了一个新的肿块。”她轻快地说。

从医生办公室出来，艾伯丝傻瓜似的满心欢喜。保证会作检查！保证会做新一轮化疗！保证会死的！这些都不是值得欢喜的理由，可她就是满心欢喜。

虽然也不是因为今晚的庆祝。

也许是因为发现肿块后反倒松了一口气。当她在洗澡时发现那个肿块，她觉得自己完蛋了，尽管她知道这是大脑在骗她，给她一个愚蠢的念头。她的身体执意要长出不正常的增生细胞，这又不是她的错。艾伯丝从小接受的教育就是一切都是她的错。她很强人，却又什么事也做不好。艾伯丝，异常增生细胞的创造者；艾伯丝，世界的毁灭者。

也许她的喜悦是因为天气。这是干燥而寒冷的十月里一个干燥而寒冷的上午，季末的飓风没有如期而至。她的头发尽管所剩无几，却比平常服帖许多。

或许是因为她遇见了阿莱格拉。

倘若不是那件事杀的回马枪，倘若她还有时间，她绝对会约阿莱格拉共进午餐，之后她还会再约阿莱格拉吃一次午餐，而第二次吃饭时，她们会变得熟络许多，她们会点两份甜品分着吃，让叉子齿紧密地交叉在一起，她们会把那些甜品吃得一干二净，然后艾伯丝会对服务生说，好，对了，我要一杯浓缩咖啡，阿莱格拉则会提议一起去上瑜伽课（“那可是哈达瑜伽，小艾，谁都能做。”），而瑜伽课上，她们当中的某个人会提议组建一个读书会，艾伯丝则会重新调整生活节奏，每天都与阿莱格拉见面，每一天，直到她们其中的一个或者她们双双去世。

阿莱格拉为什么要到辉医生的办公室去？她本该问问的，她太以自我为中心了。她时常忘记自己不是全世界唯一患了癌症的人。反过来，她也时常忘记并不是全世界每个人都得了癌症。

她说服埃尔梅德在汽车附近等她——鸟类是不能带进医生办公室的。埃尔梅德站在她那辆特斯拉的发动机盖上，爪子欢快地敲击着车身的喷漆。它飞落到艾伯丝肩膀上。“这件衬衫是真丝的，”她说，“你轻点。”

“轻点！轻点！”它说，“晚安！晚安！”

艾伯丝上了车，她的手机响了，谨慎起见，她开了免提——因为当你被各种各样的癌症缠身时最不需要的就是再得一种脑癌。

打电话的是塔莎，亚伦在迈阿密的一名助理。塔莎是新来的，她说办公室出了紧急情况。不过亚伦的助理们总是反应过激，新来的尤甚。以他们的阅历，不足以区分“特殊情况”和“紧急情况”，也分不清“危机”和“不幸事件”。距离选举还有一个星期，什么事情不紧急呢？“让乔治处理不行吗？”艾伯丝说，“我为了晚上的宴会已经把时间安排满了。看在老天的份上，我们到底为什么要办这场可笑的宴会……”艾伯丝挤出一声抱歉的笑。

塔莎说：“或许‘紧急情况’这个词用得不恰当，我还是称它为‘特殊情况’吧。”

“好，”艾伯丝不耐烦地说，“一切特殊情况我都可以放心地交给乔治处理。”

“好！非常好！”埃尔梅德说。

“嘘！”艾伯丝说。

“哦，不好意思。”塔莎说。

“不，不是说你。我在和别人说话，”艾伯丝说，“你给乔治打电话吧。”

“好吧，其实事情是这样……”塔莎把声音放得很低，低到艾伯丝听不清她说了什么，她让她大声些，“是一个小女孩。”

“什么？”

“这里有个小女孩，”塔莎说，“她说她是亚伦的女儿。”

她低声说道。

“女儿！女儿！”埃尔梅德说。

“不可能，”艾伯丝说，“我们只有儿子。”

“她就在我面前呢，身高大约一米五，戴着牙套，一头卷发。我估计她有十一二岁——”

“不，塔莎，我不需要你给我描述小女孩是什么样的。你可能不相信，但我以前也是个小女孩，我知道女孩子什么样，我并不想和你争论你面前的是不是个女孩！重点是，你面前的人不是亚伦的女儿，因为我和我丈夫只生了儿子。”艾伯丝说。

“儿子！儿子！”埃尔梅德说。

“你能不能行行好，把嘴闭上？”艾伯丝说。

“我没说话啊。”塔莎说。

“不是说你，是别人。给乔治打电话，就说办公室有个疯丫头，他会告诉你怎么处理的。我今天没空跟疯子浪费时间。”

“好吧，”塔莎说，“这我都可以做。可是还有一件事——”

“到底什么事？”

“她说她姓格罗斯曼。”

艾伯丝最不想听到的就是这个名字！“格罗斯[1]。”她说。

“不，格罗斯曼。”塔莎说。

1 原文“Gross”，意为“恶心”。

“你说第一遍的时候我就听见了。”她多希望余生再也不必听见这个名字。

“下个星期就要选举了。”塔莎继续说。

“对，塔莎，我知道。”艾伯丝说。

“我知道你知道，”塔莎说，“我的意思是，办公室里这么多人，而且过一会儿还有很多人要来办公室，竞选团队、媒体什么的。事情没解决之前，最好先把她转移到别的地方去。乔治和议员先生都在华盛顿，他们俩的电话都打不通。我也不敢发短信，怕被别人看见。我不想惹出麻烦来。”

假如真的惹出了麻烦呢？假如艾伯丝不来呢？假如艾伯丝挂上电话到美发店去，按照原计划度过这一天呢？假如艾伯丝不再插手，不给亚伦收拾烂摊子，又会怎样呢？每到亚伦捅了娄子的时候，人们总觉得应该给艾伯丝打电话，这种想法本就让人生气。有些人难道不是不惜一切代价保护自己的妻子，不让她受到残酷的现实波及吗？为什么没人把艾伯丝当成那样的妻子——那种不必直面自己丈夫缺陷的妻子呢？

多年以前，曾有过一次，艾伯丝没有插手，瞧瞧那件事落得什么下场。

“好吧，”艾伯丝说，“我来接她。”

“我现在该拿她怎么办呢？”

“把她塞进扫帚橱里！我不管。”

“扫帚！扫帚！”埃尔梅德说。

“闭嘴。”艾伯丝压低声音说。

“你是让我把扫帚橱的橱门关上？”塔莎问。

“我没和你说话。”艾伯丝说。

“那你在和谁说话？”塔莎说，“对不起，这不关我的事。”

的确如此，这不关她的事。“我和埃尔……”艾伯丝说，“朋友在一起。”

“朋友？朋友？”埃尔梅德说。

“对，我把你当朋友。”艾伯丝说。

鹦鹉依偎在艾伯丝的颈窝里，咕咕叫起来。

“我其实不确定这里有没有扫帚橱，莱文太太。”塔莎说。

“塔莎，你是认真的吗？如今这个世道，太抠字眼要吃大亏的。我不是非要你找个扫帚橱不可，随便把她放在一个不碍事的地方等着我就行。地下室、房顶、没人坐的办公位，你想放在哪儿就他妈放在哪儿！”艾伯丝挂断了电话。这姑娘真是没救了。

“没救了。”埃尔梅德说。

开车去办公室之前，艾伯丝在手机里找到了瑞秋·格罗斯曼的电话。瑞秋·格罗斯曼，也叫“有史以来最差劲的邻居”。没错，这个小女孩——鬼知道她究竟是谁——绝对应该由瑞秋·格罗斯曼处理，而不是艾伯丝。

艾伯丝拨打了号码，但那个号码已经无人使用。她发动了汽车。

办公室里，电话铃声接连不断。有些铃声由热情洋溢的声音应答，有些铃声好几个星期都没有应答，以后也不会有人应答。一个穿连衣裙的女生写了一条推特，另一个女生穿着那条裙子的低价翻版写下一张便条——“回复：在任政治候选人开通聊天账号的利与弊”——并得出结论，即：在竞选的这个阶段加入其中，对议员先生来说为时已晚。每个人对自己在邮件和短信中写下的字句都不敢掉以轻心，因为谁也不能确定有没有人在监视通信或入侵电脑系统，你的本意或许是想开个玩笑，然而一旦脱离了上下文，搞错了用词的细微差别，还有，别提了，语气的变化，任何内容就都不好笑了。尽管如此，手机短信还是比电子邮件要好些，邮件比通话要好些，通话比直接见面要好些，直接见面则是人们不遗余力想要规避的状况。不过，倘若你非和人见面不可，喝一杯比吃午饭好，午饭比晚饭好。每个人都对自己的手机恨之入骨，却又无法想象摆脱手机后工作该如何运转。一个穿牛仔裤的女生向穿连衣裙的两个女生白了一眼，对穿牛仔裤的男生说，穿裙子的女生根本没做什么要紧的事（可每个人都知道，穿连衣裙的两个女生才是真正管事的人）。一个穿短裙的女生和一个穿运动服的男生正在讨论今年高层选举的局势对低层选举是否有利。不知是谁把一个印着“莱文 2006”字样的软橄榄球随手一扔，有人大声喊：“大家安静，C-SPAN正在播放投票过程！”另一个人大喊：“没人在乎！”又一个人大喊：“我在乎！”两个穿夹克的男生在帮大家点外卖，一个穿连衣裙的女生说她绝对不会替大家买咖啡的，所以连问都别想问她。一个系领带的男生在修改简历（不过每个人都经常修改简历），一个穿连衣裙的女孩说：“有没有人能给议员先生解释一下，如果推文开头是‘@’的话，要在前面加个句点？”接着她低声嘟囔了句“跟老古董一起工作”。另一个穿连衣裙的女孩给CNN的熟人发了一封邮件：“纯粹好奇问一句，怎么才能成为代理人？”一个系领带的男生跟另一个系领带的男生打情骂俏，一个穿卡其色衣服的男生偷偷拿走了办公用品，并且自我安慰这是在为自己未来的竞选作储备。一个穿连衣裙的女孩向电话另一头的母亲哭诉，然后低声哀叹：“我必须坚持到底，不然就前功尽弃了！”每个人都很重要，每个人都没有得到应得的重视，每个人都没有得到足够的薪水，而且，像所有竞选办公室一样，每个人都非常、非常年轻。

在过去，艾伯丝认识许多这些男生女生的翻版，不过现在的这些版本她一个都不认识，因此也没人察觉她的到来。多年来不温不火的名流身份让艾伯丝学会了登堂入室的技巧。她希望被人注意到的时候，总能被人注意到；当她不想有人注意她时，她几乎从未被人发现过。诀窍就在于摆出一副很清楚自己要到哪里去的架势，并且换上一副温和而乏味、略带一丝厌烦的神色。她有时会用手机做道具，配上熟稔的专注神情，这是她（也是其他所有人）用来隔绝外界的壁垒。道具也可以是一顶不起眼的帽子，但是绝不能用太阳镜。无论她采用什么办法，年龄越大，那个隐身的开关就越容易开启。她猜测，那一天过不了多久就会到来，开关永远卡在隐身那一档，永远也不会有人再看见艾伯丝。

艾伯丝来到塔莎的办公桌前，桌子位于她丈夫的私人办公室门口，是一个单独的接待区。那女孩就坐在桌对面。她身穿绉布夹克和蓝色牛仔裤，裤子上有鲜艳的图案（一道彩虹、一颗心、太阳和云彩），还穿着一件写有“女权即人权”字样的T恤和粉色的运动鞋。由于气候潮湿，她的头发蓬成了乱糟糟的小卷，在脑后扎成一根不成形的马尾辫。她戴着圆框眼镜，脸型显得愈发滚圆。镜片后面是一双柔和的绿眼睛，透过这双眼睛，艾伯丝看得出学校——不，是生活——对她来说一定很艰难，她似乎缺乏生存在世应有的戒备心。她让艾伯丝想到了四脚朝天的海龟，想到了生来就没有刺的豪猪。母亲对她的教育要么非常优秀，要么非常糟糕。说非常优秀，是因为这个女孩对旁人的看法似乎毫不在意；说非常糟糕，是因为她母亲没有教会她如何面对这个世界。在艾伯丝看来，这个女孩跟亚伦的确有些相像——卷发、浅色的眼睛，不过亚伦的眼睛要偏蓝一些。可是话说回来，阿维娃·格罗斯曼的外表也跟亚伦十分相像，所以谁知道呢？那个女孩长得很像是犹太人，艾伯丝心想。女孩神情淡然，带些书呆子气，头戴耳机，捧着平板电脑，正在认真地阅读。

假如她真的是亚伦的女儿，阿维娃·格罗斯曼能把这个秘密保守这么多年？实在是太不像她了。那个女孩是艾伯丝见过的最没城府的人。你非要和我丈夫搞婚外情也就罢了，可是拜托你不要把这事写在网上！而且看在上帝的份上，更不要写你和他的亲密行为。即便你换了名字，被人发现也是迟早的事。

“莱文太太，”塔莎猛地从椅子上跳起来，“我和他们说过，你来了让他们告诉我。”

“我没想惊动大家。”艾伯丝说。

“就是她。”塔莎说。

“是的，我猜这里也没有第二个小女孩了。”艾伯丝说。

“我没找到橱柜，所以就让她待在这儿了。”塔莎说。

“我想和她说会儿话，你能离开一下吗？还有，塔莎，拜托了，我希望你不要对任何人提起这件事。”

塔莎离开了办公室，艾伯丝走到双人沙发前，在小女孩身边坐了下来。

“我们俩的运动鞋是一样的。”艾伯丝说。

女孩摘下了耳机。“什么？”她说。

“我们俩的运动鞋是一样的。”艾伯丝说。

“你的是黑色的，”她说，“我的是粉色的，我多等了两个星期才买到它。我认识的一些人很不喜欢粉色。”

“我就不太喜欢粉色。”艾伯丝如实说道。比方说，她就是死，也不想再见到任何象征乳腺癌的粉丝带了。

“粉色也不是我最喜欢的颜色，”她说，“是我第二喜欢的颜色。摩根夫人说，不喜欢粉色，就是变着法子说你不喜欢女性，因为女性总是和粉色联系在一起。”

“我明白摩根夫人的意思，”艾伯丝说，“不过你别忘了，粉色是从小强加在女性身上的颜色——举个例子，婴儿用品商店里给女孩的商品都是粉色的，给男孩的都是蓝色的。所以拒绝穿粉色也是在拒绝社会对女性身份的陈旧观念。”

“嗯，”女孩说，“可是人们这样做，并不能怪粉色本身。蓝色也被强加在男孩子身上，和粉色被强加在女孩子身上是一样的，可人们对蓝色的看法就与粉色不同，所以我觉得这件事其实更加复杂。我认为这其中的差别细致入微，这是我最近最喜欢的词。细致入微的意思就是——”

“我叫艾伯丝，”艾伯丝终于插上了话，“艾伯丝，”她重复道，“议员先生的妻子。”

“我知道，我在谷歌搜过议员先生。我叫露比，我到这里是来找议员先生的，不过塔莎给你打电话时已经告诉过你了。对不起，我听见了她说的话，很抱歉我没有提前预约。”她说。

“是的，你的确应该提前预约。不过事已至此，我们就不要学习罗得的妻子，回头看索多玛了[1]。”

“你太幽默了。”露比说。

这句话让艾伯丝暂时卸下了防备。她并没打算开玩笑，而且从来没人认为艾伯丝是个幽默的人。有些情况下，艾伯丝甚至以不善谈笑著称：“我可以安排你和议员先生见面，但你必须先回答

1 《希伯来圣经》中的故事。上帝要毁灭罪恶之城索多玛，罗得的妻子逃跑时没有遵照神谕，回头看了一眼索多玛，于是变成了盐柱。

几个问题。”

露比点点头。

“你母亲是阿维娃？”艾伯丝问。

“对。现在她叫简。”露比说。

“为什么？”艾伯丝说。

“因为她是个骗子。”露比说。

艾伯丝不得不承认，这女孩的直爽让人心生好感。

“我猜是因为她觉得很丢人，”露比的语气柔和下来，“而且她害怕别人对她指指点点，因为她和你丈——议员先生做了那些事。”

“她这么做或许也有道理。你为什么会到这里来？”艾伯丝说。

“我想见一见我父亲。我不确定议员先生是不是我的父亲，但我很想搞清楚。”露比说。

“不是别人怂恿你专门这个星期来的？”

“我不明白你是什么意思。”露比说。

“比方说，你妈妈？是她劝你来的吗？”

“我妈妈不知道我在哪里，”露比说，“我给她留了一张字条。”

“你年纪还小，不该独自出门。”艾伯丝说。

“我年纪不大，但我比同龄人成熟得多。我经常担负各种各样的职责。我妈妈是个活动策划人，我为她打工已经好几年了。”

艾伯丝叹了口气：“我看你是个好人，露比——”

“我不是，”露比说，“我做过一些非常糟糕的事。”

艾伯丝顿了顿：“你做了什么？”

“我不想说。我做的事并不违法，但是可能不道德，”露比说，“或者不算是不道德，但绝对不忠诚。可能——”

“算了，这也太复杂了，”艾伯丝说，“我们先不谈这个。实事求是地说，你来访的时间或多或少有点儿可疑。你知道选举是怎么回事吗？”

“知道，我当然知道。”露比说。

艾伯丝知道，这个问题是小看了她。从她的角度来说，一个孩子知道什么、不知道什么很难弄清楚。“莱文议员下个星期要参加连任选举，而你的出现对他没有益处。无论你究竟是不是议员先生的女儿，都有许多人想把他和你母亲那桩陈年丑事重新挖出来。关于那件事，不知你了解多少？”

露比移开了视线。

“唉，好吧。我想说的是，在选举前一个星期提起这件事，对议员先生非常不利。”

露比思考了一阵。她摘下眼镜，用T恤擦了擦。“这里可真热，”她说，“我的头发这辈子从没这么乱过。”

“跟我说说，”艾伯丝说，“这该不会是你第一次来佛罗里达吧？”

“就是。”露比说，“我们住在缅因州，也就是松树之州。”

缅因州。不知为什么，想到阿维娃·格罗斯曼住在缅因州，艾伯丝不禁觉得好笑，住在永恒的冬天里，这是她的报应。

“你得了癌症吗？”露比漫不经心地问。

“怎么了？看我的样子像是得癌症的人吗？”

“我妈妈为癌症患者策划过很多募捐活动。你的样子像是得了癌症，或者以前得过癌症，我猜。你没有眉毛，”露比说，“有可能是你拔眉毛太多了。有时候新娘也会这样。”

“不，我不是新娘，早就不是新娘了。我的确得了癌症，”艾伯丝说，“只要我想得起来，通常都会画上眉毛。他们说眉毛会长回来的，可我的眉毛好像下定决心不再长了。”

“你管你丈夫叫‘议员先生’，真奇怪。”露比说。

“可能的确有点怪，”艾伯丝说，“但我已经这样叫了很长时间，已经成为习惯了。他的确是我丈夫，但他也是我这个选区的众议员。所以实际上，他既是我的议员，也是我的丈夫。”作为丈夫，亚伦曾不止一次地让她失望，但她可以实事求是地说，他作为一名议员，从未让她失望过。作为一名政治人物，他为人坦诚，凡是做不到的事情，他绝不会轻易许诺。

“我没从这个角度考虑过，”露比说，“那他每次参加竞选你都会给他投票吗？”

“会。”艾伯丝说。

“你有可能不给他投票吗？”

“应该不会，”艾伯丝说，“我们对于重大问题的看法非常一致，我相信他的判断力和眼力。”

“你说的‘判断力’是什么意思？”

艾伯丝说的“判断力”究竟是什么意思呢？这些台词她已经重复了太长时间，她自己也不清楚它们的含义了。“他选择出资人时很谨慎，跟出资人相比，他更看重选民；跟选民相比，他更看重良心。这就说明，跟选举成功相比，他更看重做事是否正派。我说的判断力就是这个意思。”

露比缓缓地点点头，不过似乎并没有被她说服。

艾伯丝想读懂露比的表情，她猜露比正在琢磨亚伦在与年轻女性上床这方面的判断力——比如跟露比的母亲。艾伯丝的一个特殊本领就是乔治所说的“负面同感”——她总是朝最坏的方向猜测人心。

露比把iPad放进背包：“你问我知不知道什么是选举。我知道。而且，我几年前就知道了。从我小时候起，我妈妈就带我去华盛顿，去看奥巴马宣誓就职。我很了解选举。我到这里来并不是因为这个，但我得知议员先生这件事的确与选举有关。”

艾伯丝让她说清楚。

“我妈妈在竞选艾力森泉镇长，就是我住的小镇。这个镇是以埃力泽·艾力森船长命名的，他是一位了不起的船长，却不是个好丈夫、好父亲。人们有些方面非常优秀，有些方面却很糟糕，是不是很有趣？”

“那么，你是怎么听说议员先生的呢？”艾伯丝尽力掩饰不耐烦的情绪。

“我妈妈在跟韦斯·韦斯特竞争，他是一名房地产销售商。韦斯·韦斯特在辩论时低声说了‘阿维娃’，我听见以后到谷歌搜了一下，然后我就决定到迈阿密来了。”

“韦斯·韦斯特听着像是个浑蛋。”艾伯丝说。

露比笑了：“摩根夫人说大家不应该把‘浑蛋[1]’当作贬义词用，因为这样就把一种女性卫生用品变成了贬义词。她说灌洗器本身并没有错，它唯一的过错在于灌洗阴道会导致形成不健康的阴道环境。”

“摩根夫人是谁？”艾伯丝手机的闹钟响了，她在包里翻找起来。

“摩根夫人现在是我的敌人。为什么你觉得韦斯·韦斯特是个浑蛋？”露比问。

“我和议员先生与对手竞争时，要想好哪些手段可以用来打击对手，哪些手段应该弃之不用，对手有男有女，不过通常是男人。我们从来都不耍手腕，因为这样很下作。韦斯·韦斯特小声说‘阿维娃’就是这种行为。他那样做是为了扰乱她的阵脚，让她一时无言以对。这种行为说明他是个软弱而没有底线的候选

1　这里的“浑蛋”（douchebag）本意是女性阴道灌洗器。

人，恐怕也不会是位好镇长，即便是在艾力森泉那种鸟不生蛋的地方也一样，你别介意，”艾伯丝关了闹钟，“该死，”她说，“我大约再过二十分钟就要到午餐会去发言。而亚伦现在在华盛顿。”

小女孩的希望落空了：“我早就应该想到的。”

“他今晚会回来的。事情还没糟糕透顶，不过我得先想想这段时间该怎么安置你。”

露比揪弄着袖口的一根线头：“或许我可以跟你一起去？”

“这种活动无聊透顶。”艾伯丝说。

“我知道。我参加过很多午餐会，面包总是不新鲜，不过有时沙拉还是可以下咽的。主餐大多很难吃，除了甜品。一份好甜品的作用就是骗你忘记之前吃的主菜有多糟糕。”

“这是你妈妈教你的吗？”

露比耸耸肩膀。

“要是我不用参加就好了。”艾伯丝说。

“要是逃掉这场午餐会，你想做什么呢？”露比问。

“我会去看电影，”艾伯丝说，“我会买一大桶爆米花，我会给我朋友阿莱格拉打电话，放完预告片我就睡觉。我最喜欢在电影院睡觉了，而且我这几个月都没睡好。但那是不可能的。好了，假如我带你参加午餐会，要是有人问你是谁，怎么办？”

“我就说我是未来女子领导人项目的成员，正在跟着你学习。”

“这个瞎话编得真熟练，露比，”艾伯丝说，“你考虑过从政吗？”

“没有，”露比说，“我觉得我不擅长。大家都不怎么喜欢我——我是说我的同龄人。”

“大家也不怎么喜欢我，”艾伯丝说，“不过，我很喜欢你。我们才刚刚相识，我就觉得你非常讨人喜欢。相信我，我有很多个理由可以不喜欢你，这就说明你确实格外招人喜欢。好，你和我一起来吧，不过我们得先打个电话。你的家人肯定想知道你还活着。你有没有你外婆的电话？我记得她就住在这附近。”

露比说她不认识她外婆。

“你不认识瑞秋·格罗斯曼？”

露比摇摇头：“我一个姓格罗斯曼的人也不认识。你不会给我妈妈打电话吧？”

“你开玩笑吧？全世界我最不想通电话的人就是你妈妈。”艾伯丝说。

艾伯丝在塔莎桌上留了一张便条，让她查出瑞秋·格罗斯曼的电话。

艾伦图书馆的停车场里，艾伯丝匆匆忙忙地画着眉毛。

“其中一条有点高了。”露比说。

“闭嘴，埃尔梅德。”艾伯丝说。

“对不起，”露比说，“我只是想帮忙而已。”

“哦，哎呀，”艾伯丝说，“我不是在说你。我把你当成别人了。”

“一个叫埃尔梅德的人，”露比说，“我喜欢这个名字。这是西班牙语吗？我对语言很感兴趣。我有一个印尼笔友。”

艾伯丝把左边的眉毛擦掉，重新画了一遍：“好点儿了吗？”

露比看看她：“好点儿了。”露比又看了看她，“这样你像是挑着一边的眉毛，好像对什么事情不太满意。”

“差不多就行了，”艾伯丝说，“进去吧。”

“你的朋友是男生吗？‘埃尔’一般代表阳性。”

“我不确定。”艾伯丝说。

“我学校里有个老师也是这样。”露比说。

“什么样？”艾伯丝说。

“变性人。”露比说。

“不，不是那样的，”艾伯丝说，“我的朋友是只鹦鹉。”

“哦，哇，你养了一只鹦鹉！我能看看吗？”

这时她们走到了门口，艾伯丝的校友会负责人让娜向她们走来。“莱文太太，你好！多谢你参加这次活动！”校友让娜大声说道。

让娜身穿松松垮垮的黑色羊毛开衫和松松垮垮的黑色连衣裙，松松垮垮的衣物仿佛是她抵御外界的屏障。长发凌乱，用椰子油洗过但没有染色的让娜；脚踩实用的木底粗跟拖鞋的让娜；身上散发着昂贵香皂味却从不用香水的让娜；在校友会里为高档玻璃杯和标价虚高的旅行大把投钱的让娜；养了两条惠比特犬、两只小猫或是几只乌龟的让娜；只购买公平贸易巧克力的让娜；加入一个没人能读完一本书的读书会的让娜；主要靠游泳锻炼身体的让娜；不穿牛仔裤，只穿有机纯棉宽松长裤的让娜；暗恋议员先生，并对他与实习生所做的勾当永远无法释怀的让娜。艾伯丝认识形形色色的让娜。她真羡慕那些让娜啊。

“让娜，再次见到你真是太好了！”尽管艾伯丝并不记得自己以前见过这个让娜，但是明智的做法是永远假设你之前跟这个人见过面。无论出于什么原因，被人认错总比被人忘得一干二净要好些。

“那天多棒啊。”让娜说。

“太棒了，太棒了。”艾伯丝应和道。

“那天气！”让娜说。

“那天气！”艾伯丝笑着说。

“那天气！”露比模仿道，接着她用手捂住了嘴，“抱歉，”露比说，“被你们俩一描述，我感觉自己也身临其境。”

校友让娜看了一眼露比：“你是谁？”

“她是我的辅导对象，是……”艾伯丝努力回忆项目的名字。

“是未来女子领导人项目的成员。”露比接上话茬。

“FUGLI项目。”艾伯丝说。

“是写成fugly吗？”校友让娜问，“真是个倒霉的名字。”

“其实我们不会这么说。严格地说，是FGLI，”露比解释道，“不过FGLI的口号是‘拥抱丑陋’。我们的社会长久以来都在通过‘相貌丑陋’的评价抹杀女性的声音，剥夺女性的自信心。所谓拥抱丑陋，就是在说，我们不在乎自己在外人眼中是否光鲜靓丽。我们自信强大、聪明睿智，这才是最重要的。”

露比小大人似的伸出手，校友让娜握了握她的手。

“真是个了不起的小姑娘。”校友让娜说。

在这个下午与你们相聚，我感到无比荣幸……

艾伯丝演讲的内容其实还是她讲了十五年的那份，只是略作了些修改。她甚至不用看稿子就能背出来；她能一边做下犬式一边背出来；她能一边与丈夫做爱一边背出来，不过这种情况非常少见——她受到邀请作演讲的次数比她与亚伦做爱的次数多得多。

……**我从没想过放弃工作。我父亲是新泽西州米尔本镇的鲟鱼大王。我母亲是造桥的，就是字面意义上的造桥的人，所以她算得上是个城市建筑师。**

（停顿一下，等观众笑完。）

她享受在讲台上独处的时间。孑然一身，却又处在众人的陪伴之下。她望向观众席，那是一片柔软、模糊、毫无特征的人山人海，她想知道这当中有多少女人对自己丈夫的爱比得上她对亚伦的爱。没错，真是讽刺中的讽刺啊！艾伯丝还爱着亚伦。

……**我曾是一名职业母亲，我为此十分自豪。“职业母亲”这个词很有趣，“职业”变成了形容词，“母亲”则是名词。我**

们不会说“员工母亲”，更不会说“母亲员工”……人们想让你牺牲工作，转而强调母亲的身份。我的确为我的孩子感到自豪，但我对自己的工作也同样自豪……

这么多年来，有多少人说过他们的婚姻是“政治婚姻”？没错，这的确是一场政治婚姻，但这并不代表她就不爱他。她想知道她们当中有多少人的丈夫出过轨，她想知道她们当中有多少人在丈夫出轨之后原谅了他。

……最先想到的话题通常是女性的选择权或者性骚扰，但我认为最重要的女性问题在于工资差距。我坚信其他一切不平等都是由这个问题衍生出来的……

说实话，丈夫出轨并不算太痛苦，痛苦的是丈夫公开出轨，是顶着“蒙受委屈”的帽子，是在他道歉时温顺地站在他身边，是搞清楚自己该把目光投向何处，是选择一件得体的西装外套。什么样的西装外套才能传达“支持”“女权”“坚强”“乐观”的信号呢？哪件该死的外套有这个本事呢？十五年过去了，她依然在揣摩这些人会不会暗中对她评头论足，因为她在“阿维娃门”事发之后仍然留在他身边。

……不过你们都知道那些统计数据……

她心想，不知她在J.Crew看中的那件夏季薄羊毛衫是否还在打折。

她心想，不知她的眉毛有没有被汗水洇掉。

她心想，不知该拿露比怎么办。

……为我们的儿子感到自豪。他们的确非常优秀，都是年轻健壮的棒小伙，这可不是我偏心自夸（停顿一下，等观众笑完。）。**但我是否认为他们的工资应该比同样优秀的年轻姑娘高出百分之二十呢？我不这么认为！**

她很喜欢这个女孩，但她很清楚，她今天不可能让露比与亚伦见面，这个星期不行，这个月也不行。亚伦必须把心思放在竞选上。最好的办法就是把这女孩打发到她那个白痴外婆——瑞秋·格罗斯曼那儿去。运气好的话，塔莎现在应该已经找到她的电话号码了。

……真正的信念是，即便一件事对你不利，你仍然能够分辨是非。我既是这样教育儿子的，也是……

还有，阿维娃·格罗斯曼在竞选镇长？从某种角度来说，艾伯丝不得不佩服这姑娘的胆识。她已经多年没想起过她了，起码从没考虑过她的前程。

……作为一位母亲，对我最高的赞誉就是我教育出的儿子是女权主义者……

在她的印象中，阿维娃永远停留在2001年，二十一岁，风流成性，情感极不成熟。她从没想象过她作为一名母亲的形象，更别提公职候选人了。

……我首先是一个女人，其次才是一位母亲；我首先是一位女权主义者，其次才是政治人物的妻子；我……

她看见那女孩的第一眼就知道她是个麻烦。艾伯丝记得最清楚的是她的嘴，一张大嘴，双唇微微噘起，涂着扎眼的红色口红。她手里拿着一罐健怡可乐，拉环孔周围还残留着口红印，丰满的身材把身上那件质量不错的减价西装绷得紧紧的。不过，许多实习生穿的衣服都是这样。她们的职业装来自姐姐、母亲、朋友或是邻居，不合体的剪裁暴露了衣服的来源。

不过，那倒不是她第一次见她。她们曾经是邻居。

掌声响了。

演讲结束了。校友让娜向艾伯丝表示感谢，宣布现在进入提问环节。艾伯丝为什么答应安插提问环节来着？她现在只想睡上一觉。

一个灰白头发的女人站起身来，她身穿松松垮垮的灰色羊毛开衫、松松垮垮的灰色裤子。瞧这些衣服，艾伯丝心想，这些女人穿得像是在参加精神病院里的葬礼。实际上艾伯丝自己也是这么穿的。

女人问："听了你的演讲，我觉得你非常有智慧。你打算什么时候参加政治竞选呢？一个家庭里难道不能有两位政治人物吗？"

艾伯丝向她报以公开场合的惯用笑声。心里想着私下开的玩笑：这个家庭里可能已经有两位政治人物了。

放在从前，这样的问题会让她如沐春风。很久以前，她的确怀有这样的抱负，在她心中如同烈火。她敦促亚伦不断前进，而他真的成功以后，她却对他心存怨言。不过话说回来，政界里实在找不出比政治人物的妻子更糟糕的工作了。说实在的，没有哪种工作比这付出更多，报酬更少——也就是根本没有报酬。“阿维娃门”闹得最凶的时候，她参加了一场关于贩运人口的政界女性座谈会，幻灯片上列出了一些问题，用来判断一个人是不是遭到贩运的人口。问题有：（1）你的工作有报酬吗？（2）你有独处的时间吗？（3）别人提问时，有人代你回答吗？（4）你可以随心所欲地离开住所吗？等等。按照她的答案判断，艾伯丝觉得自己很可能也是遭到贩运的妇女。

“我不是希拉里·克林顿，”她对人群说道，“我没有精力再应对一轮选举。我不想出差，近来更是没兴致出门。顺便说一句，我会为她投票。除了她，我还能选谁呢？”

图书馆没有后台休息室，因此他们把艾伯丝的随身物品存放在一间杂乱狭小的办公室里。艾伯丝刚打开手机，乔治的电话就打了进来。

“演讲如何，很棒吧？”他问。

“还好，”她说，“投票呢？”

“还没结束，”乔治说，“他晚些才能回来——大约只晚一小时。”

“真是出乎意料。我们究竟为什么要办这场宴会来着？”

“他从机场直接去酒店，你最好帮他把礼服带上。我会乘原定航班回来。”乔治说。

“为什么？”艾伯丝问。乔治和亚伦通常一起飞。

“没必要付两次改签费。再说我也不想错过宴会的开场，”乔治说，“还有，如果你有空的话，我想单独和你说句话。”

艾伯丝很清楚这是怎么回事。下个星期的选举过后，乔治想要辞职。艾伯丝知道这是迟早的事——他陪伴他们快二十年了，没人比乔治对亚伦更忠心——话虽如此，她一想到乔治离开后的局面，不免心生畏惧。她知道还会有新的乔治，但她真心害怕向陌生人敞开心扉。

“那个女孩和你在一起吗？”乔治压低声音问。

“对，她在吃午饭。”艾伯丝说。

“她什么样？”乔治问。

“她十三岁，是个女孩，卷头发、绿眼睛。她很多话，”她说，“看她的举止不像个骗子，而且也不像阿维娃。”

“谢谢你，小艾。你愿意照看她，真是个大好人，更别说是在你结婚纪念日当天。我简直不敢想象那是什么状况。”

“是啊，我是个大好人。”她疲惫地说。

“大好人！大好人！”埃尔梅德说。

“其实我并不反感有她陪我。你告诉亚伦了吗？”艾伯丝说。

“还没有。你想让我告诉他吗？”

“不。先等等，看看这究竟是怎么回事。假如不是什么大事，就没必要惹他心烦。”

又打进了一个电话。

“我得接一下，”她说，“是亚伦。”

“你今天怎么样？”亚伦问。

“还好。”她说。

“有什么新鲜事要告诉我吗？”

“不知是谁寄给我们一个天使，”艾伯丝说，“一个女里女气的劣质犹太小天使。我猜是结婚纪念日礼物，但是不知道是谁送的。”

“真奇怪。”亚伦说。

又打进了一个电话。是塔莎。

“我得接一下。”艾伯丝对亚伦说。

“正好我也该回去了。我只是想听听你的声音。爱你，小艾。”

“爱你。”

艾伯丝切换到塔莎的电话线。

塔莎说她找到了瑞秋·格罗斯曼的电话：“现在她叫瑞秋·夏皮罗。”

艾伯丝挂断电话，拨了瑞秋·夏皮罗的号码，但是没有点“呼叫”。她把手机放回包里，出去找露比。

露比正和校友让娜相谈甚欢。

“哦，天啊，艾伯丝，这个FGLI项目听起来棒极了！”校友让娜说，“露比刚刚正给我讲呢。我有个侄女，这个项目正适合她。”

“他们明年不开展这个项目了。”露比说。

“资金问题。”艾伯丝做了个夸张的沮丧表情，说道。

“或许我能帮上忙？”校友让娜说，“我的强项就是组织非营利性项目。”

“那你一定要给我写封邮件。”艾伯丝说。

到场的女人们向她的演讲表示感谢，艾伯丝“不必客气”得嗓子都哑了，脸也笑得发酸。演讲成功时，退场需要的时间总比她预计的更长。有的人想合影；有的人想给她讲自己母亲的故事；有的人往她手里硬塞进一张名片；有的人打听她的儿子是否已有婚配。从大厅到停车场几百米的路，可能要走上一个小时。艾伯丝不敢怠慢她们，她需要这些女人为亚伦投票。

艾伯丝和露比回到车上的时候，艾伯丝已经筋疲力尽。她并不是个害羞的人，但她也不是天生外向的人。

“我在想，露比，”艾伯丝说，“我们两个今天都逃班，怎么样？我是说，这是你第一次来迈阿密，我们一起出去玩吧。你喜欢海滩吗？”

“不喜欢。”露比说。

“我也不喜欢，”艾伯丝说，“我这么说，只是因为到佛罗里达来的人大都喜欢去海滩。”

“我算是个书呆子。”露比说。

“我也是，”艾伯丝说，“那你想做什么？”

“这样啊，我想见见你的鹦鹉，”露比说，“我从来没见过会说话的鸟。”

“埃尔梅德很怕生。它不太喜欢抛头露面。”

“好吧……那，我们去看电影怎么样？”露比说。

“你是觉得我想去看电影，所以才这么说的，你不必这样。”艾伯丝说。

“我的确是因为这个才想起来的，”露比承认，“但我自己也想去。摩根夫人说：‘女人永远不该为了讨好别人而放弃自己的喜好。’”

“摩根夫人说得对。”艾伯丝说着发动了汽车。

唯一一部时间合适的电影是部超级英雄电影。她们买了最大份的爆米花和饮料，预告片还没结束，艾伯丝就睡着了。她做了个奇怪的梦，梦见自己是一棵枝杈茂密的参天大树，似乎是橡树，伐木工人正在砍伐她。眼看就要被伐倒了，她理应惊慌失措才对，然而她并不慌张。那种感觉甚至有点儿舒服，像是有人在为她按摩。被小斧子砍击的感觉。被砍伐的感觉。

影片结束后，露比戳戳艾伯丝。“我错过了什么？”艾伯丝说。

“他们拯救了世界。”露比说。

“我一猜就是这个结局。”艾伯丝说。

她们离开电影院时，大厅里站着一名穿紧身短裤的警察，双腿晒得黝黑，卷曲的黑色腿毛模糊成一片。露比悄悄观察了一阵，乐不可支。“佛罗里达的警察居然穿短裤！”

“没错。”艾伯丝说。

警察正拿着手机给经理看照片，经理指指露比：“就是她！”

露比开始往后退。

“你是露比·扬吗？”警察说。

“我以为你姓格罗斯曼。”艾伯丝说。

“就是，”露比说，“我妈妈改姓了。”

“你妈妈非常担心你。”警察说。

“她怎么找到我的？我手机关机了。”

“她通过‘寻找我的iPad’查到了你的下落。”

“还有‘寻找我的iPad’这种东西？这……”露比把剩下的爆米花朝警察一扔，撒腿就跑。不过她没有往外跑，而是跑进了卫生间。

艾伯丝和警察向卫生间走去。警察掸掉头发里的爆米花：“你是谁，和这件事是什么关系？”

“我谁也不是，”艾伯丝说，“和这件事无关。”

“你是个成年人，而且跟一个报案失踪的孩子在一起，”警察说，“依我看你脱不了干系。”

“我可不是变态，”艾伯丝说，“我叫艾伯丝·巴特·莱文。我是一名律师，也是国会众议员莱文的妻子。这个小姑娘到我丈夫的办公室来，想要见他，但他在华盛顿，晚上才回来。”

“所以你就把一个十三岁的小女孩带到电影院去了？”警察说，“你对待每个到你丈夫办公室来的素不相识的小孩都是这样的吗？”

“被你这么一说，好像的确很不堪，但事情不是那样的，她是我朋友的孩子。”艾伯丝说。

“你之前可没说。”

“我们才刚刚开始谈话，”艾伯丝说，“露比的外婆以前和我是邻居，瑞秋·夏皮罗，你想核实的话可以打电话问她。”

“我会问的。”警察说。

他们走到电影院的卫生间门口。“我要进去了，”警察说，“你在门口等着。”

“你要进女卫生间？”艾伯丝问。

警察停下来：“这不违法，而且这里是案发现场。”

艾伯丝翻了个白眼。“先让我进去，”她说，“我是认真的，这个孩子很喜欢我，我会让她乖乖出来的。何必把事情闹大呢？”

艾伯丝走进卫生间。在隔间底部没看见腿。

“好了，露比，出来吧，别闹了，”艾伯丝说，“我知道你躲在马桶上面。别逼着我一扇门一扇门地找。公共厕所差不多是全世界最脏的地方，我现在免疫力很差。”

“我不能出去，我还没见到议员先生呢。”露比说。

“唉……你见到了我啊。现在我们是朋友了，也就是说，你以后可以见到议员先生。我可以帮你安排。但你必须跟警察回去。”

“你怎么知道我躲在马桶上？”露比说。

“因为我曾经花了很多时间躲在厕所里不见人，行了吧？常见的办法就是蹲在马桶上面。”

“你要躲谁？”露比问。

“哦，天啊，所有人。出资人、我丈夫的员工，有时候甚至是我丈夫。所有人，我真的讨厌所有人。”

门猛地打开了，露比满脸是泪。“我还没见过埃尔梅德呢。”她说。

“露比，要是我告诉你一个跟埃尔梅德有关的秘密，你能答应我一件事吗？”艾伯丝说。

“可能吧。”露比说。

“好样的，”艾伯丝说，“在你搞清楚是什么事之前，千万不要随便许诺别人。”

“里面怎么样了？”警察大声喊。

“等一下。”艾伯丝也大声喊。

“我先告诉你要做什么事，然后再告诉你埃尔梅德的秘密，行吗？”艾伯丝急切地说，“我从来没告诉过别人。”

露比点点头。

“你知道下个星期就要竞选吧？我想拜托你，不要对警察说议员先生有可能是你父亲。我们现在还不确定他是不是。你妈妈也不承认他是你父亲。假如你到这里来的消息传出去，他和我都会惹上大麻烦的。你能答应我吗？这绝对是帮了我的大忙。”

露比又点点头：“我明白。那我应该说什么呢？”

“就说你到佛罗里达来找你的外婆，瑞秋·夏皮罗。”

“好了，时间到了！出来吧，露比。”警察推门而入，把手搭在露比肩上。露比使劲挣脱了。

“埃尔梅德的秘密是什么呢？”露比问。

“我差不多有百分之九十三的把握它不是真的。”艾伯丝说。

“没关系，”露比说，“我曾经有个朋友是盏台灯。”

警察转向艾伯丝：“我和你还没完事呢。你坐车跟我去趟警察局，行吗？”

她大可据理力争——辩论是艾伯丝的强项——但眼下，争论可能会导致她被捕，亚伦可受不起这个。

他们把露比带到了警察局，艾伯丝坐在等候区。她给乔治打了个电话，直接转到了语音信箱。“乔治，我现在在警察局。宴会我可能会迟到，说来话长。你能不能到我家去把亚伦的礼服带上？要是玛格丽塔也在的话，让她从我衣橱里选条裙子。要是她不在，你就随便帮我选条看着合适的。只要不是藏蓝色就行，我再也不想穿藏蓝色了。还有，麻烦你帮我把假发带上，我今天没腾出空去美发店。我们在酒店集合。”

警察走出办公室，朝艾伯丝走来。“你可以走了。”他说。

“怎么回事？”艾伯丝说。

“她母亲，简，为你作了担保。她外婆已经在路上了，来接她，”警察的语气里略带些不可思议，“以后别再不经过家长允许就带十三岁的小女孩出门玩了。”

“我想和露比说句话。”艾伯丝说。

“我又没拦着你。”他说。

艾伯丝走进办公室。“我猜现在该和你道别了，”艾伯丝说，“我想我最好在你外婆赶到之前离开。”

“可我还没见到议员先生呢！”露比压低声音急切地说。

“我知道，”艾伯丝说，“我很抱歉。我刚刚和他通了电话，他的飞机晚点了，而且今晚我们要举办结婚纪念日的宴会。我们结婚三十年了，你知道吗？”

“那宴会结束之后呢？”露比说。

“宴会要到午夜，甚至更晚才能结束。也许我们可以明天下午再做安排？”艾伯丝说。

“我妈妈让我明天一早就飞回去！”露比说，“我这次麻烦大了，而且我花掉了自己一半的积蓄，想办的事情却一件也没办成。”

艾伯丝做了个伤心的表情：“真对不起，露比。我们这个星期太忙了。”

露比哭了起来——鼻涕眼泪流了一脸：“你真的会让我和他见面吗？”

“我……”艾伯丝说，“说实话，我也不知道。我必须先和他谈一谈。”

“要是我告诉警察，是你绑架了我，那议员先生就必须来接你。”露比说。

“求你不要这么做。”艾伯丝说。

“要是我告诉警察，你是个变态……”

“露比！”

“我不会那么做的，”露比说，“我只是想见他一面。我只是想亲眼看看，”露比把头埋在她大腿上，“每个人都讨厌我，”她说，“要是我和他是亲属，那我就有名分了，也许他们就不会那么讨厌我了。”

“露比，”艾伯丝说，“生活不是这样的。我嫁给了他，每个人都喜欢他，然而好像并没有人喜欢我。”

“我妈妈说他不是我爸爸，”露比说，“她说那是一次‘一夜情’。意思就是你跟一个人睡一夜——”

“我知道那是什么意思，”艾伯丝说，“露比，你妈妈说得对。议员先生告诉过我，他不是你父亲，尽管我很抱歉，但我还是得告诉你，他并不想见你。”

露比严肃地点了点头。

“可我觉得他和我长得很像。他长得和我非常像。这应该是真的啊。”

埃尔梅德从敞开的窗户飞进来，落在艾伯丝的肩膀上。

“真的！真的！”埃尔梅德说。

“嘘！”艾伯丝说。

“宴会！宴会！”埃尔梅德说。

“它来了，是不是？”露比说，“埃尔梅德？”

鸟儿向露比飞去，落在她前臂上。

“你能看见它吗？”艾伯丝问。

“不能，”露比说，“但我能感觉到它。它的羽毛是什么颜色的？”

“它的头是红色的，身体和翅膀是绿色的，翅膀尖是蓝色的。它长着绿色的眼睛和粉红色的嘴。它非常漂亮，而且稍微有些自傲。”

埃尔梅德依偎在露比胸口蹭了蹭。

“真希望我能看见它。”露比说。

“真希望我看不见它。”艾伯丝说。

“你觉得它有什么含义呢？”

“我尽量不去想它的含义。我猜它的含义就是我是个疯子，或者我很孤独，或者两者都有。”

警察走进了办公室：“你外婆在外面。”

露比用袖子擦擦眼睛。“你认识她，”她对艾伯丝说，“你能介绍我们认识吗？”

“我们可算不上好朋友。”艾伯丝说。

从前的瑞秋·格罗斯曼和她的朋友罗兹·霍洛维茨站在等候区。面对来者，一脸刚毅的瑞秋·格罗斯曼眼里含着泪水。这些女人从来就没喜欢过我，艾伯丝心想，不过，也许这种别人不喜欢她的想法和埃尔梅德一样，都是幻觉？艾伯丝摆出政治人物妻子的灿烂笑容：“罗兹！瑞秋！见到你们真是太好了。这位是我的朋友，露比·扬小姐。”

露比向前一步——扬起下巴，挺起胸脯。“你们好，”她说，她捏了捏艾伯丝的手，悄声说，“Fugli永不变。”

艾伯丝叫了一辆优步，赶往举办宴会的酒店。她明天早上再去电影院的停车场取车。司机在后视镜里打量着她。

“你长得有点眼熟。”司机说。

“经常有人这样说，”艾伯丝说，“我长了一张大众脸。”

司机点点头：“是啊，不过你是有身份的人，是不是？”

“算不上。”艾伯丝说。她看看手机，乔治发来了一条短信：别担心。我已经在路上，东西都拿好了。酒店见。这条短信给她提了个醒，应该和司机攀谈一番。她最近读过一篇文章，说司机也会给乘客打分，这在她看来实在荒唐。对服务生、司机之类的人，艾伯丝通常以礼相待，但她并不是每时每刻都处在精神焕发的状态。难不成每件事、每个人、每个行为都需要评分？“我不是名人，”她说，“但我嫁给了名人。”

“是吗？”他说，“别卖关子了。”

“我丈夫是国会众议员莱文，”艾伯丝说，“代表佛罗里达州第二十六国会选区。”

“我不关注政治。他进入国会很长时间了吗？”司机问。

“十届任期了，”艾伯丝说，“他今年要竞选连任，据我所知，我丈夫非常关注优步，他认为优步公司应该为所有受雇的司机交纳雇佣税。”

“没登记参加投票。不在乎谁当选，”司机从后视镜里打量着她，“我不是因为这个认出你的。你长得和我前妻的姐姐一模一样。不折不扣的贱人，但是身材真辣啊。”

艾伯丝不知该作何反应。难不成他还指望她向他道谢？她想了想，要不要教训教训他，教教他怎么和顾客、和不相识的女性交谈。艾伯丝对此早已经麻木了，但她不愿想像露比那样的孩子被轻易地暴露在这样的厌女情绪之下。不过说到底，这一天里发生的事情太多了，与其跟司机当面对质，不如盯着手机看十二分钟来得容易。抵达目的地之后，她给他打了一颗星。

乔治在宾馆前面的停车环岛等她。她看见他手提服装袋，站在一棵棕榈树下，身着礼服，却奇迹般地没有汗流浃背。

“还没有人来，”他说，“你有足够的时间换衣服。”

“亚伦在路上了吗？”

“他的飞机延误了。他九点半应该会到这儿。”

“晚了一个半小时？真不赖，”艾伯丝说，“你怎么从来都不会出汗呢？”她问。

“呃……我也出汗，”他说，“我内心其实充斥着毒素和怒火。”

他们上楼来到她的房间，艾伯丝走进卫生间，化了妆，把眉毛画得格外认真。她大声问乔治："塑形内衣你带了吗？"

"你用不着。穿连裤袜就行了。"乔治说。

"塑形内衣是重中之重，乔治。"艾伯丝说。

艾伯丝把裤袜拉高，效果虽然不及塑形内衣，但还算凑合。

她戴帽子似的戴上假发，然后穿上一件露肩的黑色礼裙。

"这条裙子我不知买了多久了。"她大声说。

"现在又流行回来了，"乔治说，他对这种东西总是很有见地，"一切旧物件最终都会重新成为新物件。"

她戴上一条白金项链，已经记不清那是亚伦在什么场合送给她的，穿上二寸高的鞋子——她如今只能穿这么高的鞋——看了看镜子中的自己。

尽管省略了至关重要的塑形内衣，但乔治这套衣服选得很好。他办任何事都不会出差错。

她走出卫生间，发现他已经鼾声大作，睡倒在床上。她望着乔治安详的脸，不禁有些伤感。他让她想起了亚伦，只不过他比亚伦更好。他比亚伦更好，是因为他从来没有让她失望过。她多舍不得让乔治走啊！

艾伯丝把他戳醒。"我准备好了。"

"不好意思！"乔治说，"我睡着了。"

"你想和我谈谈吗？"艾伯丝说，"我们好像还有几分钟。"

“对，”他说，“我还没完全睡醒，稍等一下。”乔治坐起身，刚刚睡的这一觉让他看上去年轻了不少，甚至有些难为情，“我实在很难开口……”他说。

“我替你说吧，”艾伯丝说，“选举结束后，你想离开我和亚伦。是时候了，乔治。是时候让你亲自竞选公职，或者到私营企业去大显身手，前提是你想这样做。是时候让你为自己打拼了。我们很舍不得你，但我们也会全力支持你。如果你参加竞选，我们会帮你筹款，帮你拉票，帮你组建团队。你对我们来说就像儿子一样，你一定要清楚这一点。”

“小艾，你这么说真是太客气了，但是事情不是——”

“这是我们应该做的，”艾伯丝说，“没有人比你对亚伦更忠诚。”

艾伯丝不擅长跟人拥抱，但她揽过那个仍然带着孩子气的男人：“还有别的什么事吗？”

“那个小女孩的事怎么样了？她叫什么？露比？”

“哦，还好。我觉得亚伦不是她父亲。露比——这是她的名字——很希望他是，但格罗斯曼说那只是场一夜情。说到底，没什么可担心的。”

组织这场宴会的过程主要靠否定法。客人共有二百五十位，因为这是他们在不得罪人的前提下能够邀请的最低人数。雇来的著名厨师准备了配有泡沫的菜品，因为现在泡沫正流行，这一季的趋势就是风味十足、没有实质——谁都不可能吃撑，每个人回家时都还饿着肚子。他们雇了一位DJ，因为尽管DJ很俗气，但请乱七八糟的乐队来翻唱更让人倒胃口。装饰花篮由草本植物和多肉植物组成，因为艾伯丝不希望任何东西——哪怕只是一朵花——因为这场宴会而毫无必要地死去。

这场宴会和筹款晚宴别无二致，不过艾伯丝很确定，如果有满满一间房的支票簿在等着亚伦，他肯定会更“准时”一些。

当然了，在场的也有出资人。他们最忠实、最大手笔的出资人是一定要邀请的。要是有人以为艾伯丝和亚伦会不请他们就举办宴会，那他绝对是最大的傻瓜。还有什么人能比一位忠实的出资人与你更近、更亲呢?

“我知道今晚是你放松休息的日子，我也非常不愿意对你提要求，但你能不能去陪阿特舒勒夫妇聊聊？”乔治说，“他们有点坐不住了。”

艾伯丝走到坐不住的阿特舒勒夫妇身边。“艾伯丝，”阿特舒勒太太说，“你气色真好。今晚的宴会好盛大啊。”

“有那么一段时间，我们还以为你们俩过不下去了。”阿特舒勒先生说。

“贾里德。”阿特舒勒太太责备道。

“怎么了？我这话说得没错。婚姻本来就不是给软弱、怯懦的人准备的，这小艾也知道。”

“我知道。”艾伯丝说。

宴会协调人莫莉突然不知从哪里冒出来，一把抓住艾伯丝的手。莫莉的特长好像是隐身和突然袭击。“吃的不能再拖了，”莫莉对她耳语道，“主厨何塞快要疯了。”

“不好意思，”艾伯丝对阿特舒勒夫妇说，“主厨何塞快要疯了，”艾伯丝吻了吻阿特舒勒太太的面颊，“我们最近会请你们来做客。”

晚餐上桌了，可是每当艾伯丝想坐下吃饭，乔治就会叫她去和另一位客人寒暄。等艾伯丝陪完一圈回来，主厨何塞的神奇泡沫早就融化了，她的盘子也被人收拾一空。

主厨何塞过来和她打招呼。

“吃得还好吗，艾伯丝？”

“太棒了，”她说，“谢谢你做的一切，何塞大厨。你对我们真是太好了。”

“为议员先生做什么我都没有怨言。我只是有点失望，他自己没吃到。”

“要投票，实在走不开，”艾伯丝当晚第一百次说道，“我一定会告诉他这顿饭有多美味。他保证后悔得不得了。”

“一定要仔仔细细地告诉他有多好吃，羡慕死他，”主厨何塞说，“你最喜欢哪部分？”

“泡沫。”艾伯丝说。

“哪一份呢？”主厨何塞问。

“我最喜欢的是山葵香草，”莫莉突然又出现在艾伯丝身边，说道，“艾伯丝，我知道原计划安排了切蛋糕的环节，但我认为还是直接上桌比较好。你和议员先生可以在跳开场舞之前倒香槟敬酒。”

“让大家吃蛋糕吧。”艾伯丝说。

晚上9:30，他原定的预计抵达时间已经到了，亚伦仍然没来，没办法，只能腾出舞池开始跳舞。9:33，他发来一条慌乱不堪、错字百出的短信，说他的飞机降落了，他只需要短短的四十五分钟就能赶到。莫莉提醒艾伯丝再次修改宴会安排。时间太晚了，艾伯丝应该发言了。

“看上去有点奇怪，”艾伯丝说，“这明明是结婚纪念日宴会，却只有我一个人发言？”

“等议员先生赶到时，”莫莉说，“我会让DJ播放你们的纪念歌曲，我们到时把舞池清空，由你和亚伦共舞。对了，你们想好要用哪首歌了吗？我把《与你的他并肩》准备好了。”

“乔治和我之前只是在开玩笑。”艾伯丝说。

“我知道，”莫莉说，“那用什么歌？”

“范·莫里森的《疯狂的爱》，”艾伯丝说，“没错，我们就是老古板。”

莫莉给调音师发了条短信。

艾伯丝隐蔽地把手伸到假发下面，挠挠后脑勺的头皮：“我还是觉得我一个人发言显得很奇怪。”

莫莉给艾伯丝倒了一杯香槟。“我是专业人士，相信我，只要宴会的主人不把气氛搞得奇怪，宴会上发生什么事都不奇怪，”她说，“不过我相信你早就明白这个道理。”

“我的出场歌曲想用《这是我的聚会（我想哭就哭）》。”艾伯丝说。

“讽刺意味，我明白，”莫莉说，“我会安排的。”

“对了，怎么才能成为一名活动策划人？”艾伯丝问。

莫莉被这个突如其来的私人问题问得一时摸不着头脑。

“我认识一个女孩，她也是个活动策划人，我想知道做这一行的人都是怎么入行的。”艾伯丝说。

“我在康奈尔大学读的是酒店管理本科学位，”莫莉说，“我该去通知调音师了。”

艾伯丝伴着莱斯利·戈尔的少女哀歌出场，缓缓迈动舞步，空做了几个不成样子的恰恰舞动作。她尽量表现得欢快俏皮，希望自己看上去一点都不在意。埃尔梅德在她肩上，可是它一言不发。音乐声渐息，DJ说，莱文太太想说几句话。

艾伯丝放眼望向人群，黑压压的一片，她看不见阿莱格拉，看不见玛格丽塔，看不见乔治，看不见辉医生，她谁都看不见。“亚伦说他马上就到，”艾伯丝说道，“啊，这就是嫁给政治人物的生活常态，你的丈夫永远马上就到。”

人群对她报以热情的笑声，可这其实不能算是一句玩笑话。

过了一会儿，人群忽然自发地从中间分开了，亚伦从穿过人群向她走来，如同摩西分开红海。

“我来了，”他声音洪亮，灰白的卷发在聚光灯的光芒中闪动，“我来了，艾伯丝·巴特·莱文，我今生的挚爱！”

人群发出羡慕的感叹声。

艾伯丝痴痴地笑。他英俊依旧。她甘愿随时原谅他。她多么爱那个男人啊。

也许她一生的羁绊就在于此。为了他，她撒谎过，受骗过，委屈过，也曾自我蒙蔽过。她竭尽自己所能，保护他不受外界纷扰，保护他不受露比——世界的毁灭者——的打扰。倘若有人为艾伯丝著书立传，他们对她唯一的评价就是，她对亚伦·莱文的爱超越了世间任何一个女人。

他走到麦克风旁，紧紧握住她的手，俯身凑近她，埃尔梅德早已不知飞往何方。他献上一吻，在她耳边轻声问道：“我错过了什么？”

V

抉　择

阿维娃

1

你的名字叫阿维娃·格罗斯曼。你二十岁，在迈阿密大学读大三（飓风队加油！）。今天是你加入国会众议员莱文的竞选团队实习的第一天，他是迈阿密的一名民主党政客，代表佛罗里达州第二十六国会选区。

你干劲十足。你相信政府一定能够作出正面的转变！你对议员先生充满了信心！他的演讲十分鼓舞人心。他面容年轻、一表人才，这些其实无关紧要，不过，嘿，他长得像犹太版的小肯尼迪总没有坏处吧。

此刻你正站在寝室对着衣柜发愁。过去的一年里你穿的都是运动裤和勃肯拖鞋，所有的"高档"衣服都太紧了，因为你大一一年胖了十公斤。其实你不算肥胖，只是这时你还不知道。你可以让母亲给你买新的职业装，可她必定会对你的饮食喋喋不休。她会说："你喝的水够多吗？你是不是晚上十点以后吃东西了？"你不想听见这些话。你想集中精力投入新的工作。尽管外面的气温有32摄氏度，你还是穿上了黑色连裤袜。

翻到第2页。

2

这时候塑身内衣还没发明，除了，1999年的春天，你只能退而求其次穿上连裤袜。你选好了香肠的肠衣，努力把身上的肉挤进去。

你把三套衣服摊在加长单人床上：一条黑色弹力面料的酒会礼裙；一件藏蓝色的轻薄羊毛连衣裙，你担心它穿着会太紧，因为你已经两年多没试过把这条裙子的拉链拉上了；还有一套白衬衫和灰色百褶短裙的搭配。

~~**假如你选择黑色礼裙，翻到第4页。**~~

~~**假如你选择蓝色连衣裙，翻到第5页。**~~

假如你选择白衬衫和百褶裙，翻到第11页。

11

你选了白衬衫，因为你觉得这套衣服最有职场气质，可是你穿上后，胸前的纽扣绷得紧紧的，露出一个个眼睛形状的空隙。没时间换衣服了，你不想迟到。只要你含着胸，那些眼睛基本可以闭上。

“哇，”你的室友玛利亚说，“性感辣妹！”

“我应该换一身吗？”

“绝对不行，”玛利亚说，“不过，涂些口红。”

你胡乱往嘴上涂了口红。你对化妆并不在行，因为你很少化妆。你参加高中毕业舞会时还是妈妈为你化的妆。没错，你知道这听起来很没面子。你和妈妈十分亲近，她可能是你最好的朋友，但你并不是她最好的朋友。她最好的朋友是罗兹·霍洛维茨——她十分风趣，并且和许多风趣的人一样，偶尔有些刻薄。

你赶到新实习生的培训场地。其他的女实习生都穿着朴素的直筒连衣裙，或黑色，或藏蓝色，你后悔自己不该穿这样的裙子。男生都穿着卡其色裤子和蓝色衬衫，你觉得他们的打扮像是百视达的工作人员。

你觉得自己很醒目。迎新结束后，你走进卫生间拿了一张粗

糙的棕色擦手纸——就是只有公共卫生间才会用的那种——想把口红擦掉。结果不仅擦不掉，还把口红蹭得到处都是，这下你的妆容成了一场悲剧。你的样子像是《兰闺惊变》里的贝蒂·戴维斯，那是你妈妈最喜欢的电影之一。你往脸上泼了些水，但是依然没用。水流也麻烦得很，因为水龙头设置成了出水五秒钟就自动停止，泼上去的水好像反而把口红印在了你脸上。

会议室里，实习生们正在接受培训，如何切换电话线路、接打选民的电话。一个男生举起手，问道：“我们什么时候才能见到议员先生？”

培训人说议员先生目前人在华盛顿，但他当晚就会飞回来，等他回来的时候，你们早就走了。

“议员先生风度翩翩，不过以你们目前的级别，不会和他有太多直接的接触。”培训人说。

那天上午，提问的男生就坐在你隔壁的电话隔间。他又瘦又高，肩膀像老头似的往下溜。他言谈中夹杂着意第绪语字句，和电话另一头的人交流得似乎很顺利。他和你同龄，却让你想起了自己的祖父。

13

“我叫查理·格林。”他自我介绍。

“阿维娃·格罗斯曼。”你说。

“既然我们一起实习，你想不想和我一起吃午饭？”他问。

你之所以和他一起吃午饭，是因为他看上去很和善，是因为这样比一个人吃饭强，也因为他让你想起了你高中时的那些男同学。其他实习生好像都三三两两地交上了朋友。友谊怎么开始得这么快？你不禁在想，假如你换了一条连衣裙，情况会不会有所不同。

“你毕业以后想做什么？”吃薯条时他问你。

“我想参加一段时间的竞选。然后，也许我会自己参加竞选。”你说。

“我也是。我就想这样做！”他说，“来击掌！”

你们把手掌拍在一起。

“你是学什么专业的？”他问。

“政治学和西班牙语文学。”你说。

“我也是！”他说，“击掌两次！”

你们把手掌拍了两次。

14

“除了西班牙语文学那部分，”他说，“不过这个选择很明智。我也应该学些西班牙语。你最喜欢的总统是哪一位？”他问。

“我这么说可能会很奇怪，”你说，“你知道的，因为越战的事。不过抛开越战不谈，我真的非常欣赏林登·约翰逊。他搞政治交易很出色，而且是一位优秀的州议会议员。而且我很欣赏他学校教师的出身，还有他们家族里每个人的名字首字母缩写都是LBJ，这也很有趣。”

“就连家里的狗也叫LBJ，”查理说，“小比格犬约翰逊。”

“正是！”你说，“你最喜欢谁？”

“尽管出了很不光彩的事，但我最喜欢克林顿，”他说，“拜托你不要攻击我。”

“我也喜欢他，”你说，“我觉得人们对他有失公正。我是说，那件事情难道莱温斯基就没有错吗？人们总是讨论他们之间的权力不均衡，我猜这也算是部分因素。可她也是个成年人了，而且是她主动追求他的。总之算了，人的路都是自己选的。”

“我看好你，阿维娃·格罗斯曼，”查理说，“我觉得你应

15

该正式成为我在关键时刻电话连线的朋友，”这段时间《谁会成为百万富翁》这档电视节目正风靡，“我是说，在实习期间。”

“我有哪些职责呢？”你问。

“哦，你知道的，比如我们其中一个见到议员先生，或者惹上了麻烦什么的，我们必须替对方出头。”

“好的。”你说。

他把他的电话号码和电子邮箱地址留给你，你也把自己的给了他。

吃完午饭，你们整个下午都花在了电话隔间里，起初还很有趣，像是在玩过家家的游戏，不过很快就无聊起来。快下班的时候，实习生主管让你到她的办公室去一趟。

你走进办公室，不明白为什么自己会被单独约见。

“阿维娃，坐吧。”主管说。

你坐下了，可是你的短裙太紧了，你没法跷二郎腿，只能紧紧地把大腿压在一起。你把手臂环抱在胸前。

“第一天上班还好吗？”主管说。

“还好，”你说，“很有趣，我学到了很多东西。”

16

“好吧，我想和你谈的事情不太好开口，”主管说，“是这样的，我们对实习生的着装有规定。”

你读过那份着装规定。里面只写着“职业装束”。你发现自己脸红了，但你并不觉得尴尬，更多的是愤怒。这身衣服之所以不够“职业”，唯一的原因就在于你的大肥屁股和那对碍事的大胸。

好吧，你的确有些尴尬。

“我觉得这种事情还是尽早指出来比较好。”主管说。

你点点头，竭力忍住眼泪。你发觉自己的下巴不听话地颤抖起来。

“别这样，”主管说，“这件事没那么糟糕，阿维娃。明天你休息一天，给自己买几件漂亮、合身的衣服，好吗？”

你走出办公室，回到实习生的房间，开始收拾东西。其他实习生都走了，你眼里的泪水打翻了。

去他的，你心想，反正这里没人，还是先哭完再开车比较好。迈阿密的夜路很不好认，而谷歌地图还没发明出来。

你开始抽泣。

有人敲了一下窗户。是莱文议员。你从小就认识他。他对你

17

笑了笑。

“我们对实习生有那么差吗？”他和蔼地问。

“今天事多。”你用袖子擦擦眼睛，说道。

“阿维娃·格罗斯曼，对吗？”他说，“我们在茂林会所是邻居。”

“不，我不在那里住了。我上大学了，住寝室。”

“你长大了。”他说。

“我可没觉得长大，”你说，“在休息室里哭，被你抓了个正着。”

“你父母都好吗？”他问。

“很好。”你说。

“好，好。行了，阿维娃·格罗斯曼，我希望你工作的第二天比第一天过得好。”

你早就听说过议员先生风度翩翩。你不得不承认：他的出现让人心生暖意。

你正要走，忽然听见查理·格林叫你的名字。他一直坐在电梯间的双人沙发上等你。

18

“嘿，”他说，“电话连线朋友！你要去哪儿？”

“我要给我妈妈打电话。”你撒了个谎。

“是这样，我有个想法。我们一起看《柯南夜间秀》怎么样？我觉得你像是个喜欢看柯南的人。不过，也可能其实你喜欢的是莱特曼？你绝对不爱看杰·雷诺。”

“也可能有人既喜欢柯南又喜欢莱特曼。”你说。

“那就这么定了，格罗斯曼，”查理说，“先看莱特曼，再转去看柯南。古罗马人就是这么干的。”

你笑了起来。你很喜欢查理·格林，他就像你的勃肯拖鞋一样让人舒服。

你们抬起头，忽然看见议员先生朝电梯跑来。他的腿很长，你隐约记得在哪里读到过他曾经是撑杆跳冠军，你相信那是真的。你想象他穿着紧身田径短裤的样子。“你把钥匙落下了，”他说，“钥匙链很可爱。”

你的钥匙链是一个会转的景泰蓝地球仪，是父亲送给你的，为了纪念你和高中历史课的同学去俄罗斯的那次旅行。议员转动地球仪，你忽然发觉，与他的大手相比，父亲送给你的那个小世

19

界简直微不足道。

“谢谢。”你说。他把钥匙递给你，你的指尖与议员的指尖相碰，通过奇妙的人体神经回路，他的触碰直接传到了你双腿之间。

“既然追上你了，我在想，”议员先生说，“我不希望看见我的实习生第一天上班就哭鼻子。我更不希望格罗斯曼医生的女儿第一天上班就哭鼻子。我是说，我生活压力很大，说不定哪天就需要做心脏搭桥手术。我请你去吃些炸豆丸子什么的，楼下就有家咖啡店。他们也卖别的东西，不过我最喜欢炸豆丸子和酸奶冰激凌。”

~~**假如你把查理介绍给议员，说你们已经有安排了，翻到第23页。**~~

假如你不把查理介绍给议员——实际上，你压根儿把查理忘得一干二净——直接跟议员离开，翻到第25页。

25

你忘了查理也在。你正要跟议员一起离开，他忽然向你的电话连线朋友伸出了手。“亚伦·莱文，”他说，“你一定也是新来的实习生吧。”

查理勉强说出了自己的名字，然后说：“很荣幸见到您，先生。”

“谢谢你为我们工作，查理，”议员深邃的目光直视查理的眼睛，说，“非常感谢。”

议员建议查理也一起去咖啡店。

“我们其实已经有安排了。”查理说。

“还没说定呢。”你说。

“什么安排？”议员问，“我想知道如今的年轻人都在干什么。”

“我们打算先看莱特曼的脱口秀，再看柯南的脱口秀。”查理说。

“就这么定了，”议员说，“不过我们先吃些东西。现在才十点半，时间还来得及。”

“哇，什么？”查理结巴起来，“我的公寓很乱。我还有室

友。我——”

“别担心，孩子。我们可以在楼下吃完饭，再到楼上看节目，”议员说，“走廊那头有个电视。”

你们来到楼下的咖啡店，议员走进店门，店主鞠了一躬。“议员先生！”他说。

“您跑到哪儿去了？我们都想您了！”

“法鲁克，这些是我新招的实习生，查理和阿维娃。”议员说。

“可别让他把你们累坏了，”法鲁克说，“他经常通宵工作，每周六天。”

“你知道这个，还不是因为你的工作时间和我一样嘛。”议员说。

“每当别人问我，我就说，没人比我的议员更努力工作……只有我除外，”法鲁克说，“真不知道您哪有时间陪儿子和您那位漂亮的太太。”

“我总是在陪他们啊，”议员说，“他们就在我钱包里，在我办公桌上。”

27

议员点了一盘炸豆丸子，配上一份鹰嘴豆泥。法鲁克端来了果仁蜜饼，免费赠送。

“你们帮我出出主意，”议员说道，他上嘴唇黏了一点鹰嘴豆泥，你不确定自己该不该提醒他，却又无法移开目光，“我要向全国的女性组织作演讲，主题是男性和女性在领导人身份上的差距，以及我们应该怎样改变现状，尤其是着眼于下一代人。你自己就是个年轻女性，阿维娃。”

你点头点得过于积极了。

“你也认识不少年轻女性吧，查理？”议员说。

“我倒想认识更多呢。”查理说。

议员大笑起来：“那么，有想法吗，孩子们？”

查理说：“我觉得这和夜间档电视栏目是一回事。我特别喜欢夜间档……”

“没错，”议员说，“我发现了。”

“夜间档节目的主持人总是穿着深色西装，”查理说，“当上总统的人也总穿着深色西装。也许只要女性穿上深色西装，问题就能迎刃而解。”

28

议员看看你："你觉得呢？"

"我觉得他说得有点儿对。"你感觉自己脸红了。

"有点儿？"议员说。

"有点儿，"你说，"我不是那种，比方说，女权主义者。"

"你不是吗？"议员觉得有些好笑。

"我的意思是，我不是否定我是女权主义者。我的意思是，我认为我首先是一个人，其次才是一个女人。"你这么说是因为你很年轻，而且你对女权主义的理解是错的。你以为女权主义者就是你妈妈和罗兹·霍洛维茨那样的人。你以为她们都是对七十年代的游行情有独钟的中年妇女，旧箱子里装满各式纽扣和印有标语的T恤。"但我认为——我是说我知道——人们总是通过外表来评判女性。即便一个女人穿上深色西装，人们也不会选她做总统，他们会说她是在'模仿男人'。无论她怎么做都赢不了。"

议员去洗手间了，查理说："你和他是怎么认识的？"

"我们过去是邻居，"你说，"还有我爸爸为他母亲做过心脏手术。"

29

“哇，”查理说，“我这个电话连线朋友选得真不赖。我真不敢相信，他竟然愿意和我们在一起！说真的，他真诚恳。他对我们说的话似乎真的很感兴趣。”

你也同意。

“天啊，我原本想为参议员工作，或者在白宫工作，不过这里也很棒。”

你们回到办公室，议员先生打开莱特曼脱口秀。看到一半，他摘下领带，脱掉了衬衫，只穿着一件白色打底T恤。

“不好意思，孩子们，”他说，“别看我。这里实在太热了。”你忽然十分庆幸查理也在这里。你对一些女员工暗恋议员先生的事情早有耳闻，你想尽量避免落入这样的套路。

晚上你回到宿舍，你的室友玛利亚不在，不过这没什么不寻常的。她大多数时候都在女友的公寓过夜。你希望自己也有个女友的公寓可去。宿舍生活的新鲜劲早已消磨殆尽，空心水泥砖墙让你不胜其烦，室友那张《低俗小说》的海报在墙上贴不满五天就会掉下来；浴室拖鞋和公共浴室让你不胜其烦，门上那块可擦白板也擦不干净；东西隔三岔五就会消失让你不胜其烦，但你又

30

无法确定究竟是被人偷走了还是只是放错了地方；宿舍里的气味让你不胜其烦，体味、性爱、泥土、足球场、袜子、大麻、放了一个星期的比萨和泡面、发霉的毛巾、两个学期才换一次的床单的味道。对门的男生要是再放一遍《撞进我的心》，你就真的不想活了。那是他的泡妞专用歌曲。最糟糕的是，当你在工作岗位劳累一天之后，这些事物似乎都变得格外难以忍受。

其实你并不累，你只是想倾诉这一切。你想过给妈妈打电话，但你没有那样做。时间不早了，再说有些事情她也不会明白。

时间不早了。

你用室友的电脑查了一下自己的邮箱。她的浏览器页面停在一个博客上，博主是一个从事时尚行业的女人。最近每个人都在写博客。你读了一会儿，那个女人在博客里贴出自己穿搭的照片，把照片上的头截掉了，她在博客里发老板的牢骚，讲述她从事的行业里最香艳的经历。

这你也能做到。

你在床上躺下来，拿出笔记本电脑，决定开个博客。

你打算在博客里保持匿名，因为你想要开诚布公地谈论自己

31

的经历。你不希望这个博客影响自己未来的生活。这只是你释放压力的方式而已。

你写道：

我不过是个国会众议员手下的普通实习生。

第一天上班，我就惹上了麻烦。我偷拿了竞选用品吗？我在议员先生的选民面前发脾气了吗？我一手策划了潜入水门大厦那样的事件，又试图瞒天过海吗？

不，我的读者朋友们，我违反了着装规定。

国会实习生们是有着装规定的，我以为自己穿的衣服符合规定，可我的大胸显然另有想法……

这大概就是我想说的重点。倘若换作一个身材没那么丰满的实习生，穿上和我一模一样的衣服，她会惹上麻烦吗？我猜不会。这就说明，人们对于身材有着双重标准，国会实习生的着装规定就是一个体现。想象中的读者们，我对此有种糟糕的预感。

可我又能怎么办呢？我上大学的第一个学期胖了十公斤。难道我应该把整柜的衣服都重买一套吗？我有没有告诉过你们，实习生一分钱的工资也没有？实习的男生穿得都像技术支持部门的

邋遢鬼一样，要么我干脆也穿卡其裤子、牛仔布衬衫算了。

再说说别的，今天晚上我遇见了老大。你们知道《美女与野兽》里面那个加斯顿吗？他长得就那样，只不过肌肉更发达。

对这个故事，我的看法始终是：“贝儿，选加斯顿吧。他其实没那么糟。他英俊，富有，而且他喜欢你。他的确有点儿自负，可谁不是呢？说真的，贝儿，别和野兽在一起。那家伙独居在城堡里，暴躁易怒，他最好的朋友是他的仆人，而且还他妈是个烛台。这都是醒目的警示标啊，亲爱的。还有，我是不是忘记说了？他可是个野兽！”我这样是不是很怪？

爱你们

J.A.C.I

33

你写完了博文，又通读了一遍。

你觉得自己很风趣。

你把光标移到“发布”按钮上。

~~**假如你把它存进草稿箱，等到第二天早上再决定要不要发布，翻到第35页。**~~

~~**假如你选择删除这篇博文，翻到第37页。**~~

假如你选择发布博文，翻到第38页。

38

你趁自己还没反悔，赶紧发布了博文。你点了几次刷新，看看有没有人评论。并没有。你刷了牙，用了牙线，再回来时，有了一条评论——是条垃圾广告，说“正品$$$路易·威登$$$钱包——所有高端女人都梦寐以求的东西——点击此处”。你删掉这条评论，又修改了垃圾信息过滤设置的选项。你笑了，又有谁会来评论你的博客呢？没人知道你的博客。你考虑过关闭博客，但最终还是决定把它留下。下次想发牢骚的时候还可以用。

早上，你开车到博卡拉顿去找你母亲。

每当你想起你母亲，最先映入脑海的词就是“太”。她把你抱得太紧，吻你的时间太长，问你的问题太多，对你的体重/恋爱/友情/未来/饮水量担心得太多。她对你的爱就像人们对宗教的狂热。她太爱你了。这份爱让你替她感到难为情，也让你有些内疚——除了出生之外，你究竟做过什么事情，值得她这样爱你呢？

她很乐意为你买新的职业装。她当然很乐意。只要在她力所能及的范围内，她总是乐意为你付出。她从不直接谈及你的体重，她只会说“再大一号看着也许更时尚”，或者“裙子后面撑得翘起来就不好看了”，或者“这件夹克很好看，但是胸口的位置稍微有

点点紧”，或者“要么我们到内衣店去看看连体内衣”。你灰心丧气，无力还口。买这些衣服就是为了避免将来再被主管召见。

你不确定母亲对你身材的挑剔有多少源自你的想象，又有多少来自她实际说过的话。不可否认的是你母亲非常苗条。她长了一双舞蹈演员似的长腿，胸部紧实饱满，虽然已经四十八岁，但她的腰身几乎像奥黛丽·赫本一样纤细。她对健身抱有宗教式的狂热，她热爱她那份副校长的工作，她唯一比工作更热爱的就是健身。

作为买衣服的回报，你母亲不停地盘问你的新工作。

“看来你很喜欢在议员先生手下工作？”

你笑了：“我不是直接在他手下工作，算不上。”

“那你平时都做什么？”

“很无聊。”你说。

“我不觉得无聊！这可是你第一份正式工作！”

“我没有工资可拿，”你说，“所以这不算正式工作。”

“不管怎么说，还是很激动人心，”她说，“跟我说说，好女儿，你平时都干什么？”

40

“我接电话，”你说，“买咖啡。”

“阿维娃，别闹了，至少跟我说件正经的新鲜事，我好讲给罗兹听。”

“我做这份工作可不是为了让你给罗兹·霍洛维茨讲故事的。”

“给我讲讲议员先生吧。”

“妈妈，”你不耐烦地说，“谢谢你为我买衣服，但说实话，真的没什么可讲的。我该回迈阿密了。”

你再次上班时，那个虚伪的主管对你多了些包容。“打扮得不错。”她说。

你向她道谢，心里却瞧不起自己居然会谢她。你很想说些不留情面的话，比如“我很欣慰，我身上的肉不会再把廉价布料撑得太紧，惹得你反胃了”。

但是你没说。你想把工作做好，你不想把它搞砸，你想让你母亲有个好故事可以给罗兹·霍洛维茨讲。你把双臂抱在胸前，西装外套一点也不紧绷，像母亲拥抱着你，你险些流下感激的泪水。你在想，换作其他的女实习生，没有这样既宠溺女儿又富有

的母亲，她们面对这种情况该怎么办。

你渐渐适应了实习生的生活。你有时阅读公众来信，有时给办公室的同事买咖啡，有时为议员的演讲核查事实。现在还是1999年，你好像是办公室里唯一一个会使用互联网搜索的人。“你简直是个魔法师，阿维娃。”主管说。

人们开始管你叫“核查事实姑娘”。你成了办公室里公认的“年轻一代”，与年轻人有关的事务都是你的强项。你变得很有价值，你曾听见议员先生亲口说：“交给阿维娃去做。”你向议员先生提议创办一个博客，用来和年轻选民沟通，你的建议得到了采纳。你喜欢被人重视，你喜欢你的工作。

查理·格林邀请你去他祖父母家为他过生日。你答应了，因为尽管你近来迅速崭露头角，但查理仍然是你在办公室里唯一的朋友。

查理请你吃晚饭的那天晚上，主管问你能不能为议员作些调查。

“什么调查？”你说。

“为了他这个周末要作的关于环境的演讲，”主管说，“这

42

场演讲能否顺利进行至关重要，我相信你也清楚这一点。”

“没问题，”你说，“我明天一早就作。”你解释了查理过生日的事。

“你能不能稍微多留一阵？据我所知议员先生今晚就需要。等他赶到这里，他会详细告诉你他需要什么。”

“我可以晚饭一结束就马上回来。”你说。你其实并不想到查理家去，但你已经答应过他。

“议员先生点名要你。他对你印象很好。”主管说。

“那真的很好。”你说着，看了看手表。要是你五分钟之内还不出发，就没法准时赶到世纪村社区了。你看了一眼桌上那份查理的生日礼物：莱特曼十大排行榜栏目的整套录像带。

“查理是个好孩子，他会理解的。我们都是为了这件事，不是吗？”

~~**假如你告诉主管让他滚蛋，你要去吃晚饭，十点才回来，翻到第47页。**~~

43

~~假如你给查理打电话，告诉他你要晚些到，翻到第50页。~~

假如你不给查理打电话（你不想被他说服），留下工作（等忙完了再赶过去），翻到第52页。

52

你在格子间睡着了。你错过了查理的晚饭，主管一定是回家了，议员先生压根儿没和你说他需要什么。

你发现一只手落在了自己的肩膀上。

是议员先生。

“嘿，瞌睡虫，”议员说，“你还在这里干什么？”

你顿了一下，回了回神，然后说：“他们说你找我有事，所以我就留下了！”

“不，他们不该那样做。我还没完事呢，”他说，“我明天才能告诉你我需要什么资料。”

你摇了摇头，深吸一口气，语气比你预想的不客气得多。“好吧，那我回家了。”

“等一下，”他说，“阿维娃，怎么了？”

“对你而言没什么要紧的，可我为了留在这里，错过了我朋友的生日会。我唯一的朋友，他一定非常恨我。”

“我很抱歉。”议员说。

“不，”你说，“这不是你的错，我本该走的，我是成年人了，应该看清局势的。”

53

议员点点头。“这种态度很可贵。”他说。

“我之所以留下，是因为我想留下。我真的很喜欢在这里工作。”你说。

“所有人都觉得你很棒，”议员说，“我们那个博客得到的反馈非常好。这种思想很超前。我和艾伯丝都没预料到这样的反馈。”

有那么一秒钟，你忘了他说的是什么博客。你睡糊涂了，还以为他读了你的博客，你在想他怎么知道那是你的博客，后来你才反应过来，他说的是他自己的博客——国会议员的官方博客。“很好，”你说，“我很荣幸。”

他看着你收拾东西——你花卉图案的杰斯伯背包，你的景泰蓝钥匙链，你那支火烈鸟形状的笔——你不禁纳闷他怎么还没走。

“钥匙链很可爱。”他说。

你心想，不知他记不记得，他以前和你说过这话。

这一晚上真是糟糕透顶。

你一直在想着查理。

你对查理并没有那种好感，但你知道他对你有那种好感。尽

54

管如此，他还是你的好朋友。你们的幽默感很相似，你喜欢有他陪伴，你们还有许多共同点。你们花了许多时间讨论自己未来的竞选；讨论你应该攻读公共政策硕士学位还是去读法学院；讨论是做更高级别的实习更有前途，还是应该在低级别的实习岗位（比如你目前的岗位）寻求升职机会；讨论哪座城市更适合你们发展；讨论你们的竞选宣传语。你最喜欢和他一起创造各式各样的宣传语，比如政治这摊子很烂，正需要格罗斯曼。

实际上，你用来与他探讨未来的时间超过了世上任何一个人。

你十二岁时曾办过一场生日会，你邀请了全班同学，结果只有三个人来了，因为班上的另一个女生也在同一天举办生日会。的确，查理马上就二十一岁了，可即便如此……你想象得出查理和祖父母坐在桌边的场景。要么我们不等她了，直接开饭？查理说，不，再等等。他把这句话说了一遍又一遍，到最后他终于放弃了你。你觉得自己是个浑蛋。

你必须采取些行动，减轻头脑中的负罪感。

~~**假如你给室友打电话，问她想不想去酒吧，翻到第48页。**~~

55

~~假如你给查理打电话，真诚地向他道歉，问他想不想看莱特曼/柯南夜间秀，翻到第58页~~。

~~假如你通过吃东西麻痹自己，翻到第61页~~。

假如你亲吻一位英俊的国会众议员，翻到第62页。

62

你没考虑他那位不招人待见的太太——你早就听说过那桩婚姻只是政治婚姻，尽管你并不清楚那是什么意思。你没考虑他的儿子。你没考虑你的副校长母亲和心外科医生父亲，没考虑他们需要多么努力工作，才能让你做上这一份没有工资的实习。你没考虑在大屠杀中幸存下来的祖母艾斯德尔和姨婆梅米。你没考虑你唯一的一次性行为，尽管对方是你当时的男友，可他绝对没有征得你的同意。你没考虑自己十四岁时参加的减肥夏令营。你没考虑自己多么痛恨自己的身材。你完全没考虑你的身材。你更没考虑善良风趣的查理·格林。你甚至没有反问自己究竟想不想要议员这样的男人。

问题就在于你没考虑。你不想考虑，就没有考虑。你希望获得一些内疚之外的感受。

你向他走去，把你的嘴唇压在他嘴唇上，把你的舌头塞进他嘴里。你冒昧莽撞、无所畏惧、不计后果。你喜欢做这样的女生。

他的舌头与你接触了一秒，接着便强有力地把你的舌头挤出了他的嘴。他把你推开，把你稳在距他一臂之遥的地方。他环视四周，确认只有你们两人。

63

“我理解你的冲动，”他说，“但这样做不合适。绝不能再发生这样的事了。”

你点点头，抓起背包，朝自己的车跑去。

那天夜里，你琢磨着他那句话，“我理解你的冲动”。

他的意思是：

A．我也有吻你的冲动。

B．我理解你这样的人想要和我这样的人接吻，但我其实并没有你这种冲动。

C．总的来说，我理解人们会产生亲吻别人的冲动。

你觉得无法判定他的真实意思。尽管如此，你还是把这几个选项告诉了你的室友，她正在和女友吵架。室友认为答案是A。

第二天是星期六，查理·格林给你打来电话。

“你怎么了？”他说。

“他们非让我留在办公室。”

“我一猜就是这种事。下次给我打个电话什么的。总之算了，我奶奶还是想见一见你。”他说。

“好的。”你说。

64

“她说她可能认识你外婆。”查理说。

又打进了一个电话，你不认识那个号码，但还是把电话线切了过去。

“阿维娃，”议员说，“我希望你今天到办公室来一趟。”

通常都是主管打电话来安排一周事宜。

半个你在想议员是不是要开除你，另外半个你在想议员会不会再次吻你。

你没洗澡。你睡觉时穿的是运动裤和T恤，懒得换。你不想让自己看上去像是经过了一番修饰。你不想让自己表现出有所谓的样子。

你开车赶到办公室，双手冰凉，你一紧张就会这样。

你乘电梯上了楼，到达之后，亚伦·莱文把你叫进了他的办公室。“开着门。”他说。

他说：“我想让你找出基西米河河道改造过程中与政府作为相关的所有资料。”

“是，先生。”你说。

网络搜索花了二十分钟。基西米河是佛罗里达州最长的河

65

流，跟其他河流一样，基西米河原本的河道并不规则，而是蜿蜒曲折。二十世纪中期正是盲目乐观的时期，美国陆军工程兵部队决定利用基西米河治理洪水，而且假如河道是直的，还能为飞机导向提供帮助。真是双赢！他们挖开河道，杀死了数不清的动植物种，把河流损毁到了几乎无法修复的地步。从生态环境的角度来说，基西米河就是一场灾难。

你走进议员的办公室，向他复述了这些内容，又加了一些与后期修复所需费用相关的信息。

“真悲哀。”他说。

“真悲哀。”你附和道。

“把门关上。”他说。

你关上了门。“我一刻不停地想着你，但我有家室，有孩子，我是公众选出来的政府官员，所以这样行不通。”他说。

“我明白。”你说。

“但我还是希望我们能做朋友。”他说。

“好。”你虽然这样说，但你并没有他这个年纪的朋友，除了你妈妈。

66

他伸出手与你握手。

假如你与他握手，并再次试着吻他，翻到第69页。

~~**假如你与他握手，然后离开办公室，翻到第108页。**~~

~~**假如你不与他握手，并提出辞职，翻到第109页。**~~

69

你与他握了手。

你握住他的手，没有放手。你把他拉向自己，然后再次吻了他。

~~假如你觉得自己只是玩玩而已，翻到第71页~~。

假如你觉得自己坠入了爱河，翻到第74页。

74

在此之前你从未恋爱过，因此你并不确定自己究竟算不算坠入了爱河。

他与你过去认识的人截然不同。

他不像你同龄的男孩，比如查理·格林。

他聪明、有权势、性感得一塌糊涂。

找借口留下加班，对你而言并不难。

不，你记错了。

是找借口让你留下加班，对他而言并不难。“我需要阿维娃，”他如是说，“让阿维娃去做。”

有时候，这句话代表他确实有工作需要你完成。而有时候，这句话代表他想要的是你这个人。

直到他说出那句“把门关上”之前，你永远无法确定他想要的究竟是什么。这样的安排十分刺激。你就像是电视竞猜节目的参赛人——一号门后面究竟会是什么呢？

你猜测会不会有人起了疑心。

你更进一步，说出了“我爱你”。

他说：“我也爱你。”

75

不，你记错了。他从没说过那几个字。他说的是："我也是。"

你说："我爱你。"

他说："我也是。"

也许他本就不是个感情外露的人。

你开始搜集他爱你的证据。

证据1：假如他不爱你，为什么要在你身上花这么多时间？他的婚姻、他的家庭、他的事业——他为什么要冒着失去这一切的风险与你私会呢？你得出了结论，他一定是爱你的。

证据2：有一次，你并没有催促他，他便说："等我连任竞选结束，我就离开艾伯丝。我们婚姻不睦已经有段日子了。"

仔细想来，这或许不能算是真正的证据。他只是说自己和妻子婚姻不睦。或许这与你并无关系？怎么才能确定你究竟是不睦的病因还是症状呢？

你甚至想不出第三个证据。他第一次看见你不穿胸罩的样子时，他说你长着"（他）见过的最性感的胸部"。你还没有蠢到把性欲与爱情混为一谈的地步。尽管如此，他的欲望仍然让你如

76

痴如醉，并心怀感激。你一向觉得自己是个手脚粗笨、身材臃肿的丑姑娘。然而他望着你的眼神仿佛你是块黄油，而他是一把滚烫的餐刀。

你决定，无论他是否爱你都没关系。你爱他。你清楚自己的感受。

你清楚自己的感受，但仍然有几件事情困扰着你。

他不想与你通过阴道性交。你们把男女之间一切云雨之事都做遍了，唯独少了这一种。你想与议员先生这样做，但又不想逼迫他。从某种意义上来说，你仍然是个处女，并且对这件事隐隐感到害怕。那个未经你允许便与你上床的男生弄得你非常疼，从那以后你就没再做过。

另一件困扰你的事情是，他说下次选举之后他就会离婚。而你知道众议员每两年就要重新选举，只要他还是个众议员，适合他离婚的那一天真的会来吗？他永远都在筹备竞选。

如果他成了参议员或者州长，那就有活动的空间了，你知道他也想这样。这并非完全没有可能性。他很有抱负，迈阿密的选民对他也是痴心一片；他是犹太裔，对以色列态度不错；

77

他会说西班牙语，这在南佛罗里达大有益处；他曾在军队服役，也为老兵权益而奔走；他做过教师，并且明确反对以考试作为衡量教学水平的唯一标准；他像模特一样上相；他孩子缘特别好。重点是，他完全符合人们的种种喜好。即便在佛罗里达以外的地区，这位众议员也在崭露头角。这仅仅是他的第二届任期，但他广泛参与决策会，并加入了多个国会委员会和小组委员会。没人认为亚伦·莱文会在众议院“虚度一生”，不过人们早已议论纷纷，认为他会成为一位不错的众议院议长。你将这些因素纳入考量，相信只要一切都处理得当，他的事业便不会受到婚姻变故的影响。

你想找个人谈谈这些事。

~~**假如你和查理谈，翻到第78页。**~~

假如你和你母亲谈，翻到第80页。

80

你把这桩婚外情告诉了妈妈，她苦苦哀求你和他分手。她甚至跪在地上求你，你不得不告诉她：“妈妈，求求你起来吧。”自从你告诉她后，她便揪住这件事不放，你真后悔把这件事告诉母亲。你之所以告诉她，是想和她像两个成年人一样探讨这段关系。有些事情让你想不通——比如他为什么不想与你通过阴道性交？可她的心思全扑在道德准则上，压根儿帮不上忙。她喋喋不休地谈起你的好名声——“你身后留下的只有自己的名声啊，阿维娃！”——说起你那位从大屠杀中幸存下来的外婆，还有其他各种事物，她想到什么就说什么。说到最后，你大哭一场，告诉她你会分手，可你心里清楚得很，你是不会分手的。

你一个倾诉对象也没有，你接受了这一点。议员先生的态度十分坚决，你们的关系必须保持地下状态。“不能告诉任何实习生，”一天夜里，他说道，“不能告诉你的室友，任何人都不行。”也许他是对的。你唯一满怀信任的倾诉对象是你妈妈，瞧瞧如今落得怎样的下场。既然没有倾诉对象，你便开始在博客里记录这段感情。只是寥寥几笔。对于细节，你总是模模糊糊地一笔带过。你经常看《欲望都市》，你把自己想象成一个更年轻、

81

更热衷于政治的凯莉·布雷萧。

据访客统计显示，你的博客有大约六名稳定读者。他们偶尔会留些鼓励性的留言，其中一个甚至问你是不是住在佛罗里达。你没有回复。

你曾幻想，有一桩地下情也许是件很刺激的事，但你感受到的主要是孤独。白天时你盼着入夜，因为只有那时你才能见到他。而且你不能保证每晚都能见到他，不能保证每隔一晚见到他，甚至连每星期见他一晚也不能保证。只有在他有空的时候，通常是深夜。说得刻薄些，你时常觉得他是个坐拥很多玩具的小孩子，你是其中一个玩偶，只有他偶尔想起来时才会玩一玩。有时他去华盛顿出差，一去就是几个星期，这样反而更好，因为你至少确定自己没机会见他。可那几个星期也很难熬，你总是在想他。即便是你与他共处一室的时候，你依然在想他。

你从不与他争吵，因为你知道——你头脑中清醒的那部分——只要你一闹，他就会终结这段感情。你丝毫权力也没有，而他掌控着全部的主动权。这种状况有时会让你十分沮丧。但你吻了他，那便是你的权力，对不对？这是你主动要求的。而这

82

些，你相信，就是与不平凡的人相处所要付出的代价。

假期就快到了。

假如你给他买件礼物，翻到第83页。

~~**假如你不给他买礼物，翻到第85页。**~~

83

尽管只有小孩子才过光明节，你还是给他买了一份光明节礼物。他什么也没送给你，但你本就没抱期待。你给他买了一本真皮封面的《草叶集》。

“这怕是要花掉你两个星期的工资吧。”他给你一吻，说道。

“你一分钱工资也没付给我。”你提醒他。

“这个状况我们得改一改，”他说，“我非常喜欢。这是我收到过的最棒的礼物，”他又吻了你，“你是去抢银行了吗？”

“我暑假时做了夏令营辅导员。”你说。

“天啊，这是你在夏令营做辅导员赚的钱？太让我于心不忍了。”

“我举办成年礼时收到的钱还剩下一些。”你说。

“别说了！”他说，“我太过意不去了。”

“没多少钱，”你告诉他，“总之，你喜欢它，我就很开心。”

“你知道这个书名的含义吗？”他问。

你发现自己完全不知道。“是和大自然有关吗？”你傻乎乎地说。他常说你比同龄人成熟、有智慧，你总想用自己的学识打动他

84

（但你还年轻，你不知道的事情太多了！）。“我们在学校里学过《自我之歌》，但我不记得讨论过这本诗集的名字。”你说。

“在惠特曼那个时代，‘草’用来代指廉价、粗劣的文学作品。所以，这其实是他开的小玩笑。‘叶’就像书页。这么说听起来有点装腔作势，但这恰恰是最不做作的行为。”

他踏入政坛之前是一名英文老师，他时不时就会教师上身，那样子既可爱又可恶。

你们在距离迈阿密五十英里的一家戴斯酒店里。你连那座小镇的名字都不知道。金绿色相间的床单是涤纶做的，壁挂空调底下有一块泛红的污渍，空调散发出带着霉味的微弱冷气，并且匀速地往下滴水。你爱他。你告诉他你爱他。

他说：“我将永远珍视我们共同度过的时光。”

~~假如你把他的话看作和他分手的预兆，然后真的和他分手，翻到第85页~~。

假如你等着他和你分手，翻到第87页。

87

或许是感受到了学年的气息，他在暑假来临前与你分了手。地点是在办公室，你觉得这样正合适。你心里认清了真相的那一部分，你知道这段感情不会天长地久。尽管如此，你还是吃了一惊。他说："我们度过了一段美好的时光，阿维娃，换作来世或许可行，但现在时机不对。"

你哭了起来，你觉得自己像个傻瓜。

"不，"他说，"别哭。这不怪你。我对你的喜爱已经难以自持。我觉得你前途无量。但我越想越觉得……我觉得自己寝食难安……我觉得我们都寝食难安……因为我不想做个跟下属上床的男人。我知道自己不是你的直接领导，可尽管如此……我太自私了，这样做是不对的。假如别人这样对待我的孩子，我也不会乐意。"

"我们只是找找乐子而已。"你哭得很丑，说道。

"你现在的模样可不像是在找乐子，孩子。"他说。

"你想让我辞职吗？"

他用袖子为你擦了擦眼泪。

"当然不，"他说，"你是我们最优秀的实习生之一。如今

88

学年结束了，乔治想提拔你成为领薪水的员工。这个消息不该由我来告诉你。等你接到通知时装得惊讶些，好吗？”

你点点头。

他拍拍你的肩膀。“我们很幸运，”他说，“我们共同度过了这段时光，期间没有影响到任何人的生活。你现在也许不这么想，但总有一天，当你回顾这件事时，你会觉得这是个非常好的结局。”

结局，你心想，我年轻时曾经与人有过一桩地下情，哇，多好的结局啊！

“你笑什么呢？”他说。

你已经是大姑娘了，你挺起胸脯，没有大呼小叫。晚些时候你朝母亲吼了一通，但你知道这并不怪她。你吼她是因为她刚好在，也因为她是你的母亲，她只能默默接受。

假如你继续为议员工作，翻到第89页。

~~**假如你不再为议员工作，翻到第112页。**~~

89

你继续为议员工作。你很擅长这份工作，你在地下情时期处处谨慎，因此你没有理由离开。你为自己的成熟而沾沾自喜。在过去，你很难将棘手的事情坚持到底。

你偶尔会跟人约会，但你从没遇到过像议员先生那样让你倾心的人。查理·格林对你失去了兴趣。接下来的几年里，他加入了总统竞选团队，成为了办公室主管，再后来，他半是退出了政坛，搬到洛杉矶，为一部获奖的政治题材电视剧做顾问。有时候你会看见他在新闻频道做评论员。他一点也没变。你不禁想，为什么他做了这么多事情，却一点也没变？为什么你只做了一点点事，变得却像秒针一样快？为什么他可以做永恒不变的查理·格林，而你就得是多面人格的阿维娃·格罗斯曼？

罗兹·霍洛维茨想撮合你和她侄子阿尔奇，他最近通过了律师资格考试，刚刚成为一名人权法执业律师。“这是那种‘好人’的法律，不是那种浑蛋法律，”罗兹说，“你们有很多共同点，而且他长得不难看，阿维娃。相信我，他是你的菜。”你不禁琢磨，罗兹·霍洛维茨怎么会知道什么样的人是你的菜。

你质问母亲，是不是把议员的事情告诉了罗兹·霍洛维茨。

90

你母亲说：“阿维娃！当然没有！我的嘴就像保险柜一样严！”

最后你还是赴了约，因为母亲很想让你去，因为已经过去四个半月了——你伤心的时间够长了。阿尔奇很英俊——论长相，他让你想起了议员先生——而且十分幽默，对他的工作充满热情（或许你也应该申请就读法学院？）。你对他对饭店的品位（日本–古巴融合菜）和衣品（衣着保守，但袜子上有龙虾的图案）都没的挑。尽管如此，你还是没擦出什么火花。

“和你在一起很愉快，”吃甜品时阿尔奇说，“我们绝对应该继续出来玩。但你应该知道，我是同性恋。我没有对家里所有的亲戚出柜。我本该告诉罗兹姑妈的，但是与其告诉她，还不如直接开个新闻发布会。”

“我一向分不清谁是同性恋，谁不是，”你说，“我从前的室友常说我完全没有‘同志雷达’。”

“好啊，真是谢天谢地。我最讨厌自带‘同志雷达’的人。这其实就是一种歧视，但是有了这个搞笑的词，大家就觉得这件事很搞笑。你知道自带‘同志雷达’的都是什么人吗？老顽固。”

91

“也许我们可以发起一项‘反对同志雷达’的运动？”你说。

“来吧。”阿尔奇说。

“其实没有你想象得那么难，”你说，“你在显眼的地方发表几篇跨页社论，或者任何一个愿意让你发表文章的地方。开头几篇可以写得幽默些，引起人们的关注。要是你运气好，人们会开始就这个话题发表博文。这时你给当地电视台打电话，他们可能不会理你，因此你需要物色一名对同性恋不错的政治人物——可以是地方议会议员，代表南海滩或者其他有大量同性恋选民的地区——让他引入一项立法，哪怕只是针对‘常见的仇视同性恋言论，尤其是‘同志雷达’一词的使用’发表一份声明也行。你上网找个论坛，集结一群有同样想法的人，让他们举着标语出来游行，反对同志雷达。”

“‘同志雷达’，滚出去！”阿尔奇建议道，“滚出去？”

“好吧……”你说着，皱起鼻子笑了笑，“要么还是想个更好的口号？”

“我再好好想想。”阿尔奇说。

“立法听证会上，你找个上镜的高中生来讲故事，就说他或

92

她为‘同志雷达’这个词受了不小的负面影响。这时你再给新闻频道打电话，他们这次保准会来。等你集齐了政治人物、高中生和一群举着标语的群众，保准能让市长或者市议会负责人满脸尴尬地翻来覆去地说同志雷达这个词——”

阿尔奇装出一本正经的声音，老古板似的说道：“那么，究竟什么才是‘同——志——雷——达’？”

“没错。我是说，这可是绝佳的素材。你说他们怎么能跟我们抗衡？”

“即使你不能让‘同志雷达’这个词被正式禁用——你本来也没打算那么做，因为没人能禁用某一个词——等你做完这一切，至少提高了人们对这个词的认识，哪怕只有百分之一。而且可能有些人在说‘同志雷达’之前会停顿一下。”

“他们会停顿一下，说：‘好吧，我知道这样说政治不正确……’然后他们还是会说这个词。”阿尔奇说。

“不过你想想，虽然只是短短一句话，但这种禁令会让你觉得自己多么受人认可啊。那已经赢了！”

“我不确定这究竟会让人情绪低落还是精神振奋。”阿尔

奇说。

“绝对是精神振奋，”你说，“虽然只是微不足道的努力，但毕竟聚少成多。”

“你说这件事当中，政治还是媒体的成分大？”阿尔奇开玩笑地说。

“媒体，”你说，然后又想了想，“也许它们的本质其实是一样的。”

“嗯，他们如今就是这样教导实习生的吗？”阿尔奇问。

“我已经不是实习生了，”你说，“顺便说一句，我刚入职的时候，那里甚至连一个知道什么是博客的人都没有。他们都太老了。”

“我明白，”阿尔奇说，“我办公室里有个岁数很大的律师，他已经问过我五遍怎么开关电脑。我想说，大哥，那不是有开关吗，没多难啊。”

阿尔奇把你送回你的公寓。你今年没有住在学校宿舍。你正要开门，议员忽然打了你的手机。“我在你家附近。”他说。

“怎么了？”你说。

94

“我想你可以向我介绍一下你的新家。”他说。

假如你邀他过来，翻到第97页。

~~**假如你找个借口（“我在博卡拉顿”或者“我累了”），翻到第114页**。~~

97

“过来吧。”你说。坦白地说，你搬到校外公寓住并且没找室友的原因之一就是你希望会发生这样的事。你已经搭好了舞台，你知道演员对戏剧的召唤毫无抵抗力。

“今晚我们没见到你。”他说。

离选举还有一个月，那天夜里在市政厅开会，你没去。

“我去约会了。”你说。

“哦，是吗？我应该吃醋吗？”

“不。”你说着，脱掉了衬衫。

“很好，”他说，“你去约会这很好。我希望你遇见个好人。”

你脱掉了短裙。

“你真漂亮。”他说。他走进你的卫生间，打开了水龙头。

你把头发绾在头顶。为了准备与阿尔奇的约会，你给头发做了造型，你不想弄乱。

“大家注意到了你今晚没来。”他高声说。

你打开电视。电视上在重播《谁会成为百万富翁》。

屏幕上的问题是：

98

在罗马天主教廷拒绝了亨利八世的休妻请求之后，亨利八世与教廷决裂，迎娶了哪个女人？

A．安妮·博林

B．简·西摩

C．克里维斯的安妮

D．阿拉贡的凯瑟琳

“克里维斯的安妮。”他走出卫生间，说道。

答案是安妮·博林。

“可恶，”他说，“我总把那两个安妮搞混。”

你把一只枕头放在地上。你双膝跪地，他打开了裤子拉链。

假如你继续与他私会，翻到第99页。

~~**假如你告诉他一切都结束了，翻到第166页。**~~

99

你又像过去一样与议员私会。每星期一次，有时两次。这是个坏习惯，你知道。你知道，你知道，你知道。你觉得自己成了议员的垃圾桶，或是他的行李箱。你觉得自己不过像个物件，感受不到爱。

你在考虑辞职，尽管你发自内心地喜爱这份工作，尽管你擅长这份工作，尽管工作能力是你自信心的来源。你喜欢做阿维娃，什么东西都能调查清楚的女生。

倘若你离开这份工作，或许就能够离开他。

假如你不辞职，翻到第100页。

~~**假如你辞职，翻到第173页**。~~

100

你知道自己应该辞职，但你决定等到选举结束。不过，你已经行动起来，整理了一份新的简历，试探着联系其他职位。

十一月，他得以连任。

他没有离婚，但你原本就没抱希望。

翻到下一页。

101

你有段时间没和他见面了，你甚至连想都不想他。

你决定在一月离职。那是你大四的最后一个学期，看起来是个合适的离职理由。

你找到主管，告诉她你会做到月底，与新员工交接。“真遗憾你要走了。我们真的很喜欢与你共事，”她说，“不知我有没有机会说服你留下来？”

“没有。”你说。

她请你到楼下吃酸奶冰激凌。法鲁克说：“你好啊，阿维娃！”

“她要离职了。”主管说。

“没人比我更努力工作……只有阿维娃和议员先生除外。”法鲁克说。他送给你和主管一盘免费的果仁蜜饼。

“我必须得说，”你的主管说，“你第一天上班时，我没想到你会这样成功。你让我认识到了自己对实习生抱的一些偏见。”

你知道她是好意，但你依然觉得恼火。“为什么？”你说，“因为你不喜欢我的穿着？”

102

“是的。这样说不太好听，我觉得。我们时不时就会遇到一种女生，长着一张漂亮脸蛋，看过几部《风起云涌》之类的电影，就想加入政坛凑热闹。可一旦她们发现这里的工作有多无聊，她们就不想工作了。”

“好吧，或许假如你能让她们觉得更有归属感，她们就想工作了。”你说。

主管点点头：“我是个浑蛋。千真万确的浑蛋。”

她举起自己的冰茶，你用健怡可乐和她碰了碰杯。

翻到下一页。

103

一月底，距你离职还有一个星期时，他从华盛顿回来小住，他问你要不要“玩玩”。他这么说话像你过去那间宿舍里住的小年轻。你并不想“玩玩”，但你还是随他去了。

你坐在他车里——你离职的唯一目的就是不再坐进他的车——可你此刻还是在这儿！你坐在他车里，心里想着胡迪尼[1]。你最近读了一本关于胡迪尼的书，你不禁想，与上司偷情和穿着约束衣被铁链捆住沉入水底有几分相似。你觉得要从这段感情里脱身，你必须是个情感世界的胡迪尼才行。

这是你自找的。

你只能怪自己。

纯粹是为了探讨，你还可以怪谁呢？

A. 议员先生。

B. 你父亲，你深爱的父亲，以为你不知道他有情人的父亲。

C. 议员办公室那个第一天上班就惹你哭鼻子的主管。

---

1 哈利·胡迪尼（Harry Houdini，1874—1926），匈牙利裔美国魔术师，脱逃艺术家。

104

D. 对你的生活处处指手画脚的母亲。

E. 你十五岁时的男朋友。

F. 你那对让一切都带上了情色意味的胸。

不，你作出了决定，以上这些都不该怪。原因在我自己。

将来你也会有属于自己的实习生。哪怕只是想象自己与他们其中的某一个上床，你都觉得这是丧失理智、大错特错的行为。然而此时此刻，你却坐在议员的副驾驶位上。他正在等红灯，你暗自思量，或许我应该直接开门下车。没人拦着你，阿维娃·格罗斯曼。你是自由之身。你的确已经成年，但你依然可以打电话让母亲来接你，无论她在做什么，她一定都会来。你把手放在车门上，想等红灯变绿、汽车发动时把车门猛然推开。

“你怎么这么安静？”他问。

因为，你心想，我也有你不了解的内心世界。但这样的话若是说出口，就会违悖你们的相处原则。你们的关系不是这种基调。倘若他想要个内心世界丰富的人，他大可回家找他老婆。你是他的垃圾填埋场，你是他的高尔夫球袋。

“累了，”你说，“上课，上班。”

他把音乐的音量调高。他喜欢嘻哈音乐，可总像是在装样子。他向来执著于与年轻人打成一片。

那首歌是流浪者乐团唱的《杰克逊女士》。你以前没听过。歌曲的开头，那个第一视角的旁白/歌手在向女孩的母亲道歉，说自己不该那样对待她的女儿。你实在想不出比这更让你反感的歌曲了。

“能不能听点儿别的？”你问。

“听听看嘛，”他说，“说真的，阿维娃，你应该对嘻哈音乐态度开放些。嘻哈才是未来的趋势。”

“好。”你说。

“流浪者乐团就是沃尔特·惠特曼。流浪者乐团就是——”

你听见一阵玻璃破碎、金属挤压变形的声音。

车里的气囊弹了出来。

驾驶座旁的车窗玻璃裂了，透过玻璃往外看，外面的世界像是教堂彩绘玻璃窗上的超现实图案。你透过玻璃看见了椰子树和另一辆车的风挡玻璃，那是一辆淡粉色的凯迪拉克，一位老妇人

106

的头耷拉着——可能已经死了。

“像彩绘玻璃。”你说。

“更像是立体主义。”他纠正道。

人们将会查清那名老妇人患有阿尔兹海默症，她的驾照三年前已被吊销，她的丈夫甚至并不知道她手里还有车钥匙。当他得知她去世的消息时，他会说：“她多么喜欢那辆车啊。”

议员扭伤了手腕。你的脖子受了点儿伤，没什么大碍，但眼下你还不知道。此时此刻，形势骇人。

“你没事吧？”他问。他的声音出奇地平静。

你有些头晕，但你知道必须尽快离开现场。你担心警察发现他与曾经的实习生有染，你想保护他不受牵涉。你认为他是个好人。不，你认为他是个优秀的议员，你不想让他卷入丑闻当中。

“我得走了。”你说。

“不，”他说，“你留在这儿。如果那个女人死了，警察一定会深入调查，你是我的证人。假如你现在离开，后来又被人查出你其实在场，这件事看上去就像是我们故意有所隐瞒。这是丑闻和犯罪的区别。丑闻总有平息的一天，如果犯罪，我的事业就

107

彻底完了。警察来了以后，你就说你是实习生，我顺路送你回家。你大可不必心虚，因为这就是事实。”

你点点头。你的头沉甸甸、轻飘飘的。

“说一遍，阿维娃。”

~~**假如你逃跑，翻到第110页。**~~

假如你留下，翻到第124页。

124

“我是个实习生，”你说，“莱文议员顺路捎我回家。”

“我很抱歉，阿维娃。”议员说。

“为什么抱歉？”你昏昏沉沉地说，“是她撞上你的。这不怪你。”

“为即将发生的一切。”

你们等待警察到来。天上下起了雨。

翻到下一页。

125

你在一场暴雨之中。

雨水拍击着你，你的衣衫湿透了。

你的房子随水流漂走。

你的狗不在了，你却连感伤的时间都没有。

你的相册遗失、受损、被水浸透无法修补。

你的保险也不管用。

你紧紧扒住一张床垫。

你没有人可以求助。

你的家人和朋友在暴雨中消失无踪。

幸存下来的人对你满腔怒火——你竟敢活下来。

你觉得这场雨永无止息。

不过雨最终还是停了，雨停的时候，记者也随之而来。

记者们爱死这个故事了：暴风雨里床垫上的那个女孩。

“床垫上的那个女孩是谁？”

“她在哪里上学？”

“她在学校人缘好吗？”

“她怎么穿得这么少？”

126

“既然她要被冲到床垫上，她就该多穿些衣服！”

“她怎么这么不知好歹？”

“我听说床垫上那个女孩精神不正常。她跟踪暴雨。专门追着暴雨跑。”

“她是不是长期自卑啊？”

“我还以为暴雨看中的人会更瘦、更漂亮呢。”

“我自认为是个女权主义者，但你若执意在暴雨中抓着床垫不放，那么错只在你。”

“我的天啊，床垫女孩有个博客！”

“敬请关注对床垫女孩前男友的独家访谈！格罗斯曼‘向来非常缠人’。”

真奇怪，每个人都爱（痛恨）床垫上的女孩，但似乎没有一个人对那场暴雨感兴趣。

翻到下一页。

127

看这架势，人们仿佛永远也说不够床垫女孩的故事，但一场更大的暴雨来临，雨中带着更吸引人的元素，比如恐怖主义、世界末日、死亡、毁灭和骚乱。

于是他们便把你忘了，算是忘了吧。

~~**假如你决定再也不出门，变成布·拉德利那样的隐居者，翻到第128页**。~~

假如你决定重建生活，翻到第132页。

132

你继续自己的生活。你当然要继续。你还有什么选择呢？你起床。你梳头。你穿衣服。你化妆。你坚持吃沙拉。你与服务生闲谈。你对别人的目光报以微笑。你笑得太多。你想让人觉得你很友善。你去逛商场。你买了一件黑裙子。你买了卸妆水。你读杂志。你健身。你不上网。你读书。你吃腻了沙拉。你吃酸奶冰激凌。你与父亲说笑。你从不与他或任何人谈起发生的事。你经常自慰。你不给议员打电话。

你参加了祖父的葬礼，他是你父亲的父亲。你与他的关系不如外祖父那样亲近，但你还是哭了。他曾经送给你一个阿根廷的木偶。如今你一位祖父也没有了。你哭。你不停地哭。你怀疑自己甚至不是在为祖父而哭。

你来到犹太教堂的女卫生间。你走进隔间，听见两个上了年纪的女人在你后面走进卫生间。你听见她们往身上喷香水的声音。教堂的卫生间总堆得像个药妆店：除了香水，还有口香糖、发胶、唇膏、保湿霜、漱口水、发带、梳子。

“这个味道真好闻，”一个女人说，“这是什么香水？”

“我也不知道，”另一个女人说，“我没戴老花镜，但我觉

133

得是其他香水的仿冒品。”

“不是仿冒的，”第一个女人说，“去年闹得很凶。雪莉——”

“哪个雪莉？”

“哈达萨·雪莉。哈达萨·雪莉说，教会使用仿冒香水很不道德，所以现在用的都是正品香水。”

“哈达萨·雪莉真是小题大做。”第一个女人说。

“但她办事很有一套，”第二个女人说，“还有，小点声。哈达萨·雪莉的耳朵灵着呢。”

“她今天没来，”第一个女人说。

“我发现了，”第二个女人说，“可怜的埃博·格罗斯曼。”

“你觉得埃博知道多少？”第二个女人说。埃博是你的祖父。这些女人不是你的亲戚，那她们一定是他的好友。不过她们也可能只是多管闲事的教会成员而已。

“他脑子已经糊涂了，”第一个女人说，“大家没把那件事告诉他。事情闹得太大了。”

134

“的确很大，”第一个女人应和道，“要是被他知道，保准要了他的命。”

你意识到她们的话题转移到了你身上。

你对于谈话的走向不再有丝毫好奇。

你走出隔间，来到她们两人之间。“能借我用一下吗？”你说着，拿起香水喷在身上，你看了看瓶子，“是祖·玛珑，”你告诉她们，“葡萄柚味。”

“哦，我们还在纳闷呢，”第一个女人说，“真好闻。”

“你还好吗，阿维娃？”第二个说。

“好极了。”你说。

你向她们微笑。你笑得过头了。

又过了一个学期，你大学毕业了。

你在相关领域申请工作——大部分是政治领域的工作，偶尔有些公共关系和非营利组织的工作。

你最有说服力的工作经验是议员那一份，但他的团队里没人肯给你写推荐信，原因不言而喻。

尽管如此，你依然满怀希望。

135

你二十一岁。

你重新润色了简历，看起来并不差。你说得一口流利的西班牙语！你是优秀毕业生！你为一座大城市的众议员工作了两年，后来甚至成了领工资的员工，并且有自己的头衔——线上项目及专项调查。你曾写过一个点击率过百万的博客，但你不能把它现于人前。

住在纽约、洛杉矶、波士顿、奥斯汀、纳什维尔、西雅图、芝加哥的人不可能全都听说过阿维娃·格罗斯曼。这则新闻不可能传得那么广。这只是一则本地消息而已，就像你小时候，格洛丽亚·埃斯特凡和她的乐队“迈阿密之音”的巡演大巴出了车祸。这件事每天都出现在南佛罗里达的新闻中。这则新闻的确也曾在全国播出，但格洛丽亚·埃斯特凡的康复过程只是区域性地受人关注。

你递上去的工作申请几乎全部石沉大海。

终于有人给你打来了电话！是一个帮助世界儿童享受医疗保健机构的初级职位。

他们的总部在费城，与墨西哥的交流很多，他们非常看重你

136

会说西班牙语这一点。

你与他们约定了电话面试，如果一切顺利的话，你将飞到费城与这个团队面谈。

你幻想着在费城的新生活。你上网浏览冬季大衣。佛罗里达的商店有这些商品。住在一个有冬天的地方多好啊。住在一个没人听说过你的名字、没人知道你二十岁时犯下的错误（实事求是地说，是一连串错误）的地方，多好啊！

时值六月。你让妈妈离开了家，你端坐在卧室，等着电话铃在9:30响起。正值夏季，妈妈的学校放假了，她整天围着你转，就像苍蝇围着生肉打转。

电话铃没有响。

等到9:34，你开始担心自己是不是错过了电话，或是记错了时间。你重新查看邮件，核对细节。没错，是9:30。

~~**假如你继续等待电话铃声响起，翻到第141页。**~~

假如你给他们打电话（面试官说过她会给你打来电话——但你才不在乎自己是不是表现得“太过主动”呢！），翻到第143页。

143

电话接通的第一声，面试官就接起了电话。

“哦，阿维娃，”她说，“我正想给你打电话呢。”

你听得出她说的不是面试的事。

“我们还是另作了决定。”她说。

通常情况下你不会追问细节。但你已经受够了被人冷落，于是你说：“您能不能和我说实话？究竟出了什么事？我对这次面试的预感不错。”

面试官停顿了一下：“是这样，阿维娃，我们在网上搜了一下你的名字，然后就看到了你和那位国会众议员的事情。我本人并不介意，但我的上司认为，既然我们是个非营利性组织，就格外需要清白的人。这是他说的，不是我。但事实就是，我们的存亡全靠捐款，而有些人在性行为这方面超级古板、守旧。我为你争取过机会，我真的争取过。你很优秀，我相信你会找到其他合适的岗位的。”

“谢谢您的坦诚。”你说完，挂断了电话。

这就是为什么一个给你打电话的人都没有。

在费城、底特律、圣地亚哥，即便那里没人听说过阿维娃·格

144

罗斯曼的丑闻，只要他们一搜你的名字，就能把关于那件事的每个丑恶细节都找出来。你早该知道的，网上搜索是你的强项。

想知道基西米河不为人知的过去吗？想知道哪位地方议会的议员仇视同性恋吗？想知道那个佛罗里达的蠢丫头与有家室的国会众议员肛交——因为他不肯插入她的阴道——的事情吗？

只要鼠标一点，你的耻辱便大白于天下。每个人的耻辱都是如此，但这对你并无益处。你高中时读过《红字》，你意识到这正是互联网的作用。故事伊始曾有一幕，海丝特·白兰站在镇中心的广场上示众了一个下午。或许只有三四个小时，但无论时间长短，对她而言都难以承受。

你将永远站在那个市镇广场上。

你至死都将佩戴着那个“A”。

你思考自己能做什么。

你没有任何选择。

翻到下一页。

145

你患了抑郁症。

你把每一本《哈利·波特》读了又读。

你泡在父母的游泳池里。

你读遍了儿时书架上的书籍。

你读了一套名叫《惊险岔路口》的书，你小时候很喜欢这套书。尽管你早已过了目标读者的年纪，但那个夏天你读得如痴如醉。这些书的结构就是，读到一章结尾，你作出选择，翻到相应的那一页。你不禁想到这些书和生活很像。

唯一不同的是，在《惊险岔路口》中，你可以走回头路，假如你不喜欢故事的发展，或者只是想知道其他可能的结局，你还可以重新选择。你也想这样做，但是你做不到。生活的脚步一刻不停。你要么翻到下一页，要么停止阅读。假如你停止阅读，故事将就此结束。

即使是在小时候，你也很清楚《惊险岔路口》的故事都是为了塑造良好的品格。打个比方，你最喜欢的故事之一《田径明星！》当中，一位田径运动员为了是否服用兴奋剂而犹豫不决。假如你选择服药，你将在一段时间里接连获胜，但后来就会发生

146

糟糕的事情。你终将为自己糟糕的选择自食苦果。

你想到倘若你的生活也是一则《惊险岔路口》故事——暂且叫它《实习生！》——眼下就该是“全文完”的时候。你作出了许多糊涂的选择，足以让故事落得个糟糕的结局。唯一的补救办法就是回到故事的开头，重新开始。在你这里行不通，因为你是个活生生的人，而不是《惊险岔路口》中的角色。

《惊险岔路口》的棘手之处就在于，如果你不作出任何错误的决定，故事就会十分乏味。假如一切顺利，你又总是作出正确的选择，故事很快就会结束。

你很好奇议员有没有读过《惊险岔路口》。或许他年纪太大了，但你相信他会读得津津有味，他会读懂那些故事其实是对生活的暗喻。

假如你给他打电话，翻到第147页。

~~**假如你不给他打电话，翻到第162页。**~~

147

尽管你知道自己不应该和他联系，但你还是决定给他打个电话。实际上，你已经接到明确的指示，不要联系他。自车祸那晚以后，你从未和他独处过，甚至连一句话也没和他说过。

他不接电话，于是你留了一则留言。你喋喋不休地谈到《惊险岔路口》，一边说一边逐渐意识到，看似深刻的想法放在电话里一说，听起来简直肤浅得难以置信。

过了几天，乔治·罗德里格斯来到你家。他是议员手下的要人。你不确定他如今的头衔是什么，但他主管筹款事宜。你和他谈过几次话，但从来没有过多交流。他很有魅力，一表人才。他长得和议员有几分相似，只是更矮些，古巴人，也更加年轻。他约摸只比你年长五岁。

他与你母亲相识，因为她在学校为议员办过一场活动。“格罗斯曼家的两位美女，”乔治说，“很高兴见到你，瑞秋。你还好吗？博卡拉顿犹太学校怎么样了？”

“我被炒了。”你母亲对他说，她的语气生硬、话里带刺，几乎像是要与他对质。

“真抱歉，”乔治说，“好吧，阿维娃，我这次来其实是为

148

了见你。”

你们来到屋后的露台，你坐在一簇叶子花下，母亲为你们端来了冰茶。乔治等她离开，然后和善地对你说：“你不能再联系他了，阿维娃。你得往前看，这样对每个人都好。”

“这样对他好。”你说。

“这样对每个人都好。”他坚持道。

“假如我还有路可走，我自然会往前看，”你说，“我这一辈子都毁了，”你说，“没有人想雇用我。没有人想和我上床。”

“看上去也许是这样，”乔治说，“但其实没那么糟。”

“我无意冒犯，”你说，“但是你他妈怎么知道？”

乔治也答不上来。

“你懂政治，懂公关，换作你是我，你会怎么做？”

“我会回到学校。读法学，或者公共政策的硕士学位。”

“好，”你说，“暂且假设我找得到一位老师为我写推荐信，暂且假设我真的被某所学校录取，我要额外背上大约十万美元的学生贷款，然后再申请工作。那又有什么区别？你去搜索我

的名字，那些东西还是在那儿，跟事发那年一样新鲜。”

乔治喝了一口冰茶。“要是你不回去读书，你可以做志愿者。重新树立自己的名声——”

“试过了，”你说，“他们也不想要我。”

“或许你需要的是证人保护制度，”他说，“新的名字，新的住所，新的工作。”

“可能吧。”你说。

“我真的不知道你该怎么办，”乔治说，“但我清楚一点……”

“什么？”

“你说没人想和你上床。这不是真的。你是个漂亮的姑娘。”

你不是个漂亮姑娘，即便是，你也知道那和性行为无关。许多丑人都有人同眠，许多相貌普通的人也有人同眠，而许多美貌的人却要孤身度过漫漫长夜。

你不是个美人。你的相貌别具风情，而你的大胸总是在向男人暗示你身姿性感、生性风流，而且头脑简单。你很清楚自己的

150

形象，丑闻爆发后接踵而来的事情让你非常清楚旁人对你的看法。无论别人如何对你评头论足，你都不会感到惊讶了。你不可能在父母的游泳池里泡了一个夏天就突然变成了美女。话说回来，只要你肯降低标准，总是有人愿意和你上床的。你真正想说的是：我想与之上床的人都不想和我上床。

这就说明，你知道乔治这是在与你调情。

假如你决定与乔治上床，翻到第151页。

~~**假如你请他离开，翻到第168页。**~~

151

你走到他坐的地方，吻了他。你对他的渴望并不比其他任何人多出一分。你带他上楼，你决定和他在客房上床，而非你儿时的卧室，身边堆满高中纪念册和装裱起来的戏剧俱乐部票根。

你走进客房，锁上了门。

你感觉得到他很有经验，这样正好。虽然你身为性丑闻的主角，却对此毫无经验。

他触摸你时，你由于欢愉而浑身颤抖。你觉得自己就像一片草叶，而他是夏日里的煦风。

“如此香艳。”乔治说。

翻到下一页。

152

你错过了一次例假，但你甚至没有察觉。

翻到下一页。

153

你又错过了一次例假。

又过了几天，你发现自己正伏在马桶旁边。

“阿维娃，”母亲高声说，“你生病了吗？”

“我在矫正进食障碍。”你答道。

“这么说话太难听了。”你母亲说。

“不好意思，”你说，“我想我是真的病了。”

母亲给你端来了热汤，你用被子蒙住了头。

你看过电影，你读过小说，你有种强烈的预感，知道事态将怎样发展。

你在吃避孕药，或许是你太懒散，没有按时服药。有什么要紧的？反正也没人和你上床。

你做了妊娠测试。

蓝色的线，但是有些模糊。

你又测了一次，只是为了确保你的测试方式没有错。

蓝色的线。

你在考虑去做人流。你当然得作这样的考虑。你知道自己没有任何理由把一个孩子牵扯进你这一团糟的生活。你没有工作，

154

没有前途，没有伴侣。你感到深深的孤独。你知道这都不足以成为让你生下孩子的理由。

你相信女性享有自主选择的权利。你绝不会为一个不支持女性选择权的人投票。

~~**假如你确定做人流，翻到第155页。**~~

假如你决定继续怀着它，翻到第158页。

158

大学里的最后一个学期，你选了一门高级政治学的研讨课，叫作《性别与政治》。授课人是一位年近五十的银发女子，她最近刚生了孩子。她上课时会用婴儿背囊把孩子——是个男孩——背在背上。课堂讨论时常吵得不可开交，尽管那个婴儿是研讨课上唯一的男性，他却从来不哭，相反，这些讨论让他昏昏欲睡。你不禁嫉妒那个婴儿。你希望自己也处在人生的开端，是个男性，被一位政治学家装在背囊里，背在背上。

然而那门课却平淡无奇。或许原因不在于课程，而在于你当时的情绪。丑闻渐息，而你仍然满腔忿郁。期中时，教授在课后把你留下。

“不要放弃我们这些女权主义者。”教授说。

“我没有。”你说。

“我的处境很为难。你的论文——《为什么我绝对不会成为女权主义者：对公共政策进行不分性别的研究》——这个题目或许另有含义？”她用柔和而欢快的目光看着你。

“这是斯威夫特的写作方式，”你说，“讽刺。”

“是吗？”她问。

159

“我为什么要做个女权主义者？出事的时候，你们没有一个人赶来支援我。”你说。

“没有，”她说，“也许我们本该站出来的。你和莱文之间的权力差距太过悬殊。我认为，在某种程度上，不为你辩护对公众更有益处。他是个好议员。他对女性权益也很热心。这件事无法做到完美。”

“《迈阿密先驱报》说我让女权主义运动成果倒退了50年。我有这么大的本事？”

“你没有。”

“她站在他身边。她难道没让女权主义倒退得更多？跟你出轨的丈夫一刀两断难道不是更符合女权主义的做法吗？说实话，我在这个课堂上坐了整整五个星期——更不用说我一辈子都身为女人——我还是不知道什么是女权主义者，”你说，“到底什么才是他妈的女权主义者？”

“作为一位政治学教授，在我来看，女权主义就是坚信法律面前性别平等。”

“这我当然知道，”你说，“所以我的论文到底哪里不

160

对？”

“问题在于，性别是客观存在的，”她说，“差异是客观存在的，法律必须承认这一点，否则法律就不公平。”

“好吧，”你说，“你课后把我留下，有什么事吗？”

“你还没有进一步问我，”她说，“作为一名女性、一个人，在我看来什么才是女权主义。”

谁他妈在乎这个？你心想。

“那就是每个女性都有自主选择的权利。旁人不必认同你的选择，阿维娃，但你有作出选择的权利。艾伯丝·莱文也有选择的权利。别指望旁人为你奔走呼喊。”

你竭力控制自己不翻白眼。

“我希望你能重新思考一下你的论文。”她说。

过了一个星期，你选择了退出这门研讨课。

你想留下这个孩子，即便这样做有违常理。

你没指望旁人为你奔走呼喊。

你必须改变自己的生活。

161

时间紧迫。你还有七个月的时间改变自己的生活。

你需要一份工作，但你在网上早已臭名远扬。无论你搬到哪里都不够远。

你可以留在家里，让父母养活你和孩子。但这个孩子将是“阿维娃·格罗斯曼的女儿”，谁忍心让一个孩子从一出生就背负坏名声呢？

你可以重返校园，但那又能解决什么问题呢？就像你对乔治说的那样，到最后你依然是“阿维娃·格罗斯曼”。

问题在于你的名字。

~~**假如你留在家里，翻到第162页。**~~

假如你改名，翻到第164页。

164

网上什么都有。人们能搜到与你有关的事，但你能搜到任何事物，这样也算不失公平。你在谷歌搜索“合法改名，佛罗里达”，不到五分钟，你就查到了你需要的一切信息：办理时长，你要去什么地方，费用是多少，需要哪些文件。

你付钱作了一份背景调查，证明你没有犯罪记录。顺便说一句，你的确没有犯罪。

你到警察局去录了指纹，又签名作了公证。

你向法院提交了改名申请表。

工作人员把你的文件通读了一遍，她说：“看来都符合要求。”

“没了？”你说。

“没了。”她说。队排得很长，她并不在乎你是谁、做过什么事。她只在乎你的表格填得对不对——填得都对。你心中不禁涌起一阵对体制、对政府的感激之情。

尽管如此，你依然半是担心有人会阻止你。你担心媒体会出现。并没有人出现，或许已经没人在乎你了。你毕竟不是汤姆·克鲁斯。你不是声名远播，而是臭名远扬，也许一旦臭名远

165

扬的人不再做臭名远扬的事情，人们就会对他们丧失兴趣。

工作人员为你安排了听证会时间。

没有人反对你的申请，于是听证会取消了。

你改了名字。

你叫简·扬。

翻到下一页。

你找外婆要钱。你知道她一定会给你，但这种做法依旧让你厌恶自己。

她又瘦又小，比你母亲更加瘦小。她比一个孩子大不了多少。你拥抱她的时候，感觉自己几乎要将她压碎。她穿的裤子系着细腰带，平底鞋包了跟。她的打扮一向如此。一条爱马仕围巾，一只香奈儿菱形格纹手袋。她用的东西做工上乘，选购时也花过一番心思。一旦选中，就会悉心打理。麂皮鞋子用刷子清理，项链包裹在纸巾里以免打结，手袋有专门的收纳袋，不用的时候则塞满卫生纸保持外形。你想起曾在外婆的衣帽间里度过的那些愉快的下午。“当你身无长物时，我的阿维娃，就要学会打理物件。等你生活富足时，就要做好准备，某天你可能会再次一无所有，”她常说，“打理好，就是爱。”

但凡她外出，必定会戴上耳环。今天的耳环是宝石做的——玉石、绿宝石。这是她最喜欢的一对，是她父亲为她做的，也是她从德国带来的为数不多的几件东西之一。她拥有的全部德国物品就是她带来的那些，因为她此生不肯再买德国货。她曾许诺，将在某一天把这对耳环留给你。但你非常不愿想到那个“某一天”，因为某一天她可能会死去。她离开后，还有谁会叫你“我的阿维娃”呢？

你告诉她你要离开，重新开始。你说你对于发生的一切都非常抱歉，为你给她、给梅米姨婆和整个格罗斯曼家族带来的耻辱感到抱歉。

她拿出支票簿，戴上镶有精细链条的老花镜，拿出了她专门签支票用的波点钢笔。她问你要多少。

你要了一万美金。如今的你不再像从前那样傻。你知道一万美金抵不了多长时间，但总够你重整旗鼓。

她写了一张两万美金的支票，然后把你拉到她身边。她散发着康乃馨、苹果、爽身粉和香奈儿5号的味道。“我爱你，我的阿维娃。”她说。

她的德国口音里裹挟着你名字的音节，你听见的那一刻，几乎要落下泪来。

“那个男人不是好东西，”她说，“要是你外公还在世，非阉了他不可。”

你给母亲留了一张字条，说你要离开这座城市，等你安顿好就会给她打电话。

你买了一张去缅因州波特兰市的大巴票，到达波特兰以后，你买了一辆便宜的汽车。

你开车来到了艾力森泉，父母曾经带你到这里度过假。

正值冬季，镇上空荡荡的。

你在离镇中心不远的地方租了一间公寓。只有一间卧室，不到五十平方米。为了去除前任租客留下的痕迹，墙壁被重新刷过，到处都散发着刺鼻的气味。公寓感觉大极了，因为你一无所有。

你吃着龙虾卷，思考自己能做哪些工作。

你肯出力，但你想找个时间灵活的工作。你毕竟马上就要添个孩子。

还有，你受够了听从上司的指示。你想自己做主，可是你没那么多钱创业。

你在公寓里考虑自己能做什么，电视上在播放詹妮弗·洛佩兹的电影。那是部不走脑子的童话故事式的电影，她爱上了自己为之策划婚礼的客户。你早已看穿了童话故事，绝不会再开展一段职场恋情。不过，你对她从事的行业很有兴趣。从浪漫喜剧中寻找求职建议，你尽量不去考虑自己这个举动背后的含义。

要成为一名活动策划人，你都需要些什么呢？詹妮弗·洛佩兹又有什么呢？

一张桌子。一个电话号码。一张名片。一台电脑。

这我也能做到，你心想。

简的策划工作室，你心想。

你曾作过比这更糟的决定。

2000年代伊始，很多公司都没有网站，相比之下，有网站的公司就具备极大的有利条件。托你为议员工作的那几年的福，你的电脑技能不错，没费多大劲就建起了一个网站。

你等待着电话铃声响起。

过了一个星期，它响了。

你的第一个潜在客户是个叫作摩根夫人的女人。你约了她在镇上的一家咖啡店见面。

你换上一件黑色的宽松连衣裙。你的肚子并不显大，可你的胸大得不像话。对此你也无计可施。

摩根夫人要举办一场筹款活动，在当地中小学中推广英语为第二语言。

“缅因州这方面的需求大吗？”你问。

“哦，天啊，大着呢！主要是西班牙语，不过也有其他语言。”摩根夫人说，她声音洪亮，阐述起自己的见地来头头是道。你隐隐感觉出时间对她而言十分宝贵：她刚从某个场合赶过来，马上又要到下一个场合去。你一见她就喜欢上了她。她就像是你外婆的新教徒版本。“这正是我给你打电话的原因。我看到你的简历上写着西班牙语文学。我想找个对外语有所了解的策划人一定不错。

“还有一件事，我经常合作的策划人已经让我失望了两次。

你只有一次让我失望的可能，不行我就换人。你明白我的意思吗，简？”

“明白。”你说。

“我看你怀孕了，”摩根夫人说，“这对你的工作会有影响吗？”

“不会的，”你说，“我还年轻，”——你嘴上这样说，心里却感到十分苍老——“我想工作。我需要工作。”

“有道理，年轻的简·扬，”她说，“你以前策划过很多活动吗？”

“其实，这对我来说是个全新的行业。我正在转行。我以前本打算从政的。”

“从政，”摩根夫人说，“有意思。你怎么转行了？”

你生了个女孩，你叫她露比。露比是个乖宝宝，可她毕竟还是个婴儿。她大小便不断，需要无穷无尽的纸巾制品，无穷无尽的一切用品。她不怎么哭，但她也很少睡觉。你没有朋友，没有丈夫，也没有钱雇用保姆，没有人能帮你。你又不能把工作放下。你需要用钱。于是露比学会了安静，你则学会了接打工作电话时不让声音流露出疲态。你找到了一位中意的保姆。你一边为露比洗澡一边订购花卉。露比说出的第一个词是“开胃饼干”。

你时常觉得自己对露比的爱还不够。你哪有闲心爱她呢？你有的只是恐慌和待办事项清单。但你还是竭尽所能地打理她的生活起居，你不禁想起外婆说的话："打理好，就是爱。"尽管你竭力不沉溺于遗憾——但你仍然为露比感到遗憾，她将永远没机会认识她的曾外婆。

你想过给母亲打电话，但你没有打。这个决定与你母亲无关。在很长的一段时间里，事出有因也好，无名之火也罢，你很生她的气，但你如今不再生她的气了。你原谅了母亲，而且自己有了孩子以后，你知道她一定也原谅了你。你之所以不让母亲来，是因为你不想把自己生活中的那一部分解释给露比听。

每当有人问起，你就说露比的爸爸丧生国外。大家都以为他是军人，但你从未明确说过这一点。你只透露了几处引人联想的细节，人们便自己构建出了整个故事。可怜的简·扬，她丈夫可是海军陆战队员！他是在巴格达还是费卢杰牺牲的？唉，还是不要细问她了。可怜的露比·扬——从来没见过自己的父亲！

渐渐地，你在艾力森泉住得久了，人们便不再问问题。你终于得以立足。

只要露比醒着，你几乎每时每刻都和她在一起，你觉得这世上没有哪两个人能比你们更亲密。你了解她的一切，你对她的爱无以复加。她很能领会谐音笑话的笑点。她喜欢引号、花生酱和生词。她的情感不设防，这让她很有孩子气。但她并不幼稚。学校里的女生不喜欢她，她也毫不在意。她不会为了她们而改变自己，你却真心希望她们不要来烦扰她。你恨不得杀了那些小姑娘。她查询信息很有一套，并且乐于接受新知识。她知道应该给谁打电话才能在冬季里租到冰激凌车。你对她无比信任。她就是你，可她又不是你。比方说，你的整个生活都是个谎言，而她从不撒谎。她听了乔治·华盛顿砍倒樱桃树的故事，十分不解。“他当然应该实话实说。把樱桃树砍倒可是件大事，没那么容易掩饰的。”她说。

未来的某一天，你将会发现她用一种全新的、若有所思的目光打量着你。她歪着头，表情像是在说：我一点儿都不了解你。

这时你才发觉，你和孩子一贯的相处原则就是你对她保持事无巨细的密切关注，你没有比这更擅长的事情了。但她头脑中仍然有些部分，即便是你也无法触及。

你深爱你的女儿，但你所剩的选项比从前更少。你的选项通通由她掌控。

或许并不是选项少。或许是答案太明显，于是你连问题都不再提。生活的情节层层展开，无法回避。你不断地往后翻页。

有一点是你没预料到的，那就是这份工作让你对镇上每个人的秘密都略知一二。你是他们坦白的对象，你知道这座城镇的所有罪孽。比如，一位由你策划婚礼的新娘说她是个杀人凶手。那个女人让你想起初生的小鹿。体形纤瘦，大大的眼睛，一副弱不禁风的样子。

她十六岁时开车撞上了一棵大树，坐在她车里的三名女孩全部丧生。

她并没有喝酒，但她很可能拿起手机发了一条短信。她也无法记起究竟发生了什么。每当她这样说，人们都觉得她是在说谎，但她向你保证她说的是实话。“我真心希望我能想起来，”她说，“因为这样我就能够确定自己需不需要为此感到内疚。”

她试过自杀。

她被送进精神病院住了一阵。

她康复了。

她遇到了一个男人，后来她便遇到了你。

你问她对于婚礼最大的期待是什么。她告诉你她期待着自己换个新名字。

“这样傻不傻？”她说，“天啊，我觉得我嫁给他有一半的原因是这样我就可以正式改名换姓。”

十年里，只有一次有人翻出你的过去与你对质，对方是那个女人的丈夫。你用这个女人的秘密作筹码，让她丈夫闭上了嘴。

这么做也许有失正派，但是他威胁你的生计、你和露比的平静生活在先。那个丈夫很有野心。他反复告诉过你他要竞选公职。

你对他说：“即便你把对我的猜测告诉别人，又能把我怎样呢？人们或许会感兴趣，也有可能不感兴趣。我不过是个普通公民，不需要其他人为我投票，明白吗？”

三年之后，摩根夫人未经预约便走进了你的办公室：“我认为，艾力森泉的下一任镇长应该由你来做。”她说。

“有意思，”你说，“但是不可能。”

“为什么？你要做什么别的事？”

“事情多得很。我有生意要经营。我有个女儿。而且你可能没注意，我单身一人。”

摩根夫人很坚定：“我对这种事情的预判从不会出错。”

“我没钱参加竞选。”你说。

“我有的是钱，”她说，“而且我有无数有钱的朋友。”

“我不想让你和你富人朋友的钱白白浪费。我犯过错。”你说。

“谁没犯过啊？你杀过人，虐待过儿童，还是贩过毒？”

“不，”你说，“不，不。”

“你蹲过监狱？”

“没有。”你说。

“依我看，那不过是年少无知的时候干了些蠢事，没人在乎，”她说，“好吧，别卖关子了。你究竟做了什么不得了的坏事？”

“我二十岁出头的时候与一位很有威望的有妇之夫有过私情。”

她大笑起来：“是不是超级香艳？”

“算是吧。”

“你现在还会梦见他吗？”

“偶尔吧，”你说，“大多数情况下我梦见的是自己平静地向他阐释，为什么他不该和年龄只有他一半大的女孩上床。”

“没人在乎，”摩根夫人说，“没人在乎。而且你又不是要竞选总统，不过那个职位近来的标准也降低了不少。”

“还有，我未婚，却有一个女儿。”你说。

“我知道，”她说，“我认识露比。露比是个好姑娘。”

“你为什么会选中我？”你问，“我就是个累赘。”

“因为我喜欢你。你有头脑，有人脉。人们信任你、尊敬你，而且就凭你做的这一行，我敢打赌，你知道这镇上许多见不得光的事情，这是好事。我在这里住了三十年，该缴的税都缴了，临死之前我想看见一位女性镇长上任。”

你知道你不该参加竞选。

你知道这势必会影响露比。

你知道这会把人们的目光集中到你和你的过去上。

你知道假如你败选，秘密众人皆知，这极有可能有损你的生意和你在镇上的名声。

然而站在一个角度上看，你三十七岁了。

你非常享受做露比的母亲，但你对露比的爱并不能阻止自己内心的向往。

你知道这不是国家级的职务。不是总统，不是参议员，不是众议员。

你知道这跟你年轻时的设想完全不一样。

尽管如此，做一名镇长似乎也不是件小事。

你与二十岁时的差别不算太大。种种经历过后，你依然相信政府有能力推行积极的改变。你不希望韦斯·韦斯特，或是像他那样的人成为镇长。韦斯·韦斯特是个欺软的人。他欺负自己的妻子。他一度想欺负你。

你的外祖父母对公众服务很有感情。这个并不完美的国家曾经接纳了他们，他们相信自己应该报答这个国家。打理好，就是爱。

不出你所料，你女儿查清了一切，而且她的反应也与你的预料如出一辙。她说她恨你，然后便离家出走了。她给你留了一张字条，可那又能起什么安慰作用。她还太小！她根本不了解这世上会发生什么事。

你想通过手机定位查找她的下落，但她对科技十分在行——她是你办公室里公认的“年轻一代”——她早就关机了。

你想起自己可以通过iPad获知她的行踪。那台iPad没有全球定位功能，但只要她连上无线网，她的所在地就会显示在地图上。

那个小点不断闪烁，像你的心脏在不停跳动。

她在佛罗里达。

在迈阿密。

她去找议员先生了。

你给迈阿密警察局打电话，把她所在的位置告诉了警察。

你打算奔赴机场，但你最终没有去。即便在最顺利的情况下，你也要七八个小时才能飞到那里，你知道有一个人的位置更近。

你拨通了母亲的电话。你惊慌失措，然而就在母亲接起电话的那一瞬间，你松懈了下来。有母亲在，你便可以宽心了。

“妈妈，”你说，“我需要你去接露比。她在警察局。”

“没问题。”你母亲说。

你告诉她在哪个警察局，应该找哪位负责警官。你刚开始解释事情的原委，母亲便打断了你。“这些我们回头再说，”她说，“我得出发了。”

“谢谢。”你说。

“不客气。反正我也没什么事。”她说。

“也许你原本有安排的。”

“我和罗兹本想去看电影。就这点事，”她说，“这可比电影好多了。”

“什么电影？”你问。你想让她去接露比，但不知为什么，你总不愿挂断电话。

“就是那个说一口糟糕美式英语的英国女人。和犹太人有关。罗兹选的。有个问答环节。说不定我们还能赶上？露比喜欢那种东西吗？”

“她喜欢。”你说。

“你会飞来和我们见面吗？要是能见到你那就太好了。外婆还问起你呢。”

“替我告诉外婆我爱她。我一直很想她。”

“那就来吧。来看看我们。”你母亲说。

“我会去的，”你说，“但我现在走不开。”

“怎么了？连来接露比都不行吗？”

“你能不能陪她飞过来？”你顿了顿，“关键是，我在竞选镇长。选举就在下个星期，昨晚刚刚举办了最后一场辩论。”

“镇长？”你母亲说。她的声音柔和、温暖、宽慰，又充满惊讶与自豪。她的声音如同夏夜的萤火虫。“阿维娃·格罗斯曼！这么有出息！”

“我很可能赢不了，”你说，“他们知道了我的过去。这是早晚的事。”

“你和他们解释过吗？”你母亲说，“你让他们从你的角度看待这件事了吗？”

“我没什么好辩解的，”你说，“路都是我自己选的。事情也是我自己做的。”

“你做什么了？不过是上了床吗。他一把年纪了，你只是个年轻姑娘，不过是做了件傻事而已，”你母亲说，“佛罗里达人人都像小孩一样幼稚。”

“即便如此也于事无补。”

“你不必为露比担心，”母亲说，“你得留下。你得全力以赴。”

辩论会上，竞选对手提起了那桩陈年丑闻，还有你的双重身份。你任由他说，你甚至并不怨恨他。总的来说，他表现得很有风度。你知道他妻子的事，你想过以此要挟他，但你决定不做那样的事。那样很下作，而且这件事本就与她无关。说实在的，谁在乎他妻子做过些什么呢？假如当镇长就是去摧毁一个无辜女子的生活，谁要做这个镇长呢？

辩论结束时你看见了坐在观众席上的她。她望着你，比了个口型："谢谢你。"

摩根夫人找到了你。

"我们的形势如何？"你问。

"恐怕会咬得很紧。"她说。

"赌我赢，你后悔了吗？"你问，"我提醒过你的。"

"绝不后悔！我不仅赌你赢，更是赌有头脑的女性赢。这只是你头一次参选——先把你的丑闻抛出来。如今人们知道发生了什么事，也就习惯了你这个人。如果这次我们输了，就再参加一轮。下次我们选个大的。"

"你真是疯了。"你说。

"可能吧。不过我的支票簿是镇上最厚的。最厚的支票簿总是能胜出。"

"那可不一定。"你说。

"好吧，不过最厚的支票簿总经得起最多的选举轮数。"

母亲和女儿到达艾力森泉时，你紧紧地将她们拥进怀中。你想与她们血肉相融，筋骨相连。

你让露比去上学。她落下的课业够多了。“我们晚点儿再谈。”你说道。

露比没有反对。

把露比送到学校后，你带着母亲参观了小镇。“真是个漂亮的小镇，”她说，“像是电影里的场景。”

你带她参观你亲手建立的工作室。“真了不起，”她说，“这些人都在你手下工作吗？”

你带母亲看了客房。“真温馨，阿维娃，”她说，“芙蕾特牌的亚麻床单，像宾馆一样。”

“你这是怎么了？”你说，“你怎么不抱怨呢？”

母亲耸耸肩：“有什么可抱怨的？”

“我不是故意找碴儿吵架，”你说，“可你过去总是对我抱怨个不停。”

“我没觉得啊，”她说，“我不记得有这样的事。”

“我的发型，我的衣服，我的整洁程度，我的——”

“阿维娃，你是我的女儿。我必须教你才行，”她说，“要是我不告诉你，你怎么会懂得这些事呢？”

“我如今叫简。”你说。

“天啊，”她说，“你还能起个更没有犹太气质的名字吗？”

“很多犹太人都叫简。”你说。

“也许我的本意是无趣。这个名字很无趣。简·扬。你要的抱怨来了。”母亲说。

你离开母亲，到女儿的房间与她道晚安。“妈妈，对不起。”露比说。

“你已经回家了。”你说。

“不，”她说，“他没有见我。既然他不肯见我，那他一定不会是我爸爸。”

“很抱歉让你经历了这些事，但他是对的。他不是你爸爸，”你说，“我甚至没有跟他发生过性行为。我从没——”

“不，”露比打断了你，“我在回程的飞机上一直在想。也许他是谁并不重要。你是我的妈妈，也是我最好的朋友。”

“我知道自己犯过很多错误，”你说，“但我也尽了最大的努力在变好。”

“还有一些事情，我也很抱歉，”她说，“是我向报社告密的。”

“我知道，”你说，“那不要紧。”

“那非常要紧。现在你可能赢不了选举了。”

“也许不能，”你坦诚道，“但事实就是，我本来也不见得会赢。当你决定竞选公职时，你唯一能够确定的事情就是，你可能不会赢。”

“都是我的错。”露比说着，用被子蒙住了头。

“不是的，露比，”你把她从被子下面扒出来，“摩根夫人是报社的老板。这件事见报与否，全凭她说了算。是我让她刊登出来的。”

“你为什么要这么做？”露比问。

“因为这样更好，”你说，“这件事迟早瞒不住。我不为这件事而羞愧，从今往后再也不会。我也不会为我尽力扭转局面的做法而羞愧。如果别人想以此对我指指点点，不为我投票，那是他们的选择。”

投票那天，摩根夫人在投票处为你安排了经典的拍照项目。

你穿上一身红色西装。你没花多少时间就作完了这个决定。你甚至想都没想过要穿别的衣服。西装剪裁很合体，你知道这身衣服十分上相。你年纪渐长，知道自己穿什么才好看，露比穿了一条蓝色连衣裙，你的母亲则穿了灰色长裤、白色衬衫，颈间系一条爱马仕的丝巾。“红、白、蓝。”母亲打量着你们说。

你来到投票处，投票点设在消防站，离你的办公室只有几个街区的距离。你心想，要是选举当天有火情可怎么办。

摩根夫人想为你安排专车，但你决定走路过去。天气清冷，阳光却充足而明亮。你与母亲和女儿一同沿街而行。有些人故意避开了你的目光，但大部分人都向你挥手致意，并祝你好运。你为这些人的热忱感到吃惊，但你其实不必惊讶。你为他们策划过婚礼。你见证过他们最为亲密的日子。你曾不动声色地把纸巾递给抽泣的父亲；你抱过婚礼六个月后出生的婴儿；你开车送过有种族歧视的岳母去机场；你尽量不去追究那些被拒付的支票；单身派对闹得出格时你默默移开目光。重点是，他们也有各自的秘密。

你到达投票站时，已经有六七个摄影师守在那里。艾力森泉之外的媒体也听说了这个故事。这则花边新闻很有卖点。性丑闻。遭遇重创的女人。与政客上过床的女孩如今要亲自踏入政坛。看来在美国，政治生涯确实还有第二幕。

“阿维娃，”一名摄影师向你喊道，“看这里。”

“简，”另一个喊道，“看这里！”

你转向其中一个，微微一笑，又转向另一个，笑得更加灿烂。你粲然露齿而笑。

“你觉得谁会胜出呢？”一名记者问道。

“竞争十分激烈，”你说，“我的竞选对手为这次竞选作了充足的准备。”

你把露比托付给母亲，走进了投票点。

你通常通过邮寄的方式投票，你觉得当众填写选票显得既老派又毫无隐私。即使拉上了隔帘，你仍然觉得自己暴露在公众视野之中。你是一名忏悔的天主教徒。你是一名少女，在商场试穿毕业舞会的礼裙。你是身穿露背患者罩衫的待产孕妇。你是高中话剧《罗密欧与朱丽叶》里在侧幕候场的乳媪。你是一名与上司上了床的实习生，如今你的秘密大白于天下。

说起来，你昨晚又梦见了阿维娃·格罗斯曼。在梦里，她参加了迈阿密市长竞选。你向她寻求建议。“我能问你一个问题吗？”你说，“你是如何挨过那场丑闻的？”

她说：“我拒绝为之感到羞愧。”

“你是怎么做到的呢？”你问。

“他们越是针对我，我越要继续前行。”她说。

你挺起胸脯。你扣好西装的纽扣。你抚平了头发。

你在选票上看到了自己的名字，你选择了自己。

作者注

缅因州艾力森泉镇并不存在，但我敢保证佛罗里达州博卡拉顿市是真实的：我在那里长大。

第一章章节原名*Bubbe meise*是意第绪语，意思是祖母的寓言故事，或者老女人的鬼扯。

简最喜欢的一句话来自加西亚·马尔克斯的小说《霍乱时期的爱情》。大致翻译为："人不是从一出生起就一成不变的，生活会迫使他再三再四地自我脱胎换骨。"

马上扫二维码，关注“**熊猫君**”

和千万读者一起成长吧！

图书在版编目（CIP）数据

太年轻/ (美) 加・泽文 (Gabrielle Zevin) 著；张亦琦译. -- 南京：江苏凤凰文艺出版社, 2018.5

书名原文: Young Jane Young

ISBN 978-7-5594-1646-9

Ⅰ. ①年… Ⅱ. ①加… ②张… Ⅲ. ①长篇小说－美国－现代 Ⅳ. ①I712.45

中国版本图书馆CIP数据核字（2018）第043289号

图字：10-2018-059号

书　　名	太年轻
著　　者	（美）加・泽文
译　　者	张亦琦
责任编辑	丁小卉　姚　丽
特邀编辑	夏文彦　姚红成
责任监制	刘　巍　江伟明
策　　划	读客文化
版　　权	读客文化
封面设计	读客文化　021-33608311
出版发行	江苏凤凰文艺出版社
出版社地址	南京市中央路165号，邮编：210009
出版社网址	http://www.jswenyi.com
印　　刷	北京中科印刷有限公司
开　　本	890mm x 1270mm　1/32
印　　张	12.25
字　　数	223千
版　　次	2018年5月第1版　2018年5月第1次印刷
标准书号	ISBN 978-7-5594-1646-9
定　　价	52.00元

如有印刷、装订质量问题，请致电010-87681002（免费更换，邮寄到付）